2라운드 인생을 위한

글쓰기 수업

2라운드 인생을 위한
글쓰기 수업

초판 1쇄 발행 2017년 09월 20일
초판 4쇄 발행 2024년 02월 01일

지은이 최옥정

펴낸이 김왕기
편집부 원선화, 김한솔
디자인 푸른영토 디자인실

펴낸곳 **(주)푸른영토**
주소 경기도 고양시 일산동구 장항동 865 코오롱레이크폴리스1차 A동 908호
전화 (대표)031-925-2327 팩스 | 0504-424-0016
등록번호 제2005-24호(2005년 4월 15일)
홈페이지 www.blueterritory.com
전자우편 book@blueterritory.com

ISBN 979-11-88292-30-1 03800

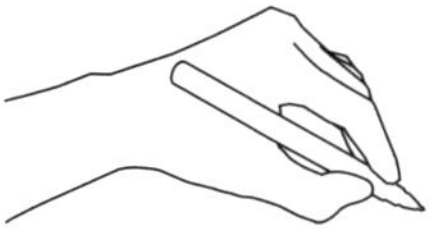

2라운드 인생을 위한

글쓰기 수업

최옥정 지음

푸른영토

프롤로그 /

2라운드의 공이 울렸다

1라운드가 아니고 2라운드라니 어딘가 안심이 되는 구석이 있다. 첫 번째가 아니니까 한숨 돌리고 느긋하게, 경험이라는 토대 위에서 무엇이든 해낼 수 있을 것 같다. 이 책의 제목에 많은 키워드들이 숨어 있다. 2라운드 인생이라는 말을 오래 곱씹으면 머릿속에 떠오르는 첫 번째 생각이 있고 그 다음 생각이 있을 것이다. 그 생각이 글쓰기의 소재이며 주제다. 글쓰기로 생각하는 동시에 생각한 것으로 글을 쓴다고 이해하면 쉽다.

인생은 한 번뿐이다. 1라운드 인생이 진행 중이거나 끝마쳤지만 여기가 끝이 아니라고 생각한다면 언제든 다시 시작할 수 있다. 그 두 번째 시작을 2라운드라고 부르자. 의지와 열정은 넘치지만 계획에 대한 실마리를 잡지 못해 막막한 사람들을 위한 글쓰기 책이다. 생각은 추상이지만 글은 손에 잡히는 실재다. 내가 어쩌다가 지금의 내가 되었는지 궁금한 사람은 글을 써야 한다. 내가 가장 사랑하는, 혹은 가장 미워하는 사람이 어쩌다가 지금의 그 사람이 되었는지 알고 싶은 사람도 글을 써야 한다. 내가 쓴 글이 내가 갈 길을 알려준다. 니체도 '가장 위대한 것은 방향을 결정하는 일'이라고 했다.

글 속에 답은 없다. 꼬리에 꼬리를 물고 이어지는 문장 속에서 스스로 묻고 대답하다 보면 그 문제가 별 것 아니라고 생각하는 지점에 도달한다. 이 흥미로운 여정을 직접 발로 걸어보는 것, 손으로 만져보는 것이 글쓰기다. 사느라 돌아볼 겨를이 없었던 중요한 순간들, 언젠가 다시 만나야지 하면서 지나쳐 버린 사람들, 이번 생에 이룰 수 있을까 의심하면서도 버리지 못한 꿈들이 하얀 종이 위에 오롯이 존재를 드러낸다. 치유나 성찰, 감동을 목적으로 하지 않아도 쓰는 행위 자체로 치유가 되며 읽기만 해도 위안이 된다. 나 역시 실수투성이의 인간 중 한 명이라는 사실을 스스로 나서서 변호해주는 것이 인문학의 정점인 글쓰기다.

여기서 가장 염두에 두어야 할 것은 1라운드가 끝나고 2라운드를 시작할 때 나를 둘러싸고 있는 현실을 맨눈으로 봐야 한다는 점이다. 가능한 한 선입견 없이, 있는 그대로의 우리 사회를 볼 수 있어야 그곳에서 내가 자리 잡을 지점을 찾아낼 수 있다. 1라운드의 영향 때문에 처음에는 그 일이 쉽지 않을 수도 있다. 내가 배워온 대로 생각해온 대로만 '내 멋대로' 현실을 받아들인다. 흔히 얘기하듯이 소통이 되지 않는 일방향의 사고를 버려야 새로움을 받아들일 수 있다. '새 술은 새 부대에!' 이 말을 금과옥조로 삼아야 할 시기다.

요즘 쉰 살 언저리에서 사회생활을 접는 사람이 늘어났다. 소위 말하는 '베이비부머 세대'다. 명예퇴직이라는 결코 명예롭지 않은 레테르를 붙이고 사회에 나온 사람들의 관심사는 뭘까? 바로 코앞에 놓인 인생일 것이다. 이제 새로 시작해야 하는 2라운드 인생. 그것은 분명 1라운드 인생과는 다를 것이고 달라야만 한다. 그런데 어디서부터 어떻게 시작해야 하나. 그 고민으로 한동안 막막한 시간을 보낸다.

사방을 둘러봐도 내 눈길을 받아주는 사람은 없다. 내 느린 걸음을 기다려주는 사람도 없다. 함께 고민을 공유하고 어깨를 나란히 할 사람이 곁에 있다면 행운이겠지만 그조차 여의치 않다. 무엇보다 이제부터 나 혼자 뭐든 스스로 해결해나가는 사람이 되어야 함을 뼈저리게 느끼게 된다. 내게 남은 인생은 어느 조직의 부속품이 아니라 스스로 홀로 감당하고 책임지는 독자적인 인생을 살아가야 한다. 일종의 일인기업 CEO가 되는 것이다.

무엇이든 내가 평소에 마음에 다져두었던 일이 있다면 그것을 시작점으로 잡는 것이 좋다. 뭐라도 좋다. 내가 잠시라도 마음을 주었던 대상에서 시작해야 첫걸음이 가볍다. 각종 아카데미를 들락거리며 인문학을 공부하고 자기 계발에 열중하거나 자격증을 취득할 수도 있다. 상당수의 사람들이 글을 쓰고 싶어 한다. 글이 아니고는 펼쳐 보일 수 없는 자신만의 인생이 있다고 생각하는 사람은 언제나 많다. 모름지기 인간이란 자신의 인생에 의미를 부여해야 살 수 있는, 자신을 표현하고 싶어 몸살을 앓는 동물이다.

글을 쓰는 것으로 지나간 삶을 정리하고 새 삶을 계획해보고자 하는 사람에게 작은 모티브를 제공하려는 것이 이 책의 목적이다. 글쓰기는 어떻게 시작할 것이며, 무슨 얘기를 먼저 해야 하나. 문장은 어떻게 익히고, 독서는 어떻게 해야 하나. 감정과 생각을 실어서 먼 타인에게 전달하려면 나침반과 독도법이 필요하다. 글쓰기를 조금 먼저 한 선배로서 안개 속 같은 머리를 헤쳐 자판을 두드리는 일을 기꺼이 할 수 있도록 안내하고자 한다.

첫 번째 할 일이 현실의 재발견이고, 두 번째 해야 할 일은 글을 쓰기 위한 문장력을 기르는 일이다. 문장이 하나하나 쌓여서 책 한 권이 된다는 점을 생각하면 문장 하나의 중요성을 다시 되새겨야 한다. 문장력을 얻기 위해서는 매일 글을 써서 손에 익히는 길 밖에는 왕도가 따로 없다. 좋은 책을 꾸준히 읽는 것도 함께 해나가야 한다. 글쓰기의 길에는 예전부터 해오던 지침인, 많이 읽고 많이 생각하고 많이 쓰는 것 말고 다른 지름길은 없다.

인문학의 열풍이라 할 만큼 철학, 역사, 예술 전반에 걸친 강의가 성황을 이루고 있다. 대부분 낮에는 직장에서 일하고 퇴근 후 심신이 파김치가 된 상태에서 공부를 하러 온다. 아카데미의 문을 열고 들어오는 순간 낮 시간의 긴장된 정신은 공부 모드로 전환되며 다른 부위의 뇌가 활성화한다. 사회적인 자아가 개인적인 자아로 바뀌는 순간이다. 그렇다면 인간은 사회에서 요구하는 자기 자리만으로 만족할 수 없는 존재라는 얘기다. 이것은 기쁘고도 슬픈 사실이다. 새로운 자신의 모습을 만날 수 있다는 점에서 기쁘고, 새로운 자아를 찾지 못할 때의 낙담을 피할 수 없다는 점에서 슬프다.

인문학 아카데미나 도서관을 찾는 사람 중에 중년 이후 세대의 인구가 늘어나고 있다. 공부는 학생만 하지 않는다. 누구나 제대로 된 인생을 살기 위해서는 새로운 독서와 새로운 공부가 필요하다는 것을 절감한다. 사람인(人)과 글월문(文)으로 이루어진 인문학에서 그 답을 찾는다. 사람은 어쨌든 글로 자신을 표현하고자 하는 존재인 것이다. 글을 쓰면 평면적이던 내 인생이 입체적으로 보인다. 안목이 달라지면 감정도 달라진다.

그러하니 읽기에서 머물지 않고 쓰기로 나아가고자 한다. 남의 글에 만족하지 못하고 나만의 글을 쓰고 싶어 한다. 나의 인생은 남의 인생과 다르다는 사실에 주목하기 시작한 것이다. 무엇이 겹치고 무엇이 따로 있는지 알아보려 한다. 공통점과 차이점을 찾아내는 이유는 해답을 찾기 위한 모색의 과정이기 때문이다. 이것을 새 인생의 출발점 삼아 앞으로 나아가기 위해 몇 가지 제안을 하고자 한다.

첫째, 매일 30분 이상 글쓰기를 하자.

글쓰기에 비법이 있다면 매일 꾸준히 쓰는 것뿐이다. 책상에 앉아 머릿속에서 실을 잣듯이 글을 뽑아내는 행동 자체가 중요하다. 한번 해보면 알겠지만 글쓰기를 생활화하면 많은 것이 달라진다. 인생을 몸으로 한 번 살고, 그 다음에 글로 다시 한 번 복습, 점검한다.

둘째, 관찰하라. 나의 모든 것을, 그리고 내 주변, 우리 사회 전체를 관찰하라.

현미경과 망원경으로 가까이서, 멀리서 이미 알고 있다고 생각한 것들을 다시 살펴본다. 무엇이든 자세히 보면 달리 보인다. '이게 원래 그런 거였어?' 묻지 않을 수 없다. 생활의 재발견이다. 맘만 먹으면 내가 찾는 많은 힌트와 단서들을 거기서 발견할 수 있다.

셋째, 인생의 큰 그림을 그리자.

앞서 얘기한 두 가지는 남은 인생을 큰 틀에서 짜기 위한 디딤돌이다. 디딤돌 위에 이정표를 세워야 한다. 내가 진짜 원하는 것이 무엇이고 내 남은 인생 동안 이루고자 하는 것이 무엇인지 안다면 목표가 생기고 실천의 동기가 부여된다. 계획은 실천에 앞서 계획하는 것만으로도 가치가 있다. 인생에서 중요한 것은 해답이 아니라 질문이다. 질문에서 그치지 않고 답을 찾으려고 노력한다. 쉼 없는 질문과 모색, 해답. 그것이 인문학의 뼈와 살이다.

무조건 써라!

글 쓸 용기를 내도록 글쓰기는 손이 하는 일 중에서 가장 자연스러우며 아름다운 일이라는 것을 알려주고자 한다. 잘하면 조력자, 적어도 동병상련의 벗 노릇을 자처하는 것이다. 글쓰기는 느리더라도 꾸준히 하는 것이 핵심이다. Slow and Steady!

인생은 스토리텔링이다. 쓸 것은 무궁무진하다. 아직 눈과 귀가 밝지 않아 자신이 가진 것을 다 알지 못할 뿐이다. 내가 세상에서 가장 훌륭한 텍스트라는 사실만 잊지 않는다면 글쓰기는 곧 일상의 한 부분으로 자리 잡을 것이다. 이제 첫걸음을 내디딜 때다.

차례

프롤로그 5 2라운드의 공이 울렸다

1
나는 누구이며 왜 글을 쓰려고 하는가

18 어느 날 오십 세가 나를 찾아왔다
24 앞으로의 인생을 위해 어떤 변화를 맞이할 것인가
28 패러다임 시프트(Paradigm Shift)
30 나도 모르는 나를 찾아 내면의 금광을 개발하라
33 '나는 이 사회를 제대로 읽고 있는가?'
— 세대 간의 소통, 어떻게 해야 할까?
35 '다르게 살아보고 싶다'
38 나를 만나는 글쓰기
44 벽장에 재능을 쌓아두었던 여성들, 무엇을 해야 할까?
47 백번 망설인 당신에게

2
글쓰기를 어떻게 시작할까?

52 글쓰기 목표를 정하라
53 자서전을 쓰고 싶다
59 두 번째 인생을 살아가기 위한 몸만들기를 하고 싶다
64 작가가 되고 싶다
69 글쓰기 능력을 높여 인기 블로거 혹은 문화인이 되고 싶다
71 나의 자화상을, 미래의 지도를 그려라. 이대로, 아니면 다르게!
74 가까운 미래에 이루고 싶은 일을 3개월 단위로 적어보자
77 글쓰기란 생각한 것을 그냥 종이 위에 적어나가는 것
81 잔칫날 먹자고 석 달 굶어온 인생

3
책을 무엇으로 채울까?

86 내 안에 있는 콘텐츠의 실체를 확인하라
88 나의 진면목을 가감 없이 바라보라
90 내가 경험한 세상에서 뽑아낸 글
92 《소설가의 각오》, "절제된 생활만이 새로운 글을 탄생시킬 수 있다."
96 생계는 생존이다. 취미가 아니라 직업의식을 갖고 글을 써라
99 생각은 변한다, 변해야 한다. 그 변화를 포착하고 계획을 업데이트하라
104 인생이력서를 써보라 —'모든 이야기는 자신이 겪은 일에 대한 증언 또는 과장'

106 난관에 부딪쳤을 때
'작가의 말'을 쓰면서 초심을 돌아보라

4
문장은 어떻게 써야 하나?

112 문장력을 위한 1만 시간의 법칙, "매일 써야 한다"
114 글쓰기는 세 줄부터
116 문장연습은 〈주어 + 술어〉를 정확히 쓰는 데서부터 시작하자
119 도망갈 수 없는 첫 문장으로 시작하라
121 결정적 한 방을 찾아라
124 좋은 문장 필사해보기
127 끝없이 퇴고하라
129 피드백을 대하는 올바른 자세
131 문장의 진화
133 문학적 글쓰기와 논리적 글쓰기는 따로 있는 게 아니다
135 입체적 글쓰기와 평면적 글쓰기

5
글쓰기를 방해하는 것들

142 나는 왜 계속 글쓰기를 미룰까?
144 왜 글쓰기에 실패하는가?
147 때때로 슬럼프
150 글쓰기를 방해하는 열 가지 잘못된 생각
153 내가 용서할 최후의 사람
— 스트레스에 대처하는 우리의 자세

159 스마트폰의 재발견

162 작가의 방을 가져라

165 글쓰기에 실패한 다섯 가지 유형

167 치료법

172 〈패러다임 시프트를 위한 독서 30〉

6 달인에게 배우는 글쓰기 한 수

188 하버드 대학에서는 어떻게 글쓰기를 전문적으로 교육할까?

192 스티븐 킹의 《유혹하는 글쓰기》 — '글쓰기에 필요한 연장통을 챙겨라'

196 도쿠가와 이에야스가 새를 울게 하는 법

200 "자득명(自得明), 법득명(法得明)"

204 오에 겐자부로, 《읽는 인간》

208 독서는 글쓰기에 연료를 공급하는 일

213 독서에도 방법이 있다

7 원고는 어떻게 책이 되는가?

220 동병상련 — 이 책을 쓰면서 겪은 어려움

224 책은 쓰는 것이 아니라 완성하는 것이다

229 퍼스널 브랜딩 — 책은 고급명함이다

233 원고는 책이 아니다

236 양이 곧 질이다
— 써놓고 얘기하자

8
글을 쓰는 사람의 삶은 어떻게 꾸려가야 하나

244 두 번째 꿈
— 한 번 더 산다면 어떻게 살까?
251 자신과의 싸움을 위한 감정컨트롤, 어떻게 해야 할까?
254 감정도 사회에서 배운다
257 생활의 발견
— 일상에서 나만의 시간을 갖자
259 스트레스 감수성을 낮추자
262 타인에 대한 존중으로 공감능력을 키우자
265 적게 말하고 많이 듣자
268 죽음을 기억하라
271 상황은 그대로다. 그것을 바라보는 내가 달라졌다
273 밥벌이 인생이 끝나도 삶은 지속된다
277 파부침주(破釜沈舟)의 나날

에필로그 281 나를 믿는 힘으로 지치지 말고 앞으로 나아가자

1장

나는 누구이며 왜 글을 쓰려고 하는가

대상과 거리를 두는 작업은 지적으로 고도의 기술이라 성숙한 감각이 필요하다.
그냥 바라보는 것이 아니라 높고 먼 곳에서 거리를 유지한 채 내려다본다.

— 강상중, 『도쿄 산책자』

어느 날 오십 세가 나를 찾아왔다

'어느 날'이라는 무서운 말이 있다. 어느 날이 내 인생에 찾아온다. 그날 이후로 다시는 그 이전으로 돌아갈 수 없다. 잊을 만하면 찾아오는 어느 날이 내 인생에 몇 번이나 있었던가. 가장 가까운 어느 날은 언제였던가. 마흔아홉 살을 뒤로 하고 쉰 살이 된 어느 날, 나는 내가 할 수 없는 일들이 많아졌다는 사실을 가슴으로 느꼈다. 더 이상은 젊지 않고 무엇이나 생각나는 대로 저지를 수도 없는 나이라는 사실도 깨달았다.

깊은 잠을 자던 밤, 갑자기 눈을 뜨고 어둠을 바라보다 다시 잠들지 못하고 몸을 일으켰다. 내 앞에 놓인 생이, 어렴풋하지만 결코 물러서지 않는 나의 미래가 내 앞에 서 있었다. 여축

없구나. 도망갈 수 없구나. 앞으로도 알량한 몇 가지 능력을 가지고 애써 삶을 꾸려가야 한다. 그렇다 해도 행복하거나 평안한 인생을 보장받을 수 없겠지.

이 깨달음 앞에서 특별히 고통스럽거나 절망스럽지 않았다. 나는 알고 있었던 거다. 예감하고 있었고 몸으로도 실감하고 있었다. 막연하게. 그러나 그날 밤 나는 올올이 낱낱이 실체와 대면한 것이다. 차라리 마음이 편했다. 정면으로 바라보고 나니 답을 찾은 듯 마음이 한갓졌다. 알았으니 이제 그대로 살면 된다. 오십이 넘으면 몸도 바뀌고 마음도 바뀌고 정신도 바뀐다. 늙어가고 있음을 받아들이는 데 약간의 시간이 걸리지만 결국 새로운 국면에 접어들었다는 현실을 받아들인다.

그 어느 날 밤, 어둠 속에서 보았던 내 미래의 모습은 가끔 나를 찾아온다. 어깨가 구부정하고 조금은 겸손해진 채 삶을 두려워하면서도 완전히 투항하지는 않았다. 죽을 때까지 손에 꼭 쥐고 갈 한 가지쯤은 가지고 있는 나를 데리고 하루하루를 살아간다. 나는 하루가 중요하다는 것을 알아버렸다. 하루의 무게를 느낀다. 시간과 공간의 결을 섬세하게 느끼는 감성도 갖게 되었다.

언덕을 넘어섰다. 돌아갈 길은 없다. 다른 언덕이 또 기다리고 있고 이따금 다리를 쉴 수는 있지만 꾸준히 가야 한다. 두렵지 않다. 그동안 살아온 맷집이 있는데 새삼스레 엄살떨고 싶지 않다. 다만 이 모든 과정을 낱낱이 기록하리라. 몇 년 후 펼쳤을 때 쿵 내 가슴을 칠 이 사연들, 속내들을 놓치지 않으리라. 그것이 내 삶을 사랑하는 나의 방식이다.

이 책을 구상했을 때 맨 처음 떠오른 단어가 '오십 세'였다. 한 치의 의심도 없이 제목도 '오십 세'라고 정했다. 내가 무슨 말을 하든지 그것은 오십 세, 라는 명제에서 시작하고 진행되었기 때문이다. 오십 세라는 말에 모든 것이 들어 있었다. 가만히 눈을 감고 '당신과 나는 이제 오십 세가 되었어'라고 되뇌어본다. 가슴이 뭉클해지면서 싸한 기운이 나를 감싼다. 감히 말을 빌리자면 오십 세가 내 글의 화두였다. 젊지도 늙지도 않은 나이, 쉰 살. 그러나 쉰 살은 아니다. 오십 세다. 오십 세라는 말이 가진 건조하고 가치중립적이고 어떤 감정도 시니피앙도 없는 느낌이 중요하다.

나의 오십 세는 50세만을 지칭하지는 않는다. 60세도 70세도 오십 세다. 대략 50~70세까지를 염두에 두었다. 일할 수 있는 나이. 일하고자 하고 일할 수 있으면 79세도 오십 세다. 이때부터 인생은 2라운드를 시작한다. 1라운드가 사회에서 요구하는 외부의 삶을 강요받았다면 50세부터는 나 스스로 세운 내부의 발원에서 시작하는 삶이어야 한다.

인문학 아카데미에서 '2라운드 인생을 위한 글쓰기' 강의를 하는 몇 년 사이 수강생이 달라졌다. 처음에는 내가 예상한 대로 주로 퇴직을 앞두었거나 퇴직한 사람들이었다. 연령대가 점점 젊어져서 지금은 3-40대도 상당수다. 그들은 하나같이 말한다. 지금 내 인생이 잘 굴러가고 있는 건지, 바꾸어야 할 것은 없는지, 앞으로는 어떤 방향으로 나아가야 하는지 알고 싶어서 글을 쓰려고 왔다고. 혼란은 2라운드에서만 겪는 것이 아니었다. 자기 인생을 객관적으로 정확하게 맨눈으로 바라보고 싶은 욕망은 누구에게나 있었다.

강상중의 《도쿄 산책자》라는 책에 바라보는 일의 중요성을 강조한 부분이 있다. 그는 라틴어 'theoria(보다, 바라보다의 뜻)'를 소개한다. 옛날부터 보는 일을 얼마나 중요하게 생각했으면 '이론(theory)'이 이 단어에서 왔다. 대상과 거리를 두는 작업은 지적으로 고도의 기술이라 성숙한 감각이 필요하다. 그냥 바라보는 것이 아니라 높고 먼 곳에서 거리를 유지한 채 내려다본다.

우리는 자신을 '바라보기' 위해 책을 읽고 글을 쓴다. 다른 사람의 의견을 귀담아 들으며 스스로에게 거리를 두기 위해서다. 건강한 정신을 가지려면 높은 시점을 갖고 멀리서 사회 전체를 조망할 수 있어야 한다는 뜻이다. 또 하나의 눈을 갖고 자신과 역할에 일정한 거리를 만들어야 외부의 영향에서 자기를 지킬 수 있다. 우리를 격려하고 응원하는 것보다 깎아내리고 힘을 빼는 일이 많은 팍팍한 현실일수록 거리 유지가 필요하다. 인생의 여유란 바로 그런 거리를 말한다.

이 오십 세에 우리는 무엇을 할 것인가?

오십 세가 되고 얼마 후 아침, 나는 문득 팔을 쭉 펴고 등을 꼿꼿이 세우고 있는 자신을 발견했다. 홀가분하고 가볍고 날개라도 단 듯 붕 뜨는 기분이었다. 전날까지만 해도 무겁고 어둡고 지리멸렬한 기분에 젖어 있었다는 것이 믿어지지 않을 만큼. 창밖에 펼쳐진 녹음이 푸르른 북한산을 바라보다가 내 인생에 새로운 전기가 찾아왔음을 실감했다.

“그 무엇도 어제와는 다를 것이다. 달라야 한다. 다를 수 있어서 다행이다.”

바보같이 중얼거리며 말 그대로 심기일전했다. 나날이 나를 찾아오는 감정과 생각이 새로웠으며 신기했다. 전혀 다른 세계에 발을 디딘 느낌이었다. 이것이 갑자기 찾아온 상태는 아니었다. 실로 오랫동안, 거의 몇 년 간 나는 나머지 인생을 도무지 어찌 살아야 할지 몰랐다. 아무것도 바꿀 수 없음에 절망했고 깊은 우울에 빠졌었다.

그러나 그날 아침, 나는 아무것도 바꿀 필요 없고 절망이나 우울도 내가 취할 태도가 아님을 알았다. 나는 그냥 살면 되었다. 여태까지 잘 살아왔고 열심히 최선을 다했으니 그냥 살면 그뿐이다. 거기다 몇 가지 아쉬웠던 것, 마음에 여투었던 것에 대한 실행을 보태면 금상첨화 아니겠는가. 나는 다시 태어났다. 그 후로 새로운 생각이 물밀 듯이 찾아왔다. 나는 다른 사람이 된 것처럼 다른 생각에 몰두하고 다른 리듬으로 생활해 나갔다.

이 책에 내가 잘난 척 하면서 몇 가지를 털어놓는다면 그날 아침의 흥분이 남긴 것이라고 생각해도 좋다. 무언가를 새로이 다시 볼 수 있는 행운은 아무에게나 찾아오는 것이 아니다. 나는 엄청나게 재수가 좋으며 운이 틘 것이다. 내가 나여서, 다시 시작할 수 있고 쉬이 흔들리지 않아서 행복하다. 흔들려도 괜찮다고 생각할 수 있어서 다행이다. 그리고 밖을, 주위를 둘러보게 되었다. 이제 쫄지도 않고 떨지도 않을 것이다. 지금의 이 기분을 누군가와 공유해야겠다는 욕구가 샘솟는다. 나와 같은 처지의 사람, 나처럼 헤맸던 사람, 나는 그들과 한동안 내 인생을 공모해볼 생각이다.

설렌다. 무척이나 설렌다. 나는 일하는 걸 좋아하고 멋지게 하는 건 더욱 좋아한다. 잘 해내려고 궁리하고 조금 잘 해내고 많이 실패해도 끄떡없을 때 신이 난다. 앞으로의 내 인생은 대체로 그러할 것이라 믿는다. 나의 옛 친구는 인생에서 가장 아름다운 것이 자유와 연대라고 말했다. 개인으로는 자유롭고 사회적으로는 타인과 연대하는 것. 그것이 우리들의 책무라고 강조했다. 젊었던 우리는 그 말에 어떤 이의도 제기하지 않고 가슴 깊이 받아들였다. 앞으로의 인생은 그러해야 한다고. 그때 우리는 나의 자유가 중요한 만큼 타인의 인권과 행복을 배려해주는 시민이 되자고 다짐했다.

나의 다짐은 여러 번 좌절에 부딪쳤다. 나는 우리 사회가 아직 시민도 개인도 없는 뭉뚱그려진 덩어리로만 굴러다니는 집단임에 절망했다. 그러나 절망에 져서는 안 될 일. 나는 독자적인 인생을 펼쳐나가기로 독자적으로 결정했다. 그 후 무엇도 나 자신의 자유를 해치지 않았고 타인과의 연대에 게으르지도 않았다. 사이사이 자잘한 돌멩이에 걸려 넘어진 적은 있지만 그쯤은 무슨 일을 하든 만나는 통과의례로 넘겼다. 나는 이런 삶이 계속될 수 있도록 나 스스로를 격려해야 한다. 그리고 타인과도 손을 잡아야 한다.

나는 어쩔 수 없이 나를 닮은 사람을 사랑하는 인간이다. 늘 계획하고 결심하고 준비하지만 자주 실패하고 실수하는 인간, 그래도 지치지 않고 또 덤비는 인간, 무릎을 꿇는 일이 있더라도 무너지지는 않는 인간, 절대 버리지 않는 것 한 가지쯤 간직한 인간. 나는 그런 인간에게 끌린다. 내 남은 인생은 그런 인간들과 함께하려 한다.

나의 오십 세. 나의 오십 세 친구들. 그들에게 무공훈장이라도 주고 싶지만 그거야 어차피 스스로 챙겨야 할 일, 건재하게 살아남는 것으로 자뻑의 세상을 펼치자고 어깨동무를 한다.

앞으로의 인생을 위해
어떤 변화를 맞이할 것인가

나를 봐주고 믿어주고 격려하는 자세가 모든 것의 출발점이다. 실상 그것에 익숙해지는 데 만만찮은 시간이 걸린다. 짐작하듯이 생각을 바꾸고 생활습관을 바꾼다는 것이 그리 간단한 일이 아니다. 겉으로만 다짐하는 것이 아니라 마음 저 깊은 곳에서 나는 이제 새롭게, 여태껏 쓰지 않았던 정신의 근육을 써 볼 작정이라고 맘먹고 나서 구체적으로 실천한다는 건 보통 결심으로는 안 되는 일이다. 그러나 해야 한다. 수동적이고 소극적인 인생 프레임 안에서만 살다가 인생을 마칠 수 없다고 생각한다면 이 과정은 반드시 넘겨야 한다.

"모든 변화는 옳다."

오랫동안 그렇게 믿어 왔다. 살아 움직이는 동물인 인간은 멈추는 순간 죽는다. 끊임없이 움직이며 변화를 모색하도록 창조된 존재다. 변화는 다양하다. 겉만 조금 바꾸기도 하고 속속들이 통째로 갈아치우는 혁신을 이루기도 한다. 자신의 지향이나 능력에 따라 변화를 맞이한다. 조금씩 변화하다 적응되면 큰 변화를 추구하기도 하고, 단번에 혁명에 가까운 변화를 도모하기도 한다. 근기에 따라 의지에 따라 조정하면 될 일이다.

변화에는 반드시 진통이 따른다. 인간관계가 바뀌고 생활이 바뀌고 습관이 바뀐다. 주변에서 불평을 들어야 할 일도 생기고 방해꾼도 있으며 비난을 들을 수도 있다. 끝없이 변화해야만 살 수 있는 인간임에도 불구하고 사람들은 겉으로는 변화를 몹시 두려워한다. 대부분의 사람들은 좋은 변화보다 나쁜 안정을 선택한다.

'익숙한 것과의 결별!'

이런 이야기가 화두처럼 입에 오르내리지만 과연 우리는 익숙한 것으로부터 기꺼이 결별하고자 하는가. 나에게 그럴 힘이 있는가. 변화를 결심했을 때 잘했다고 격려하며 도움을 줄 수 있는 사람을 만나기는 하늘의 별따기만큼 어렵다. 오랫동안 인연을 이어온 가족이나 친구들이 더 도움이 안 되고 방해를 한다. 우리는 상대의 변화를 나와의 거리, 소외로 해석하기 때문이다. 특히 사랑하는 사람이 변화를 원할 때 대개는 '갑자기 왜 그러느냐고, 나는 원래의 네가 좋다'고 반대한다.

입양인의 경우 친부모를 찾아 고국으로 간다고 하면 배우자들이 거의 다 반대한다고 한다. 계획을 실천에 옮겨 한국에 와서 부모를 만나면 삶이 대번에 바뀐다. 가족관계가 바뀌고 생활이 바뀐다. 이때 이혼하는 부부들이 많다. 내가 결혼한 사람은 지금의 네가 아니라 과거의 너라는 이유를 댄다. 잘 생각해 보라. 우리는 상대의 작은 변화조차 너그럽게 받아들이지 못한다. 그러니 우리 자신이 스스로를 얼마나 깊게 강하게 지지해야 하는지 알 것이다.

바꿀 것인가, 그대로 머물 것인가, 이 고민은 사는 동안 주기적으로 빠지게 되는 딜레마다. 그때의 선택이 남은 인생을 결정한다. 인간은 끊임없이 변하는 존재이면서 또 변화를 두려워하는 모순된 존재다. 나이가 들면서 동창이나 친구를 만나면 격차가 점점 벌어진다. 외모에서부터 사회적 지위, 정신, 감정, 모든 면이 예전과는 다르다. 이유가 여러 가지 있겠지만 큰 이유 중 하나는 변화의 시점에서 어떻게 대처했느냐가 결정적인 요인이다.

몸이 무겁고 건강이 안 좋아졌을 때 이대로는 안 되겠다 싶어 운동을 시작한 사람과 그렇지 않은 사람의 차이. 우울하고 맥이 빠지는 일상을 벗어나 새로운 취미나 공부를 시작한 사람과 그렇지 않은 사람의 차이. 세상일 혹은 가족이 하는 말을 잘 이해하기 위해서 책을 읽기 시작한 사람과 그렇지 않은 사람의 차이는 실로 엄청나다. 빗방울이 바위를 뚫는 식이다. '시작은 미약하나 그 끝은 창대하다'는 성경구절이 기독교인 아닌 사람에게도 널리 알려진 이유는 그 말을 떠올릴 만한 순간이 인생에 많기 때문이다.

변화하려는 마음을 가졌다는 것이 아직은 늙지 않았음을 증명한다. 젊은 사람과 늙은 사람을 구분하는 것은 쉽다. 노인은 변화할 생각도 의지도 실천력도 없다. 내가 옳고 내가 다 잘 아는데 무엇 때문에 나를 바꾸고 달라져야 하는가. 너무 단단하게 굳어서 어떤 것도 밖에서 안으로 뚫고 들어가지 못한다. 당장 바뀌지 않는다면 점점 고립되어 얼마 후 아무하고도 소통할 수 없는 인간이 되고 만다. 그때는 소통이 절박한 생존의 문제가 되고 만다.

가난만큼 난감한 것이 고독이다. 자신의 건강을 위해서도 말랑말랑한 뇌를 유지하도록 노력해야 한다. 변하면 살고 안 변하면 죽는다는 각오로 문제가 발견된 지점을 바꾸도록 노력하자. 가난은 국가의 복지차원에서 어느 정도 해결해줄 수 있다 해도 고독은 남이 도와주기 어려운 점이 있다. 누군가 다가오려고 했다가도 내가 마음을 열지 않거나 대화가 불가능할 정도로 꽉 막혀 있다면 관계를 시작하는 건 불가능하다. 현대에 우리가 가난 이상으로 고민할 문제는 타인과의 관계와 소통이다. 두고두고 깊이 숙고해야 할 문제다.

패러다임 시프트
(Paradigm Shift)

패러다임 시프트!

이 말은 여러 가지로 해석되고 논의되어 왔지만 간단히 정의하자면 여태 생각하던 습관을 바꿔 발상을 전환하라는 것이다. 내가 잘 안다고 생각했던 나 자신의 진면목을 다시 돌아보는 일이다. 내가 모르는 나 자신의 모습이 의외로 많다. 그것을 찾으면 답에 훨씬 가까워진다. 그렇다면 어디서 어떻게 답을 찾을 것인가. 내 안으로부터 얻어질 수도 있고 밖에서 얻어질 수도 있다. 긴장의 끈을 늦추지만 않는다면 해법은 어디서나 나를 기다린다.

책을 읽거나 대화를 나눈 뒤 얻을 수 있는 가장 좋은 결과는 무엇일까? 여운이 아닐까. 여운이 남는 독서, 여운이 남는 대화. 그 내용은 여러 가지가 가능하겠지만 지금의 내게는 두 가지로 압축된다. 질문과 답. 어떤 대화는 내게 질문을 던진다. 그 대화가 끝나고 얼마 동안, 때로는 평생 내 마음에 의미 있는 질문을 품고 살아가게 된다. 실로 아름다운 대화가 아닐 수 없다.

다른 경우도 있다. 대화가 끝난 뒤 내가 오랫동안 앓고 있던 병, 힘겹게 스스로 찾아 헤매던 답을 얻는다. 행운이고 선물이다. 이렇게 간단한 답이 있었는데 내가 오래 걱정하고 있었구나, 깨달으며 내 생활의 변화에 힌트를 얻는다. 스트레스에 대한 위로를 얻는다. 적어도 가끔 이렇게 좋은 의미의 질문이나 답을 주는 대화를 한다면 삶이 아름다울 수 있다.

이 시점에서 만남에 대해 얘기하지 않을 수 없다. 만남의 중요성은 수없이 이야기되어 왔다. 만남은 인연이고 어떤 인연은 내 삶을 바꾼다. 우리는 삶에서 끝없이 스승을 필요로 하고 친구를 구한다. 둘 다 만남에서 얻을 수 있다. 만남 자체는 쉽다. 만남이 진정한 만남으로 이어지려면 만남에 대한 내 태도가 중요한 요소로 작용한다. 자발적인 동기가 있을 때 만남의 의미는 배가된다. 나는 당신에게서 뭔가를 배우고 싶고 당신과 어떤 일을 함께 도모하고 싶다고 생각할 때 만남은 다시 태어난다.

한 사람이 생각하는 범위는 분명 한계가 있다. 이 한계를 깨닫게 하거나 지적할 수 있는 대상은 밖에 있다. 책을 통해서건 사람을 통해서건. 기꺼이 가슴을 열고 만남에 나아갈 때 우리는 새로운 생각과 만날 수 있다. 그 새로운 생각이 내 안으로 들어와 내 것과 화학작용을 일으켜 다른 것을 만들어낸다. 콩과 소금이 만나 간장을 만들어내려면 발효과정을 거쳐야 한다. 포도가 포도주가 되려면 적당한 온도와 시간이 필요하다.

만남 속에서 일어나는 생각의 전환, 나이를 먹을수록 드물게 일어난다. 내가 이미 알고 있는 것이 두텁고 단단해서 다른 것들이 뚫고 들어오기가 쉽지 않다. 어지간한 것은 시시해 보이고 가치를 발견하기가 어렵다. 그럼에도 불구하고 변하려면 작은 차이라도 크게 생각하고 내 시야를 넓히는 도구로 사용

해야 한다. 이때 상생하고자 하는 의지가 필요하다. 그러려면 인간 존재에 대한 믿음을 가져야 한다. 인간이 귀한 존재라는 믿음, 타인과 더불어 함께 더 나은 삶을 이룰 수 있다는 믿음이 패러다임을 전환하기 위한 전제조건이다.

나도 모르는 나를 찾아 내면의 금광을 개발하라

나는 누구인가?

모든 철학자와 예술가를 미궁에 빠뜨린 이 질문을 우리는 반복해서 해야만 한다. 매일 밤 똑같은 질문으로 하루를 마무리해도 좋다. '나'라는 화두는 평생을 이끌고 가야 한다. 그러면 나를 알기 위해 무엇을 해야 할까? 이 또한 각자가 제각기 다른 모색을 해야 할 것이다. 자기 상황, 자기 기질, 자기 지향에 맞는 답을 찾는다.

인도에서는 50대와 60대 즈음의 나이를 '바나플러스'라고 부른다. '산을 바라보기 시작하는 나이'라는 뜻이다. 인도인들은 나이 오십이 되면 세상을 등지고 산에 들어가 명상을 시작할 때라고 생각한다. 여기에서 산은 고행자 숲을 뜻하지만 조금 달리 말하면 욕망의 세계를 벗어나 자기 분수에 자족하는 삶을 살라는 뜻이다. 집, 음식, 옷차림을 간소화하고 번잡스러움을 피하는 것, 모든 존재 속에 들어 있는 생명의 신성함을 알고 그들을 헌신적으로 돕는 성실하고 깨끗한 양심에 따라 사는 삶이다.

태어나서 20대까지는 세상에 나갈 공부를 하는 기간이고, 30~40대는 세상에서 가정과 사회의 구성원으로서 책임과 의무를 다하는 기간이다. 50~60대는 세속의 부와 명예 등 그동안 쌓은 것들을 다 버리고 명상을 하는 시기다. 나이별로 해야 할 일을 정했다는 것은 꼭 그렇게 살아야 한다는 것보다 십년 단위로 자신의 인생을 매듭지어 보라는 조언이라 생각한다. 보통사람은 밖에서 강제하지 않으면 스스로 자신을 돌아볼 기회가 별로 없다.

인생의 흐름이나 인간의 생체리듬, 사회생활의 맥락을 생각할 때 상당히 일리 있는 얘기다. 우리나라 사람들도 여태까지는 거의 비슷하게 그 흐름으로 살아왔다. 근래 들어 한국사회와 한국인은 엄청난 변화를 맞이했다. 미래는 믿을 수 없고 준비한 것 없이 오십 대를 맞았다. 우리에게 오십은 그다지 많은 나이가 아니다. 육십이 돼도 청춘 못지않은 패기와 기력을 자랑하는 사람들도 흔하다.

숲에서 명상을 한다는 구체적인 제안을 좀 달리 해석할 필요가 있다. 책임을 끝내고 만행을 다니든 숲에서 명상을 하든 오십이 되면 그동안의 삶과는 사뭇 다른 삶을 살아야 한다는 의미를 담고 있다. 나이가 얼마가 됐든 우리 삶에는 수시로 변화를 맞아 자신을 바꾸어야 할 때가 온다. 멈추는 것은 죽은 생명밖에 없다. 조금씩이라도 움직이고 변하고 달라져야 한다. 끝없이 움직이는 것은 생명 가진 것의 본능이다. 움직여야 힘이 생긴다.

우리는 자기 삶의 큰 틀을 바꾼 사람을 많이 알고 있다. 성공한 사람도 있고 실패한 사람도 있다. 자신과 비교해서 나는 어느 쪽에 속할 것인가 심각하게 생각해본 적도 있을 것이다. 나 역시 삼십 대에 직업을 바꿨다. 비교적 안정적인 직업을 버리고 불안정하고 굶어죽기 딱 좋은 작가가 되었다. 나를 말렸던 사람들의 예언은 적중했다. 작가라는 직업은 되기도 힘들고 유지하기도 힘들었다. 어쨌든 살아남았다. 그리고 가난해졌다.

한 가지 달라진 것은 겁이 줄었다는 점이다. 나는 무척이나 겁이 많은 사람이다. 간은 콩알만 하다. 크게 한번 베팅을 했고 성공이나 실패로 가를 수 없는 인생의 풍랑을 지나고 보니 맷집이 좋아진 거다. 무슨 일이 일어나든 크게 망해봤자 별 거 없다는 걸 알게 되었다. 원래의 자리에서 버텨도 나름대로 괜찮았을 것이다. 그만두고 뛰쳐나와서 새로 시작했어도 그럭저럭 잘 살아왔다. 어떤 선택이나 다 옳다. 그러나 가능하면 자신의 본성과 발원에 충실한 선택을 하는 것이 인생에 대한 예의라고 생각한다. 망하더라도 한번은 하고 싶은 대로 해보라고 권하고 싶다.

'나는 이 사회를 제대로 읽고 있는가?'
— 세대 간의 소통, 어떻게 해야 할까?

'이 사회는 대체 어떤 곳이며, 나는 이곳에서 무엇을 하며 어떻게 살아야 할까?'

이 질문에 간단하게 쉽게 대답할 사람은 많지 않을 것이다. 전 세계에서 한국만큼 급변하는 사회는 찾아보기 힘들다고 한다. 외국에 나갔다 들어온 사람들은 불과 몇 년 사이에 완전히 달라진 조국의 모습에 어리둥절해 한다. 건물이나 교통상황 같은 겉모습은 물론이고 사람들의 사고방식이나 생활방식도 사뭇 달라져 있다.

내가 20대, 30대, 40대에 경험한 한국은 전혀 다른 나라라고 해도 좋을 정도로 큰 변화를 겪었다. 요즘은 결혼 후 부모님과 함께 사는 사람들도 적고, 이혼율도 크게 늘었으며, 공공장소에서의 애정표현도 대담해졌다. 농경사회의 문화와 습속을 바탕에 깔고 있던 우리 사회는 이제 서양의 한 도시라고 해도 손색이 없을 만큼 서구 도시화 됐다. 그 어떤 계급 사이의 차이보다 세대 간의 차이, 갈등의 폭이 높다. 한 세대와 다른 세대의 생각은 거의 외국인만큼 다르다.

직장 안에서도 부하직원과 상사 사이에서 세대차 때문에 겪는 어려움도 상당하다. 더 나아가 가족 간에도 대화가 불가능할 정도로 극심한 가치관의 차이를 경험한다. 내 생각을 유보하고 타인의 생각을 들어줄 여유가 나한테 있는가. 구세대의 특징을 소위 '꼰대'라는 말로 표현한다. 꼰대들의 가장 큰 특징으로 '남의 말을 듣지 않는다'를 꼽는다. 경험이 많은 것을 세상에 대해 더 많이 아는 것으로 착각하고 다른 사람을 가르치려고 든다. 그러면 타인의 말을 듣지 않는 일방통행의 대화가 된다. 시간이 흐르면서 점차 대화의 대열에서 이탈, 소외되고 만다.

타인의 말에 귀 기울이지 않고 세상을 관찰하지 않으면 나는 오늘이 아니라 십 년 전의 세상에서 살고 있는 것이다. 대화를 할 때 마음을 열지 않고 오래된 자기 생각을 고집한다고 느끼는 순간 상대는 얘기를 나눌 의욕을 잃는다. 친구와도 가족과도 공적인 대상과도 이런 식의 만남이 반복되다 보면 나는 얼마 안 가 만나고 싶지 않은 사람, 재미없는 사람의 리스트에 이름을 올리게 된다. 어떻게 하면 나만의 우물에 갇히지 않고 마음을 열 수 있을까?

상대에게 배울 것이 있다고, 적어도 내가 모르는 것이 있을 수도 있다고 생각하면 남의 말은 안 듣고 내 말만 하는 증상은 줄어든다. 젊은 사람들을 그저 철모르고 세상물정 모른 채 게으르게 사는 사람이라는 선입견을 버리고 바라보라. 그들은 놀라울 만큼 달라진 디지털 세상에서 우리가 떠듬떠듬 찾아온 정보를 재빨리 폭넓게 확보할 수 있다.

기성세대가 무엇이 중요한 건지 주제를 잘 안다면, 젊은 세대는 그 주제에 맞는 세부사항을 빨리 잘 찾아낼 수 있다. 세상살이에 더 구체적이고 실질적인 대처법을 가진 세대라는 말이다. 서로 상보적인 위치에 있음을 인정하면 비로소 듣고 말하는 대화가 가능하다. 소통이 중요한 이유는 그 속에 이 사회에 대한 배움도 있고 내 인생에 대한 응원이 들어 있기 때문이다. 하나를 바라보는 여러 개의 시각을 갖는 일은 타인과의 소통을 통해서 가능하다.

'다르게 살아보고 싶다'

양성애자인 미국 작가 수전 손택은 중년에 이혼을 했다. 그녀의 이혼 사유는 '다르게 살아보고 싶어서'였다. 이보다 더 합당한 이혼사유가 있을까. 모든 세세한 이혼 사유들도 크게 보면 다르게 살려는 의지로 수렴된다. 살면서 우리는 다르게 살고자 몇 번의 과감한 선택을 한다. 인생을 바꾸고자 하는 노력에는 언제나 지지를 보낸다. 변화하려는 마음이 인생에 대한 책임감이고 애정이다. 혹여 나쁜 결과를 가져온다 해도 뭔가 해보려고 시도했다는 건 박수를 받아야 할 일이다.

다만 성급히 기분 따라 즉흥적으로 결정하지는 말자. 다양한 변수를 염두에 두고 주변에 조언을 구한 뒤 결정해도 늦지 않다. 마음의 결정을 하고 나서도 며칠은 확신을 갖기 위해 가슴에 품어두자. 새로운 고려사항이 튀어나올 수 있고 더 나은 아이디어가 떠오를 수도 있다. 그렇지 않다 해도 마음을 다지는 기간은 필요하다. 서양에는 'Grace Period'라는 게 있다. 유

"그 무엇도 어제와는 다를 것이다.

달라야 한다.

다를 수 있어서 다행이다."

예기간이다. 상거래에서 얼마간 봐주는 시기를 말한다. 나는 우리 인생에도 가끔 스스로에게 은혜를 베푸는 유예기간을 두자고 말하고 싶다. 획기적인 변화를 추구할수록 잠깐의 숙성기간이 있어야 한다. 길어서도 안 된다. 자칫 길게 머뭇거렸다가는 김이 빠질 수가 있다. 쇠뿔도 단김에 빼라는 말은 이런 점을 경계해서 생겼을 것이다. 당장 뛰어들 건지 며칠 더 감안할 건지 사안에 따라 결정한다.

변화는 어려운 것이다. 힘이 든다. 위험부담도 있다. 아무 일도 안 하면 아무 일도 안 일어난다. 안전하다. 그러나 우리 마음은 우리를 어딘가로 이끌고 간다. 뭔가를 저지르라고 시킨다. 그러다 실패해서 큰 코를 다친다. 그게 인간이다. 두 발 달린 인간. 여기저기 돌아다니면서 좌충우돌한다.

주변에 나보다 이성적이고 현명한 사람 한두 명이 있으면 제일 좋다. 나에게 애정이 있고 자기 자신도 균형 잡힌 인생을 사는 사람이 친구나 멘토가 돼준다면 더할 나위 없다. 그런 행운은 아무에게나 오지 않는 어렵고 흔치 않은 일이다. 나 스스로 그 역할을 해야 할 때가 더 많다. 당분간은 혼자서라도 꾸려가 본다. 첫째로 이성적인 계산을 뽑아보자. 둘째, 내가 진짜 원하는 일인지, 꼭 하고 싶은지 생각해보자.

가능하면 그 생각을 글로 적어본다. 적다 보면 논리를 구성하게 된다. 글은 저절로 나를 합리적인 방향으로 이끌어나간다. 글로 중언부언할 수는 없다. 종이에 적는 순간 바로 표시가 나서 허점을 알아차린다. 변화에도 요령과 전략이 필요하다. 하물며 책상 위치 바꾸는 일도 다른 가구나 나의 동선을 고려해야 한다. 더 나은 인생을 살기 위해 기꺼이 무릅써야 할 것들은 많다. 후반기 인생이 길어진 만큼 여러모로 고달픈 일이 많아졌다. 젊음을 유지하는 기간도 길어졌다.

퇴직을 맞이하기 전에도 현재 삶에 심각한 위기나 회의를 느끼고 새 삶을 모색하는 사람이 많다. 한 가지 일에서 얻지 못하는 만족을 투잡이라는 형태로 해결하는 사람의 숫자도 상당하다. 직업을 바꿀 것인가, 태도를 바꿀 것인가, 관점을 바꿀 것인가. 하루도 생각하지 않은 날이 없다. 아직 젊고 직장이 있다 해도 마음속으로 새 인생을 모색하는 사람은 2라운드 인생을 위한 글쓰기를 하면서 실행에 옮기길 바란다.

변화는 두렵다. 삶의 토대를 완전히 바꾸는 이직이나 실직, 이혼이나 이사 등을 겪으며 우리는 삶이 불안정하고 안전하지 않다는 것을 실감한다. 현재의 안전조차 얼마나 오래 갈지 누구도 장담할 수 없다. 불안은 다가오지 않은 미래를 걱정하는 데서 온다. 과거도 미래도 모르던 아이 때처럼 오직 현재가 내가 가진 전부라는 생각으로 지금 이 순간에 집중하자.

나를 만나는 글쓰기

글을 쓰는 가장 큰 이유가 뭘까? 크게 두 가지로 압축하면 생각을 정리하고자 하는 것이 첫째고, 나를 표현하고자 하는 것이 둘째 이유다. 말은 생각을 하지 않고도 할 수 있지만 글은 생각을 해야만 쓸 수 있다. 잠깐 멈추고 머릿속에 무엇이 있는지 뒤져야 무엇이 됐든 글로 나온다. 그것이 생각의 과정이다.

인생에 꼭 필요한 이런 '잠깐 멈춤' 시간의 중요성을 깨달은 사람이 글을 쓴다. 나 자신이나 세상에 대해 질문하고 싶은 것이 많은 사람, 문제의 해답을 찾고 싶은 사람, 그리고 하루라도 글을 쓰지 않으면 견딜 수 없는 사람들이다. 글을 쓰는 시간은 글자와 글자로 이루어진 문장, 그 글자들 사이사이의 공간에 깃든 마음과 생각을 하나씩 발견하는 시간이다.

지금 필요한 것은 오직 종이와 연필, 컴퓨터와 자판. 바로 시작하고, 매일 이어가고, 그러다 무엇 하나라도 완성하는 것을 생활 속 습관으로 만들자. 살아온 삶은 바꿀 순 없지만 지금과 앞으로의 삶은 내가 원하는 대로 빚어갈 수 있다. 원하는 바를 글로 써서 확인하고 하나씩 실천해가는 것은 자신에 대한 헌신이고 투자다. 지금부터 가볍고도 무거운, 쉽고도 어려운 글 세계 탐험을 시작해보자.

나는 대체 누구인가?

수없이 물어보았다. 스스로에게도 물어보고 가까운 친구에게 가족에게 동료에게도 물어봤다. '내가 어떤 사람이라고 생각합니까?', '대체 나는 누구입니까?' 이렇게 단도직입적으로 묻지 않았더라도 알게 모르게 우리는 남이 나를 어떻게 생각하는지 끊임없이 묻는다. 확인해야 마음이 편안하다. 내가 아는 나와 그들이 아는 내가 얼마나 가까운지 알고 싶어 한다. 마음에 쏙 드는 대답을 듣는 경우도 있지만 대개는 얼렁뚱땅 넘어가는 수준의 답들이다. 차마 진실을 말할 수 없어서이기도 하고 진실을 몰라서이기도 하다. 대체 누가 내가 누구인지 확실하게 말해줄 수 있단 말인가. 평생 옆에 끼고 산 나 자신도 잘 모르는 판국에.

오륙십 대 사람들을 만나보면 참 젊다. 아직 청춘인 분들이 퇴직을 하고 직업 없이 지낸다는 것이 이상할 정도다. 활력도 넘치고 명민하며 외모도 탄탄하다. 물론 모두 다 그런 건 아니다. 몇몇은 마음으로 벌써 팔십 대가 되어 밥 먹고 텔레비전 보고 가끔 친구들 만나면서 하루하루를 보낸다. 활기와 패기가 전혀 없다.

왜 이렇게 다를까? 왜 어떤 사람은 아직도 자기 시간을 활용하고〔use〕, 어떤 사람은 그저 시간을 보내는〔spend, kill〕 것일까? 이미 모든 게 다 결정나버렸고, 더 알 것도 배울 것도 없다는 마음 때문일까?

“이 나이에 그런 건 배워서 뭐해?”

이 말을 자주 듣는다. 칠십에 자전거를 배운 사람도 있고 프랑스어를 배운 사람도 있다. 그걸로 뭘 하려는 생각보다 하는 것 자체가 좋아서 한다. 칠십이지만 이제 자전거를 탈 수 있게 되었다. 그 후로 삶이 달라진다. 자전거 타기가 아무것도 아닌 것 같지만 스스로에 대한 느낌, 자신감은 엄청 달라졌을 것이다. 남들도 그 사람을 달리 보고 달리 대한다. 왜? 그 사람이 실제로 달라졌으니까. 표정으로 동작으로 말로 다 드러난다. 우리는 매일 새로운 것을 배우고 삶에 새롭게 노출된다. 자세히 살펴보면 참 흥미로운 일들이다.

언젠가 동남아의 라오스를 여행했을 때의 일이다. 메뉴판에 'Morning Glory'라는 요리가 있었다. 모닝 글로리라면 나팔꽃인데 무슨 요리인지 궁금해서 호기심에 시켜봤다. 웨이터가 가져온 음식은 채소줄기를 볶은 반찬이었다. 말하자면 나팔꽃 줄기 볶음이다. 먹어보니 맛은 괜찮았다. 나중에 다른 여행자한테 물어봤더니 건강에도 좋고 맛도 있는 웰빙 메뉴로 널리 알려진 음식이었다. 나팔꽃은 꽃 이미지로만 생각하고 음식으로는 낯설게 느꼈던 거다. 하긴 모든 채소들은 식물이고 다 꽃이 핀다. 우리가 꽃을 먼저 알았다고 해서 그 채소를 먹는 게 이상할 것도 없다. 상추도 쑥갓도 노랗고 예쁜 꽃이 핀다. 파꽃도 우아하다. 도라지꽃도 뿌리를 먹는다. 상추가 국화과 식물인 걸 보면 음식과 꽃에 대한 편견을 버릴 만하다.

새로운 문화, 새로운 지식을 안다는 건 이런 것이다. 내가 늘 보던 걸 달리 보게 만든다. 그것은 확장되어 내가 늘 대하던 사람도 달리 보게 될 가능성이 높다.

'저 사람 마트 주인으로만 생각했는데 오토바이 마니아였네.'

'우리 아파트 청소 아줌마는 요가 실력이 수준급이고, 경비 아저씨가 써놓은 글씨를 보니 보기 드문 달필이야.'

'우리 회사 사장님이 어릴 때 문학 소년이었다니.'

글쓰기에 꼭 필요한 배면을 볼 수 있는 능력은 그렇게 길러진다. 앵글을 바꾸고 내 위치와 시선을 바꾸면 많은 게 달라진다. 이런 상태가 되어야 젊은 사람과 대화가 가능하다. 외국인과도 소통할 수 있다. 말로만 대화를 하는 게 아니다. 열린 마음, 새 것을 받아들이려는 유연한 자세가 서로 느낌을 주고받도록 인도한다. 이럴 수 있는 사람과 자기 말만 옳다는 사람이 어떻게 같은 세대일 수 있는가. 문제는 자세다. 서양문화에서도 attitude(삶의 자세)를 아주 중요하게 생각한다. 한 사람의 인격을 좌우한다고 해도 지나친 말이 아니다.

내가 누군지 알고 싶으면 자신이 가진 삶의 자세를 점검해 보자. 수험생이 면접관을 만났을 때, 인터뷰어가 인터뷰이를 만났을 때, 환자가 정신과의사를 만났을 때 예상치 않은 어려움이 생길 수 있다. 여러 원인이 있겠지만 서로의 애티튜드가 달라서일 때가 많다. 긴장되고 중요한 순간일수록 날카롭게 부딪친다. 그래서 좌절도 크다. 소개팅을 할 때나 선을 볼 때도 비슷하다.

한 사람이 삶을 바라보고 삶과 동행하는 자세가 이토록 중요하다. 긍정적인지 전투적인지 수동적인지 비관적인지에 따라 그 앞에 주어지는 몫은 하늘과 땅 차이다. 함께 일하고 싶은 사람, 함께 살고 싶은 사람, 계속 만나고 싶은 사람이 어떤 사람일지는 너무나 뻔하다. 말할 것도 없이 나에게 이익이 되고 기쁨을 주는 존재다.

가족이나 친구라고 해도 예외가 아니다. 아무리 혈연이라 해도 거듭 실망만 시키고 어디 하나 사줄 만한 구석이 없는 사람을 계속 사랑할 수는 없다. 가까운 사이일수록 내가 존경할 만한 구석, 배울 점, 매력이 있어야 그 관계가 오래 간다. 될 대로 되라, 하면서 막 사는 사람을 누가 가까이 하고 싶겠는가. 산뜻하고 유쾌한 사람, 기분 좋은 사람을 모두 원한다.

인간관계도 빈익빈 부익부다. 좋은 사람은 주변에 항상 사람들이 모여든다. 불쾌한 사람은 있던 사람도 떠난다. 나이 들수록 점점 고립된다. 돈이 많으면 뭐 하나. 쓸 데가 없다. 만날 사람이 없다. 잘 늙는 건 없다고 말했다. 젊어서부터 잘 살아야 잘 늙게 된다. 늙어서 갑자기 좋은 사람이 될 수는 없다. 우리 삶의 하루하루가 모여서 인생이 되고 인격이 된다.

그 잔잔한 흐름을 따라가면서 기록하는 것이 글이다. 나의 육체는 그냥 인생을 살아가지만 나의 영혼은 글을 통해 내 육체가 지나간 길을 적어서 남긴다. 인생을 한 번 더 사는 셈이다. 육체가 모르고 지나쳤던 것을 영혼은 낚아 올린다.

오랜만에 동창을 만난 날, 나는 조금 뒤채면서 잠을 잔다. 그날의 일을 글로 쓰면 내가 잠을 설치는 이유가 단지 몸의 피로만이 아님을 알 수 있다. 만남이 안긴 숙제, 우리들은 지금 어떤 시간을 보내고 있나, 하는 문제가 동창과 헤어진 뒤에도 머릿속에 남아 있었던 것이다. 글은 그런 나를 만나게 해준다. 나의 불편한 마음, 뭉근한 행복감, 미미한 불안까지 잡아채서 기록한다. 글을 자꾸 쓰고 싶어진다면 나를 만나는 기쁨과 설렘 때문이다.

벽장에 재능을 쌓아두었던 여성들, 무엇을 해야 할까?

자식을 낳지 않는 신세대 부부들이 많아졌다. 인간 하나를 세상에 내보내 제 밥벌이 할 때까지 키우는 데 드는 비용이나 공력을 생각할 때 이해가 가는 측면도 있다. 너무 오래 걸리고 너무 많은 희생과 비용이 따른다. 그러나 어쩌겠는가. 자식을 낳아서 길러보고 싶은 본능에 따른 사람들은 감수할 수밖에 없는 물리적 심리적 비용이다. 적어도 20년 많게는 30년 자식에게 붙들린 삶을 산다. 자식 키우는 재미가 주는 기쁨과 축복으로 다 상쇄할 수 없는 고통이 거기 있다.

어쨌거나 아이가 대학을 가고 성인이 되면 한 고비를 넘긴다. 이제 슬슬 자유롭게 내 인생을 살아보자고 결심한다. 오래 전부터 이 날만 기다리며 절치부심 살아온 사람도 꽤 많다. 똑똑하고 재능 있는 여자들이 한국에 좀 많은가. 벽장 속에 숨겨둔 재능에 곰팡이가 슬까봐 수시로 바람을 쏘여주며 미래의 자유를 벼르던 사람들. 이들은 이제 무엇을 할까? 할 일을 미리 계획해서 잘 알고 있는 사람도 있고 지금부터 생각해봐야 할 사람도 있다.

이제부터가 진짜 내 인생이다. 계획도 내용도 나만의 것으로 채워야 한다. 내 전공, 그동안의 경력, 내가 살아온 삶 전체를 바쳐 그걸 찾아야 한다. 지금 알고 있다면 다행이지만 잘 모를 때는 글을 써보면 구체적인 실체와 만날 수 있다. 노트

한 권을 사서 매일 내 안에서 새롭게 떠오르는 것을 적어본다. 그동안 밖으로 도는 삶을 살았다면 이제는 차분히 내 안을 들여다보는 시간을 가질 때다.

노트 한 권이 다 채워질 때쯤이면 내 마음 심층에서 도사리고 있던 참 욕망이 물 위로 떠오른다. 그게 내가 지켜낼 진실이다. 소박하든 거창하든 그것들과 공존하면서 나머지 인생을 꾸려나가야 한다. 왜 이런 생각을 한 것인지, 앞으로 무엇을 할지 생각을 발전시켜 나가자. 문화센터를 나가 비슷한 생각을 하는 사람을 만날 수도 있다. 도서관 강좌를 들으며 다양한 생각에 귀 기울여보는 시간도 갖자.

요즘은 환경이 많이 좋아져서 기회도 많고 정보도 널려 있다. 앞에 남아 있는 생이 길다. 일상의 삶에 맡기는 인생에 만족할 수 없다면 새 판을 짜야 한다. 어쩌면 제대로 된 2라운드 인생은 육아를 마친 여자들의 것일지 모른다. 잠재력 있는 여자들 중 실제로 50대 이후에 경력을 꽃피운 사람이 많다.

나는 적재적소(適材適所)라는 말을 좋아한다. 누구나 자신이 가진 재능과 능력과 소망에 따라 가장 알맞은 곳에서 일하면서 살아야 한다. 그건 내 의지로 해낼 수 있는 일이기도 하지만 밖에서 누군가 나를 발견해주고 활용할 수 있는 안목을 가진 사람이 있어야 가능하다.

주변에서 능력 있는 여자들을 볼 때마다 '저 여자가 있어야 할 곳이 어디일까' 진지하게 생각해보곤 했다. 눈을 부릅뜨고 주위를 돌아본다. 그녀가 가야 할 곳, 그녀를 필요로 하는 곳을 찾아내려고 애쓴다. 성공한 적도 있고 아직 진행 중인 경우도 있다. 안타까운 일이지만 조급해 할 일도 아니다. 카프카의 말대로 '초조해하는 것은 죄악이다.' 길고 느긋한 호흡으로 주위를 둘러보자. 그래야 금세 지치지 않는다.

오랫동안 가정에 머물렀던 사람에게 관심을 기울이며 기회를 줄 사람은 우리 사회에 많지 않다. 그렇기에 본인 스스로 찾아 나서야 한다. 같은 생각을 가진 다른 여자들과 모임도 만들고 의견도 교환하면서 협력해야 한다. 가정이라는 개인 공간에 머물렀던 사람에게 쉬운 일은 아닐 것이다. 그러나 계곡이나 개울이 좁다고 느꼈다면 강으로 나가야 하고 더 넓은 바다로 나아가야 한다.

할 수 있는 모든 것을 다 동원해서 나를 세상에 내보내야겠다는 결단력을 가진 사람에게는 반드시 기회가 온다. 내 주변에는 그렇게 자리 잡은 일인 출판사 사장도 있고, 다양한 분야의 소상공인도 있다. 포기하기에는 항상 이르다. 부딪쳐보고 저질러보고 정말 안 된다는 결론을 내린 다음에 포기해도 된다. 쇼핑을 하고 집을 가꾸고 친구와 담소의 시간을 갖는 것만으로 만족할 수 없다면 지금 당장 내가 뭘 원하는지 종이에 적어보는 일에서부터 시작하자. 결코 늦지 않았다.

백번 망설인 당신에게

어떤 일을 해야겠다고 결심했을 때 바로 실행에 옮길 수 있는 사람들은 이 글의 제목을 이해할 수 없을 것이다. 인구의 5%쯤이 그러할진대 해야겠다고 결심한 일을 별 갈등 없이 바로 할 수 있다. 대부분은 명백히 해야 할 일이고 하고 싶은 일인데도 시작하는 데 시간이 걸린다. 늘 하던 일이 아니기 때문에, 손에 붙지 않아서, 그 일을 시작하고 난 뒤에 감당할 일 때문에……. 기타 등등 여러 이유로 망설인다.

이 과정을 나는 '문턱 넘기'라고 부른다. 문 밖과 안을 구분 짓는 문턱. 문턱만 넘으면 방 안으로 들어온다. 그런데도 수많은 사람들이 문턱 앞에 서 있다. 이 책의 상당 부분을 그런 사람들을 위해 할애하는 것도 그 때문이다. 문턱만 넘으면 된다. 한 걸음이면 된다. 그러면 안방에 앉아서 차분히 글을 쓸 수 있다.

나는 이해한다. 나도 그랬었다. 무언가 완벽하게 확실하지 않으면, 그걸 잘 해낼 자신이 없으면 쉽게 시작하지 않는 사람이었다. '망건 쓰다 장 파한다'는 속담의 주인공이다. 이것 생각하고 저것 계산하며 과연 내가 이걸 잘 해낼 수 있을지 알기 위해 온갖 변수를 다 고려한다.

누구 못지않게 엄청 많이 망설이다 시작한 나로서는 적어도 글쓰기만은 무조건 당장 시작해도 후회 없다고 말할 수 있다. 설사 내게 재능이 없거나 끈기가 없어서 중도에 그만두는 일이 생긴다 치자. 뭐가 손해인가. 이미 그때까지 공부하고 글 써놓은 게 남는다. 어쨌거나 남는 장사다. 모든 공부가 다 그렇다. 중도에 그만둬도 그때까지 공부한 게 남는다. 그게 어딘가. 그것만으로도 충분히 보상받는다 하더라도 시작했으면 끝장을 보라고 말하고 싶다. 결과물을 얻을 때까지 포기하지 말라고.

나는 항상 그 사람의 미래에 대해 생각하는 버릇이 있다. 일을 중도작파 했을 때와 완결했을 때 그것이 한 사람에게 끼치는 영향은 어마어마하게 차이가 난다. 아름답게 마무리한 사람, 비록 완전히 만족할 수는 없다 해도 그 사람은 다음 단계로 나아갈 수 있다. 그리고 자신이 업그레이드되었음을 느낀다. 자존감도 높아지고 자신감도 생긴다.

중도에 그만둔 사람은 스스로에 대해 '그럼 그렇지, 난 늘 이 모양이라니까' 하며 자신을 폄하한다. 이건 아주 나쁘다. 부정적인 일들이 반복되고 그 결과에 익숙해지면 스스로 아무것도 할 수 없는 사람이 된다. 별 것 아닌 것처럼 보이지만 이런 상황 속에서 사람은 서서히 무너진다. 영혼이 멍든다. 잔펀치에 다운되는 거다.

인간은 약한 존재다. 좌절을 반복하면 다시 일어서기 어렵다. 어떻게 해서라도 완결해서 마무리 지은 결과물을 손에 쥐어야 한다. 자신의 행복을 위해서, 평안한 앞날을 위해서 글쓰기는 죽을 때까지 함께해도 좋을 동반자다. 사이좋게 잘 지내면서 서로를 격려하는 좋은 친구도 만들자. 언제나 내 곁에 있으면서 나를 발전시키는 친구, 얼마나 근사한가.

나의 영혼은 글을 통해

내 육체가 지나간 길을 적어서 남긴다.

인생을 한 번 더 사는 셈이다.

육체가 모르고 지나쳤던 것을

영혼은 낚아 올린다.

2장

글쓰기를 어떻게 시작할까?

쓰기는 머리가 아닌 손과 눈으로 생각하는 방법입니다. 손과 눈으로 생각하게 되면 비로소 그 생각은 구체성을 띠게 되는데, 삶에서는 구체성을 띤 생각이나 감정들만이 힘을 갖고 있습니다.

— 소설가 이남희

/

글쓰기 목표를 정하라

목표를 정하는 것이 무엇보다 중요하다. 거기서 힘을 얻어 목표지점을 향해 달려가야 하기 때문이다. 시간과 에너지와 비용을 낭비하지 않고 한 가지에 올인하기 위해서는 뚜렷하고 절박한 목표를 정해야 한다. 그 목표가 결국은 인생관이고 내 삶의 비전이다. 이때 솔직해야 한다. 그동안은 조직의 논리, 가족 이데올로기로 나 자신을 길들여왔다면 이제는 솔직하게 내가 진정 하고 싶었던 히든카드를 꺼내야 한다. 그 진실은 글이 담아야 할 핵심이다.

글쓰기 목표는 각자 자기가 살아온 삶에 따라 천차만별이다. 무엇이라도 상관없다. 내게 꼭 필요한 것, 지금 이걸 해야

만 내가 편안하게 다음 단계의 삶을 살 것 같은 목표를 설정해야 한다. 자서전을 써서 가족과 친구에게 진정한 내 모습을 알릴 계기로 삼아도 좋다. 마음에 여투고 있는 나의 두 번째 인생을 위해 현재의 나를 진단하려는 목적이면 더욱 건설적인 비전이 설 것이다. 또 몇몇은 오랫동안, 아마도 평생 작가가 되고 싶은 꿈을 간직한 사람도 있다. 어떤 경우든 당장 시작하는 것이 자신의 목표에 답하는 길이다.

글을 쓰겠다는 사람을 만나면 자기가 글을 써야 하는 이유와 목표를 이야기할 때 가장 눈빛이 반짝인다. 그만큼 심중의 이야기를 하고 있는 것이다. 내가 이 말을 하기 위해 얼마나 오래 기다려왔던가. 그 표정으로 최대한 진지하고 정선된 언어로 자기 속내를 털어놓는다. 이런 사람은 행복하다. 언제라도 자기 자신을 되찾기 위한 자리로 돌아왔으니까. 지금부터 신발 끈을 다시 매고 시작하면 된다. 아래의 경우는 내 경험과 학생들의 경험을 바탕으로 몇 가지 예를 들어본 것이다. 자신의 목표와 비교해서 참고할 것은 참고하고 내 목표에서 가감할 것은 무엇인지 생각해볼 시간을 갖기 바란다.

자서전을 쓰고 싶다

자서전을 쓰고 싶어 하는 사람이 생각보다 많다. 내 인생에 할 이야기가 많은데 말로 하는 건 한계가 있어서 스스로 만족하지 못한다. 글로 써야만 보이는 부분이 있다. 책으로 쓰면 누구나 일부분이 아니라 전체를 볼 수 있다. 할 이야기를 빠뜨리지 않고 차분히 다 할 수 있다는 것도 장점이다. 말이란 글과 달라서 두서없이 달려가기 쉬운데 글은 하고 싶은 말을 다 하고 난 뒤 수정을 해서 실수를 줄일 수 있다.

'자기 인생을 자기 입으로 직접 진솔하게 절박하게 풀어내려는 이유는 뭘까?'

한때 이남희 소설가가 '자기 발견을 위한 자서전 쓰기'라는 문학 강좌를 열어 많은 팬을 거느린 적이 있다. 이남희 작가가 그 강좌를 연 계기나 목적에 대한 이야기를 직접 듣지는 못했지만 충분히 알 것 같다. 짐작하건데 소설을 쓰는 것이 자신을 돌아보는 데 정말 좋은 방법이기는 하지만 시간도 많이 걸리고 일반 사람에게는 쉬운 일이 아니다. 일단은 자신의 이야기인 자서전부터 쓰면서 글쓰기를 시작하게 하려는 의도였을 것이다.

자신에 대해 쓰고 싶어 하는 사람은 몇 가지 특이점이 있다. 그중 첫째로 꼽을만한 건 표현욕구가 강하다는 점이다. 나아가 과거의 이야기를 통해 앞으로 자신이 살아갈 방향을 찾고자 한다. 자기 자랑만으로 이루어진 자서전은 하급이다. 업적에 대한 자랑이야 기본이겠지만 실수와 실패에 대한 가감 없는 분석과 인정이 있어야 다음 인생에 보탬이 된다. 거듭 말하지만 정직하지 않고는 바람직한 다음 인생을 계획할 수 없다. 가짜에서는 가짜만이 태어난다. 부족하고 부끄럽더라도 그것을 인정할 수 있는 용기가 있어야 그와 다른, 더 나은 삶을 살 수 있다.

자서전을 쓰고 싶다면 일단은 정직하게 나를 돌아보아야겠다는 각오를 다지는 것이 첫 번째 과정이다. 남에게 보여주기 위한 자서전은 아무리 잘 써도 절반의 성공이다. 나 자신을 설득하고 격려해서 다음 과정의 인생에 발판을 삼기 위한 솔직하고 담백한 자서전이 진짜 자서전이다. 그런 마음으로 쓰기 시작했다면 그때부터는 어려운 일이 아니다. 시간 순으로, 중요도 순으로 자신의 이야기를 풀어내면 된다. 일단 시작하고 써나가다 보면 어디 숨어 있었는지 모르는 골 깊은 곳에서 이야기들이 풀려나온다. 내 안에 이토록 굽이굽이 할 이야기가 숨어 있었단 말인가. 놀랍고도 감탄스럽다.

한 가지 더 짚고 넘어가야 할 사항은 가능하면 글 쓰는 시간을 정해두라는 것이다. 일정한 시간에 일정한 양을 쓰도록 해야 한다. 9시에 시작해서 두 시간 혹은 세 시간을 쓴다, 혹은 저녁에 자기 전에 두 시간을 쓴다는 식으로 규칙적으로 해나가야 글쓰기 정신이 프로페셔널해진다. 글을 쓰는 일은 지금 나한테 취미에 그치지 않는다. 앞으로의 삶을 잘 살아보고 싶다는 절박함이 가장 성능 좋은 연료 역할을 한다.

자서전은 일기가 아니라 한 개인의 역사를 담은 역사책이다. 중년 인생의 업적도 위기도 지혜도 자서전의 재료가 된다. 자신의 진정한 모습을 발견하는 것을 목표로 나의 숨은 잠재력을 찾아가겠다는 각오를 다지며 매일 조금씩 나 자신과 만나기를 멈추지 말자.

내 이야기를 쓰겠다고 나섰는데 처음에는 잘 되지 않을 수도 있다. 글과 거리가 먼 삶을 산 사람일수록 자신을 글로 표현하는 것에 대해 두려움을 느낀다. 더구나 살아온 삶이 만만치 않으니 맨살을 노출하는 데 대한 두려움과 억압된 감정, 콤플렉스도 적지 않다. 하지만 나를 다 표현하지 못해 할 말이 쌓인 사람이 갖는 욕구불만은 말보다는 글로 풀어야 한다. 글에는 행간이 있다. 그 행간에 나의 진짜 모습이 숨어 있다.

처음에 글쓰기가 잘 풀리지 않으면 내 이야기가 아닌 내 이웃, 내 친구의 이야기라고 생각하고 써내려가 보자. 남 얘기처럼 객관적인 거리를 확보하고 나면 마음이 훨씬 편할 것이다. 처음에는 겉 이야기로 시작해서 차차 내면을 들여다보고 거기서 발견한 것을 쓰자. 그래야 다음에는 차마 말 못했던 무의식, 나의 비밀까지 이야기할 수 있다.

더 깊은 이야기를 할수록 더 많이 치유되고 힘이 생겨난다. 그렇다 하더라도 절대로 억지로 해서는 안 된다. 부작용이 만만치 않다. 내 마음이 허락하는 범위의 이야기부터 차근차근 풀어나가자. 내가 주도적으로 내 호흡에 맞는 글쓰기 방식을 찾는 것이 급선무다.

"쓰기는 머리가 아닌 손과 눈으로 생각하는 방법입니다. 손과 눈으로 생각하게 되면 비로소 그 생각은 구체성을 띠게 되는데, 삶에서는 구체성을 띤 생각이나 감정들만이 힘을 갖고 있습니다.

생각을 머리가 아닌 글쓰기로 하는 방법은, 후손에게 남길 자서전을 쓰려는 목적이 없을지라도 자신을 제대로 알고, 표현하면서 살아가는 데 중요합니다."

오랫동안 자서전 쓰기 운동을 벌여온 소설가 이남희의 조언이다.

당장 뭐부터 해야 할지 모르겠다는 사람을 위해 자서전 쓰는 과정을 정리하면 아래와 같다.

첫째, 내 인생의 핵심주제를 담아 제목을 정한다.

글을 완성한 다음에 제목은 얼마든지 바꿀 수 있다. 처음에 가제라도 제목을 정하고 시작하면 나침반 역할을 해준다. 제목은 글의 절반이다. 전력을 다해 한눈에 쏙 들어오고 기억하기 좋고 내 글이나 인생과 딱 맞아떨어지는 제목을 고른다.

둘째, 내 인생 전체에서 핵심사건, 가장 중요하고 강조하고 싶은 일이나 시기를 정한다.

내 인생의 이야기라도 연대기적인 순서대로 쓸 것인지, 가장 의미 있는 사건을 앞에 두고 다른 일들을 새롭게 배치할지 구성을 짜야 한다. 글의 구성은 쉽게 말하면 글을 써나가는 순서다. 어떤 것을 먼저 쓰고 어떤 것을 나중에 쓸 건지 정하는 일은 쓰는 사람에게도 읽는 사람에게도 영향을 미친다. 잘 짠 구성에서 흥미롭고 감동적인 글의 매력이 싹튼다.

셋째, 주요사건을 중심으로 목차를 짠다.

구성을 펼쳐놓은 게 목차다. 대강의 목차를 짜놓으면 그 순서대로 글을 쓸 수 있어서 편하다. 물론 목차대로만 글을 쓰는 건 아니다. 글이란 중간에 엉뚱한 이야기가 튀어나올 수도 있고 계속 가지를 뻗어가는 속성이 있기 때문에 목차는 일종의 구획정리라고 볼 수 있다. 목차를 보면 내가 쓰고자 하는 글의 내용이 한눈에 들어온다. 콘텐츠가 얼마나 내실이 있나를 진단하는 바로미터다.

넷째, 글쓰기에 필요한 자료나 사진을 정리해둔다.

혹시나 빠뜨리고 넘어갈지 모르는 이야기가 있을 수 있으니 사진첩을 넘겨보면서 기억을 떠올리는 것도 한 가지 요령이다. 상장이나 졸업장, 각종 자격증, 신문스크랩 등 자기 인생을 증명하는 여러 자료 역시 같은 역할을 한다. 자료를 사진으로 찍어서 글 사이에 끼워 넣어도 좋다. 내가 가지고 있지 않은 자료가 필요할 때는 인터넷에서 찾아 쓸 수도 있다.

다섯째, 글이 어느 정도 완성됐으면 주변에도 돌려 읽게 하고 피드백을 받아 수정한다.

완성본을 인쇄해서 읽어보면 모니터로 볼 때와는 다른 느낌이 든다. 인쇄된 종이로 교정을 보고 퇴고를 하는 것이 효율적이다. 주변에 믿을 만한 사람에게 보여주고 조언을 구한다. 퇴고하면서 구성을 새로 짜거나 보탤 것과 뺄 것을 선택한다.

두 번째 인생을 살아가기 위한 몸만들기를 하고 싶다

나이를 어느 정도 먹은 사람들이 하는 한결같은 말이 있다.

"나이 먹는다고 철드는 게 아니네."

십 대에는 이십 대나 삼십 대가 남의 일이다. 더구나 사십 대나 오십 대는 영원히 오지 않을 것처럼 먼 일로 느껴진다. 다가오는 인생은 예상보다 훨씬 빨리 닥치고, 우리는 그 나이만큼 성숙하지 못하다. 십 대에 잘 모르던 것은 이십 대에도 잘 모르고 마흔이 넘어도 여전히 잘 알지 못한다. 세월이 아무리 많이 흘러도 달라지지 않는 것은 인생이 '시행착오의 여정'이라는 사실이다.

인생에서 실수나 실패를 할 때는 기미가 있다. 조짐을 알 수 있다는 말이다. 그러나 우리는 그것을 무시한다. 일상이 바빠서 신경을 쓸 여력이 없기도 하지만 조짐의 의미를 과소평가한다. 시간이 더 흐르고 오류가 심각해져서야 손을 쓸 마음을 먹는다. 어쩌면 성인이 된다는 것은 해야 할 일을 미루는 것이 습관이 되는 과정인지도 모르겠다.

"이것을 하고 싶다."

"그 일은 꼭 해야 하는데……."

이런 생각을 거의 매일 하면서도 몸은 움직여주지 않는다. 그렇게 세월만 보내다 훌쩍 나이를 먹고 나서 손을 쓰기 너무 늦었을 즈음에 '에고, 어쩌다 내 인생이 이렇게 돼버렸지? 할 수 없지 뭐' 하며 백기를 든다. 소수의 사람만이 자신의 의지와 본성에 따른 삶의 여정을 선택한다. 왜 그럴까? 우리들의 선배가 겪은 오류를 수없이 많이 봐왔으면서 왜 그 길을 고스란히 따라갈까? 이걸 인간의 숙명이라고 부를 수 있을까?

그나마 다행인 건 그러고 나서 소수의 사람은 처음의 오류를 바로잡고 자신이 진실로 원했던 행로를 뒤늦게 선택한다는 점이다. 10% 정도의 사람만이 뒤늦게라도 지혜로운 선택을 한다고 생각한다. 선택까지가 시작이고 절반의 성공이다. 이제 시작했으면 내용을 채워나가야 한다. 어떻게 무엇으로! 적지 않은 기간 동안 살아오면서 우리 몸에는 때가 끼었고 엔진도 녹슬었다. 고쳐야 한다. 재정비해야 새로운 행로에 나설 수 있다.

2라운드 인생에 대비해서 자신을 재정비하는 일이 나머지 인생의 성패와 행불행을 좌우한다. 이때 리스트 만들기를 권한다. 내가 하고 싶은 일과 내가 할 수 있는 일은 다르다. 꿈이 있다면 그것은 WANT 리스트에 적고, 지금 내가 할 수 있는 일은 CAN 리스트에 적는다. 그 거리를 좁혀가는 일이 지금부터 해야 할 일이다.

예를 들어보자. 궁극적으로 내가 쓰고 싶은 글은 단편소설이다. 지금 내가 쓸 수 있는 글은 A4 한 장 길이의 간단한 자기소개서나 블로그의 포스팅 정도이다. 리스트를 만들어서 글을 써나가는 동안 그 과정을 기록해보면 나의 발전을 한눈에 알아볼 수 있다. 말하자면 일종의 작업일지다. 매일 얼마나 글을 써나갔는지 적어두는 것은 생각보다 의미 있는 일이다. 적어놓지 않고 지나가버리면 내가 뭘 했는지, 구체적으로 어떤 방향으로 나가고 있는지 전혀 알 수가 없다. 하지만 기록해둔 일지를 보면 명확히 자신이 걸어온 족적이 보인다.

글쓰기뿐만 아니라 독서나 다른 생산적인 일에 대해서도 기록을 남기는 것이 좋다. 길고 어려운 글이 아니더라도 다이어리에 메모하는 정도로만 적어도 된다. 자기가 만난 사람에 대한 내용도 구체적으로 적어보면 그 역시 필력을 늘리는 데 도움이 된다. 사람에 대한 묘사, 대화 내용에 대한 일목요연한 정리, 영화나 음악과 그림에 대한 감상. 살면서 나에게 일어난 일에 관해서 말은 많이 해봤지만 글로 적어 다시 읽고 객관적인 눈으로 그 일을 바라본 적은 별로 없었을 것이다. 바로 그것이 우리가 앞으로 해야 할 일이다.

"자기 객관화!"

자신은 잘 보이지 않는다. 내가 어떤 사람인지, 어떤 생각을 하고 남들과는 어떤 점이 다른지 냉정하고 건조하게 정리해서 알고 있어야 한다. 과대망상은 반드시 버리고 의기소침도 청산해야 한다. 그러면서 다른 생활을 꾸려나가다 보면 차츰 새로운 삶을 향한 몸이 만들어진다. 손으로 만지고 몸으로 느끼는 구체적이고 물리적인 일이다. 결코 추상이 아니다. 막연한 것은 도움이 되지 않는다. 선명하고 분명하게 알 수 있도록 쓰고 느껴야 한다.

커피숍에 앉아서 늦게 오는 친구를 기다린 일이 있다. 문득

맞은편 거울에 비친 나를 보았다. 화장대 거울에서는 얼굴만 보고 화장할 부위에만 시선을 집중한다. 사람 많은 커피숍의 거울에는 전혀 다른 풍경이 잡힌다. 배경에 있는 다른 사람들과 그들의 표정과 움직임, 나와의 대비가 한눈에 들어온다. 그때 비로소 내가 지금 어떤 모습을 하고 있는지, 얼마나 나이를 먹고 노화를 온몸으로 체화하고 있는지 알게 된다.

이런 외부적인 발견 말고도 내면에 대한 깨달음도 한순간에 나를 찾아온다. 현재의 모습에서 때로 눅진한 슬픔을 느끼지만 성장과 진화의 순간임을 믿어 의심치 않는다. 객관화하지 않은 자신을 믿고 산다는 것은 오랫동안 닦지 않은 부연 거울에 자신을 비쳐보는 것이다. 진정한 아름다움은 슬픔 속에서 싹튼다는 말을 믿는다. 비록 모자라고 초라한 자신의 모습을 알게 되었을지라도 애써 살아온 인생의 족적임을 인정하고 박수를 보내주자.

지금까지의 인생을 점검하고 미래를 대비하기 위한 글쓰기의 과정은 이렇다.

첫째, 내 책상과 책꽂이를 글쓰기에 적합한 공간으로 만든다.

책꽂이는 글쓰기에 도움이 되는 책, 자주 꺼내서 읽고 고개를 끄덕일 책들로 채운다. 책상도 말끔히 치워서 언제든 앉아 글을 쓸 수 있는 분위기를 조성한다. 나를 둘러싼 모든 장소에다 글쓰기 좋게 필요한 것을 갖춰놓는다. 마음에 드는 공책을 사서 가방에 넣고 다니는 것도 한 방법이다. 스마트폰의 메모

기능을 이용할 수도 있지만 카페에 갈 때 노트를 꺼내놓고 짧은 단상 같은 걸 적다 보면 글쓰기 습관이 붙는다.

둘째, 독서와 영화, 전시회나 음악회 관람 후 감상을 적는다.

내 일상에서 일어난 일들을 기록하는 습관을 들이면 필력이 좋아진다. 그날그날 일어난 일에 대한 기록을 넘어 예전에 있었던 일까지 생각나서 적게 된다. 더불어 미래의 계획도 딸려 나온다. 수집한 물건, 요리, 화장법, 옷 코디, 취미생활에 대해서도 시시콜콜 써본다.

셋째, 차츰 주제를 넓혀 종횡무진 내 이야기에서 남의 이야기로 글쓰기 주제를 바꿔본다.

일상의 이야기를 이것저것 쓰다 보면 분량이 상당히 쌓였을 것이다. 그때 이 사회에서 일어난 큰 사건에 대한 나의 소회를 적는다. 내가 좋아하는 개인적인 주제에도 도전해본다. 일종의 에세이가 될 텐데 이런 객관적인 글쓰기로 인식의 지평을 넓히면 자신감이 붙는다. 독서를 꼼꼼히 하면서 잘 쓴 남의 글을 통해 내 글을 거리를 두고 봐야하는 시기다.

넷째, 내가 하고 싶은 일, 미래에 대한 구체적인 계획을 적기 시작한다.

여러 주제의 글을 쓰면서 늘어난 필력으로 자신 있게 나의 미래를 계획한다. 처음에 막연하게 생각했을 때와는 글의 톤이 다를 것이다. 이미 글쓰기를 상당히 해왔고 자신의 실천력에 힘을 받은 시기여서 미래에 대해서도 낙관적이고 진취적인 측면을 보기 시작했을 것이다. 경우의 수를 여러 가지로 정해서 다양한 변수의 미래계획을 적어본다.

작가가 되고 싶다

“작가가 되고 싶다.”

20년 전의 나는 얼마나 절박하게 이 말을 곱씹었던가. 직장에 몸담고 별 탈 없이 일하고 월급 받고 가정을 꾸려나가던 때에 그 일을 그만둔다는 선언은 가족과 친구, 주변사람을 놀라게 했다. 그들은 섣부른 모험을 한다고 느꼈을 테지만 나는 나름대로 절박했다. 세상 무서운 줄 모른다고 생각했을 것이다. 나 역시 처음에는 그렇게 생각해서 많이 망설였고 미루고 미루다 결정을 내렸다.

작가가 되고 싶은 사람은 제일 먼저 이런 점들을 생각해야 한다. 나는 얼마나 간절히 원하나! 작가가 되기 위해 필요한 연마과정에 기꺼이 열심히 매진할 각오가 되어 있는가! 이 과정 동안 먹고 살 생계대책이 있나! 작가가 되기 위해 필요한 나만의 문장을 갖는데 적어도 만 시간은 걸린다. 만 시간이면 삼 년이다. 그것에 대한 계획이 확실히 서 있으면 그냥 앞으로 나가면 된다. 주위를 둘러봐도 나를 지지할 사람 많지 않다. 그런 사람 하나만 있어도 큰 힘이 되지만 없다 하더라도 걱정하지 말고 자신을 믿고 적어도 삼 년은 눈 딱 감고 몰입하자.

처음에는 금방 글이 써지는 게 아니라서 힘들고 지칠 수가 있다. 차차 실력이 늘고 글쓰기가 몸에 붙으면서 이 일이 자신에게 잘 맞고 기쁨도 있다는 것을 알게 되면 고비는 넘긴 거다. 다른 일이 즐겁고 할 일도 많고 만날 사람도 많다면 절실함은 나오지 않는다. 무엇을 해도 시시하고 사람들과 나누는 대화도 심드렁하고 앞에 기다리고 있는 판에 박은 미래가 지긋지긋하다면 글을 쓰면서 살아야 한다.

글 속에 내가 그동안 숨겨놨던 나의 본성과 열정과 소망이 녹아 나온다. 속이 후련해지고 가슴에 탁 트인다. 세상에 이런 세계가 있었고, 내가 원래 이런 사람이었다는 놀라운 발견의 시간이 기다리고 있다. 신대륙을 발견하는 일만큼이나 획기적인 사건이다. 발견에서 끝나지 않고 탐험을 하는 일이 남았다. 이때부터 내 인생은 풍요로워진다.

좋아하는 작가의 초기작과 현재작품을 비교해보라. 훨씬 더 좋은 작품을 쓰는 작가도 있고 비슷한 작품을 써내는 작가도 있지만 오래 꾸준히 쓴 작가라면 분명히 그 안에 변화가 있다. 시간과 함께 변하는 것, 발전하는 것, 질적 변화가 일어나는 것이 글쓰기다. 서서히 나는 다른 사람이 되어간다. 실상 다른 사람이 아니라 진실한 나로 돌아가는 것이다. 내가 그토록 만나고 싶었던 진정한 나, 만나고자 오래 간절히 기다렸던 나를 만난다.

이때 매일 써야 한다. 글을 쓰지 않는 시간조차 글쓰기를 떠나 있어서는 안 된다. 하루의 온 시간을 글에 바쳐야 한다. 그 시간이 적어도 얼마간 지속되어야 한다. 그 집중력이 자신의 한계치를 극복하도록 해준다. 행동으로 증명된 자신의 모습만 자신이다. 생각으로 쌓은 머릿속의 성은 아무것도 아니다. 내가 두 시간을 꼼짝없이 앉아서 글을 썼다면 나는 거기까지 집중할 수 있는 사람인 것이다. 여태 세상의 룰에 맞춰서 살았다면 이제 나만의 룰로 세상을 살아야겠다고 각오해야 한다.

글 쓰는 사람은 두 개의 세계 속에서 산다. 자신의 실제 삶이 벌어지는 세계와 창작의 세계. 생활인으로서 어려움을 겪을 수도 있지만 두 개의 세계 속에서 자신의 가능성과 한계와 매일 싸우며 살아간다. 그때 겪는 갈등과 문제의식이 글의 재료가 되고 힘이 된다. 글쓰기는 수행처럼 꾸준히 매일 해서 습관을 만드는 것이 중요하다. 그 속에서 내 정신의 힘도 함께 자란다. 내가 자랄 토양은 내가 기름지게 해야 함을 잊지 말아야 한다.

작가가 꿈인 사람은 다음의 사항을 명심해야 한다.

첫째, 작가로서 내 문장을 갈고 닦는 연마의 시간을 견딜 마음의 준비가 되어 있나 자문한다.

아마추어와 프로는 하늘과 땅 차이로 기대치가 다르다. 아마추어는 조금만 잘 써도 칭찬받고 팬도 늘어난다. 프로가 되는 순간 웬만큼 잘 써도 표시도 나지 않으며 조금만 허술한 글을 써도 비난 받는다. 내 문장력은 내 얼굴, 내 성격, 내 직업

만큼 나를 설명해주는 능력이다. "역시 프로는 다르구나"라는 말을 들을 정도의 필력을 갖추려면 몇 년 동안 묵묵히 독서와 습작으로 문장을 갈고 닦아야 한다. 굳은 결심과 투철한 실천력을 무기로 버틸 준비가 되어 있나 스스로에게 물어야 한다.

둘째, 리스트를 만들고 계통을 세워 독서를 꾸준히 해서 인문학적인 토대를 탄탄히 쌓는다.

대장장이에게 연장이, 요리사에게 칼이 필요하듯이 작가에게는 지식과 언어감각이라는 도구가 필요하다. 둘 다 독서를 통해 얻을 수 있다. 취미가 아닌 직업적인 성실함으로 꾸준히 독서를 해서 문사철(文史哲)은 물론 과학이나 천문학 등의 분야까지 기본적인 지식을 습득한다. 책을 읽다 보면 자신이 어떤 분야에 대한 이해력이 빠르고 관심과 흥미가 있는지 발견할 수도 있다. 이 공부과정을 기록장이나 블로그에 적어두는 것도 좋은 습관이다.

셋째, 정식 절차를 밟아 등단을 하든 출판사를 물색해서 책을 내든 구체적인 실행을 한다.

가시적인 결과를 목표로 해야 능률이 오른다. 일 년, 이 년 시간을 정해서 등단을 목표로 작품을 지속적으로 생산해낸다. 책 한권을 완성한다는 계획을 세웠다면 매일 몇 페이지를 써야 목표한 시간에 완성할지를 계산한 다음 이를 실천에 옮긴다. 무엇이든 머릿속에 있는 건 아무 소용이 없다. 손으로 만

글을 쓰겠다는 사람을 만나면

자기가 글을 써야 하는

이유와 목표를 이야기할 때

가장 눈빛이 반짝인다.

그만큼 심중의 이야기를 하고 있는 것이다.

들어내서 내 눈앞에 있는 것만이 진짜라는 사실을 잊지 말자.

글쓰기 능력을 높여
인기 블로거 혹은 문화인이 되고 싶다

블로그와 SNS 등 소셜 미디어, 여러 인터넷의 글쓰기 공간은 어른들의 놀이터다. 글쓰기도 중독이라는 말을 한다. 다른 사람의 글을 읽고 내 글에 대한 반응을 읽는 일은 한번 버릇 들이면 멈출 수 없다. 해본 사람은 알겠지만 실제 인간관계와 마찬가지로 SNS에서 맺은 관계에서도 얼마든지 충족감과 위로를 얻을 수 있다. 반대로 상처를 받거나 큰 소동을 일으켜 난감한 처지에 빠지는 일도 있다. 가상공간에 대한 인식이 부족하거나 자기 통제력에 문제가 있어서 생기는 불협화음이다. 시간이 흐르면 어느 정도는 수습이 되고 요령도 생긴다. 분명한 건 이런 글쓰기에도 순기능이 있다는 사실이다. 관리하기 나름이다. 같은 관심사를 가진 사람끼리 꽤 깊이 있는 대화도 나눌 수 있고 도움도 주고받는다. 필독서를 추천받기도 하고 책이나 영화에 대한 심도 있는 평을 읽을 수도 있다.

SNS는 누구나 들어올 수 있는 공개된 매체니까 가능한 폭넓은 인간관계를 내 삶의 동력으로 삼을 수 있는 방법을 찾으면 된다. 수시로 들락거리며 남의 글도 읽고 내 글도 부담 없이 써라. 아무것도 아닌 것 같지만 자꾸 쓰다 보면 문장력이 좋아진다. 무엇보다 매일 쓰는 습관을 붙이는 데 결정적인 역할을 한다. 매일 하는 일만이 나의 삶이 된다. 의지는 연기와 같아서 행동으로 실천해서 붙들어 매지 않으면 금방 사라져버린다.

사회현상은 그 시대의 인간을 반영한다. 어떤 측면에서 보자면 이 시대의 화제와 유행과 병리현상, 인간 그 자체에 대한 집약된 정보가 모인 곳이 SNS일지도 모른다. 게다가 거기에는 개인의 의견도 실려 있다. 옥석을 가리는 문제가 남긴 했지만 정보의 바다 한 귀퉁이라고 생각하고 가끔, 혹은 자주 능력에 맞게 쉬어가면 좋다. 배우고자 하는 사람에게 배움의 자리는 어디에나 있다.

SNS 글쓰기의 또 하나의 장점은 하루에도 엄청나게 올라오는 타임라인 글을 통해 간접적인 글쓰기 수업이 된다는 것이다. 소재를 다루는 방법, 사건에 접근해가는 시선, 남의 글에 대한 리뷰 등을 매일 수십 개 이상 읽다 보면 저절로 글쓰기 요령을 터득한다. 이때 중요한 건 도움이 되고 배울 점이 있는 친구를 팔로우 해야 한다는 점이다. 친구는 어디에나 있고 적 또한 그와 함께 숨어 있다. 보석과 돌멩이를 가리듯 적과 친구를 알아보고 가려낼 줄 아는 지혜가 필요하다.

재미로 시작한 글이 출간까지 이어지는 일이 종종 벌어지는 무대가 SNS 타임라인이다. 《세상에서 가장 따뜻한 안부》는 페이스북에 올린 글을 유심히 본 출판사에서 출간 제안을 해서 세상에 나온 책이다. 저자인 이호준은 전직 기자로 공감할 수 있는 글로 이미 많은 페이스북 친구를 거느린 인기 작가였다.

기회는 뜻하지 않은 곳에서 온다. 준비된 사람에게는 언제 어디서 어떤 기회가 올지 모른다.

그냥 글 잘 쓰는 사람이 되는 게 목표라면 구체적인 과정이나 절차를 밟을 필요는 없다. 자기가 선호하는 SNS를 정해서 거기에 매일 글을 올리고 친구들과 댓글로 소통하며 자신의 현재를 알고 조금씩 발전해나가는 것으로 충분하다. 가랑비에 옷 젖듯이 나날이 글이 좋아진다. 남의 생각을 받아들이고 소통하는 능력도 세련되고 유연해진다. 다만 유념할 것은 매일 그저 그런 글을 올리는 것으로 내 팬들을 싫증나게 하지 말고, 새로운 세계에 대한 참신한 내용이 담긴 글을 주기적으로 올려서 내 글의 수준을 일정하게 유지하는 일이다.

나의 자화상을, 미래의 지도를 그려라.
이대로, 아니면 다르게!

말이 아닌 글을 쓰는 데 있어서 가장 중요한 것이 나를 정확히 아는 것이라고 거듭 강조했다. 나를 아는 것은 내 감정과 생각의 자취를 솔직하게 드러낼 수 있는 기반이다. 내가 글을 쓰고 있지만 그 속에는 내 것이 아닌, 이미 학습되어 그렇게 써야 한다고 믿는 것들이 상당량 포함되어 있다. 자신을 보호하고 사회 속에서 불이익을 당하지 않기 위해 익숙해진 행동 패턴이다. 그러나 글을 쓰기 시작했으니 진실이 아닌 것, 내 것이 아닌 것은 차차 걸러내는 훈련을 느리지만 혹독하게 해야 한다.

쉬운 일은 아니다. 주위에서 핀잔을 듣기도 할 것이다. 내 마음의 갈 길은 내가 정해야 한다. 이대로 살 것인가, 완전히 다르게, 혹은 방향만 약간 틀 것인가. 내 마음 깊은 곳에서 들려오는 목소리에 따른 것이라면 셋 중 어느 것이라도 내 삶이다. 그 삶을 사랑하고 그 삶 속에서 충실하면 된다. 선택 앞에서 내 마음이 편치 않고 불행한 느낌이 들고 맥이 빠진다면 다시 생각해야 한다. 이 순간 진짜 내 인생이 시작되었고 낭비할 시간이 없다.

내 감정의 온도를 알자. 뜨거운지 차가운지 혹은 미지근한지. 타인에게 맞춰온 감정의 패턴은 잊어버리고 내가 실제로 어떤 감정을 느끼는지 정확히 알아야 한다. 그러려면 기계적으로 이끌려왔던 생활을 새롭게 발견하려는 의지가 필요하다. 아무 노력 없이 굴러갔던 일상에서 나만의 시간을 갖는 게 좋다. 혼자 도서관도 가고 카페도 가고 서점에도 둘러보고 글 쓰는 감성을 충전할 일들을 이것저것 찾아내서 직접 해보면 마음에 활기가 생길 것이다.

마음의 근육이 튼튼해지면 타인의 비난이나 거절에도 예전만큼 기분이 상하지 않는다. 누구나 다 자기 자신의 이익과 행복을 추구하려고 한다는 사실을 확실히 알았기 때문이다.

"그 사람에게는 그 사람만의 사정이 있겠지."

한번쯤 여유를 갖고 생각해보게 된다. 나 역시 원하는 것은 꼭 하고 원치 않는 것은 거절하는 습관을 들이려고 노력했다. 처음에는 남들이 당황하고 화를 낼 수도 있지만 내가 그런 사람이라는 걸 세 번 정도만 인식시키면 그때는 그들도 그런가 보다 생각한다. 나를 중심에 놓고 타인을 설득해 가는 방식으로 삶을 꾸려가야 자괴감도 적고 스트레스도 덜 받는다.

인간은 그런 존재다. 자기가 가장 소중하고 그것을 침해받았을 때 가장 상처받는다. 지금까지 잊어버리고 소홀히 다뤘을 뿐이다. 이러한 변모들이 결과적으로 다 타인에 대한 존중과 공감능력을 키우는 역할을 한다. 그렇게 되면 자연스레 울컥하거나 발끈하는 일이 적어진다. 스트레스 감수성이 낮아진 것이다.

나를 둘러싼 상황은 좀체 바뀌지 않는다. 내 자세가 바뀌는 것이 먼저다. 자세가 바뀌면 삶이 바뀐다. 문제는 상황(situation)이 아니라 자세(attitude)임을 꼭 기억하자. 하루쯤 마음먹고 날을 잡아 내가 여태 상황에 대처했던 자세와 마음가짐을 예민하게 감지하면서 차츰 방향을 틀어보는 시간을 가져보자. 느끼는 점이 많을 것이다. 그렇게 조금씩 앞으로 나아가자.

가까운 미래에 이루고 싶은 일을 3개월 단위로 적어보자

계획이라는 말을 들으면 우리는 반사적으로 엄청난 것을 생각한다. '장차'라는 단어와 함께 뭔가 대단한 것을 세우고 꿈에 부푼다. 이룰 수 없는, 내 능력 밖의 계획은 허세에 불과하다. 내가 하고 싶은 일(WANT)과 할 수 있는 일(CAN)은 다르다. 계획을 세우기 전에 자신을 진단하는 게 우선이다. 이 과정이 쉽지 않다. 자신을 정확히 아는 것은 모든 것의 출발점이지만 대체로 자신을 부풀려서 받아들이거나 깎아내린다. 있는 그대로의 진면목을 알아야 내가 할 수 있는 일의 범위가 정해진다.

자신을 왜 부풀리거나 깎아내릴까? 이것은 항상 남과 자신을 비교하고 무엇을 하든 점수를 매기는 우리 사회 분위기와 상관이 있다. 경쟁에서 이기려면 나를 더 나은 사람으로 보여야 한다는 무의식, 어차피 질 바에야 아예 처음부터 나를 모자란 사람으로 생각하고 포기하는 게 낫다는 패배의식이 우리의 정확한 모습을 볼 수 없게 만든다. 자신을 믿지 못하고 바깥의 기준에 맞춰 살아온 세월이 너무 길었던 탓이다.

2라운드 인생을 준비하는 사람에게 가장 중요한 것, 먼저 이루어야 할 것은 진정한 내 모습과 상관없는 것들에게서 멀어지는 일이다. 껍질을 벗어던지는 탈각이 일어나야 힘이 나온다. 가짜이거나 전부가 아닌 부분의 모습으로 살아가고 있다는 생각으로는 전력투구를 할 수 없다. 다른 사람은 몰라도 자신은 그 사실을 잘 안다.

자기가 원하는 삶을 살고 있다고 말하는 사람들은 모두 용감한 사람들이다. 어려운 일이더라도 한번은 용감하게 자신의 진짜 모습을 만난 사람. 그리고 그 모습으로 당당하게 세상에 맞선 사람들이다. 자신을 인정하는 순간 힘이 나온다. 이제 가짜는 없다. 순전히 나로서만 이 세상을 살아갈 것이라는 각오.

글쓰기는 그런 각오 없이는 불가능하다. 특히 소설은, 자서전은 진짜를 말하겠다는 각오와 다짐 없이 겉 이야기만으로 쓸 수 있는 장르가 아니다. 독자는 우리보다 영리하다. 우리도 쓰는 사람이 아닌 읽는 사람일 때 지금보다 훨씬 눈이 밝다.

독자는 글자뿐만이 아니라 글의 행간까지 읽는다. 행간을 넘어 작가의 무의식까지 감지한다. 그 모든 것을 떠나 가짜를 써서는 우리 스스로가 재미없어서 오래 쓸 수가 없다. 진짜를 써야 어느 순간 자신도 놀라는 진실을 만날 수 있고 그 힘으로 앞으로 밀고 나간다. 그 과정 끝에 우리는 방금 닦은 깨끗한 유리창 같은 마음으로 앞날을 계획할 수 있다.

계획은 구체적으로 실질적으로 짜야 한다. 3개월마다 계획을 업데이트해보자. 단기 계획과 장기 계획을 나누어서 세세한 부분까지 적어두는 게 좋다. 그래야 실천에 옮기는 동안 만나게 될 여러 변수들 앞에서 자신을 추스를 수 있다. 당황하고 쩔쩔맬 필요 없게 나는 나의 삶을 장악하고 있다. 무방비로 닥쳐오는 환난에 상처투성이로 맞서던 시기는 지났다. 나는 이제 힘이 생겼다. 엉뚱한 데 쓰지 않고 나만을 위해 나의 발전과 행복을 위해 그 힘을 써야 한다.

인생은 적과 동지가 거의 절반 정도씩 차지하고 번갈아가면서 나를 시험에 들게 한다. 슬픔과 달콤함이 교차하고 기쁨과 쓰라림이 차례차례 방문한다. 우리는 그것을 예측하고 있어야 한다. 인생의 큰 그림을 그리고 있어야 '아, 이 장면은 전체 그림의 어느 부분에 해당하는구나', '이것이 지나면 다음에는 어떤 장면이 나타나겠구나' 알 수 있다. 그래서 장기 계획인 3년, 5년, 10년의 계획이 필요한 것이다. 큰 그림이 있어야 작은 그림을 세부에 배치할 수 있다. 처음의 지지부진하거나 난감한 상황만 지나고 나면 흥미로운 여정이다.

오늘 하루를 생각한다. 오늘 하루 내가 한 일을 생각한다. 그 행동을 만들어낸 생각과 감정을 아울러 생각한다. 그 하루가 나의 가장 절실하고 중요한 계획이다. 매일의 일과에 대해 마음으로 다짐하고 일주일, 한 달에 대한 계획을 세워본다. 하루에 이루어낸 일을 기초로 일주일을 계획하고 일주일을 발판으로 한 달 계획을 세운다. 그러면 반년이나 일 년, 그 다음 3년의 계획을 세우는 일은 어렵지 않다. 오늘 하루가 전부라는 생각으로 하루하루를 새로이 인식하고 새로이 사는 일, 그 작은 변화가 큰 변화의 씨앗이다.

나의 변화와 발전을 지켜보는 것만큼 기쁜 일이 어디 있겠는가. 새로운 기운이 내 안에서 솟아나고 나는 이전과 다른 패러다임으로 생활한다. 표정도 바뀌고 옷차림도 바뀌고 말도 태도도 바뀐다. 이 화학변화가 앞으로 내 인생을 이끌어갈 힘이다. 여태 쓰던 근육이 아닌 다른 근육을 써서 퇴화하는 부분이 없이 나를 활동하도록 만드는 일은 인생을 두 번 사는 일이다. 무엇보다 활력이 필요하다. 인생의 연료인 활력이 나를 생동감 있게 만든다.

요령은 없다
— 글쓰기란 생각한 것을 그냥 종이 위에 적어나가는 것

처음에는 한 페이지를 넘기기가 힘들다. 머릿속에는 엄청난 이야기가 있지만 그것을 컴퓨터에 입력하고 보면 너무나 보잘것없는 이야기가 되고 만다. 우리는 그것을 안고수비(眼高手卑)라고 부른다. 읽은 건 있어서 눈은 높고 그것을 직접 실행하는 손은 비천한 경지다. 모든 아마추어, 초보자의 상태를 아우르는 말이다. 조금 잘 쓴다고 하는 사람도 비슷한 처지다. 이 과정은 누구나 거쳐야 하기 때문에 다시 한 번 여기서 강조한다.

"글을 쓰기로 마음먹었으면 당장 시작하라."

이 세상에 글을 쓰지 않을, 쓰지 못할 구실은 백 가지도 넘는다. 그러나 써야 할 이유는 한 가지뿐이다. 나는 글을 잘 쓰고 싶다, 또는 작가가 되고 싶다. 저울에 올려놓으면 어떤 것이 더 무거울까? 그것에 따라서 인생을 살면 된다. 억지로 글을 쓰라고 해도 써지지 않는다. 분명히 중간에 그만둘 거다. 안 쓸 수 없는 사람, 글을 안 쓰는 인생이 너무 힘든 사람. 어떻게든 글이라도 붙들고 늘어져서 이 험난한 세상을 버텨보려는 사람이 글을 써야 한다. 할 일도 많고 재밌는 일도 많은데 제대로 하지 않고 그만둘 일을 뭐하러 하겠나?

글쓰기를 시작하겠다고 마음먹은 사람은 적어도 이런저런 생각을 수십 번 수백 번 한 다음에 '그래, 어쩔 수 없다. 일단 시작해보자' 하고 결정했을 것이다. 그렇다면 이제 더는 다른 생각으로 기운을 빼지 말고 당장 시작하자. 첫 문장을 쓰고 첫 문단을 완성하자. 그 다음은 의외로 쉽게 풀릴 수도 있다.

'첫술에 배부르랴!' 이 말을 믿고 조금 더 밥을 입에 떠 넣어보자. 먹다가 배가 부르면 그때는 잠깐 수저를 놓아도 된다. 첫술을 뜨고 배가 부를 때까지 계속 먹어야 한다. 첫 문장이 다음 문장을 불러오고 또 다른 문장을 계속 불러올 때까지 컴퓨터를 떠나지 마라. 이것이 가장 중요한 첫걸음이다.

"매일 써라."

둘째는 매일 쓰라는 것이다. 첫 문장을 쓰고 첫 페이지를 쓴 다음 손이 풀릴 때쯤 글을 중단하면 도루아미타불이다. 이 지점에서 실패하는 사람이 부지기수다. 시작했는데 바쁜 일이 생겼거나 애인이 전화를 해서 놀자고 하는 바람에 손을 뗐더니 처음에 먹었던 마음이 다 사라지고 아무 생각도 안 나는 거다. 안타까워해봤자 소용없다. 출가한 중처럼 일단 글을 쓰기로 마음먹고 시작을 했다면 도를 닦듯이 매일 한 페이지라도 써야 한다. 그래야 손이 굳질 않는다. 생각의 흐름도 막히지 않는다.

직장에 가야 하거나 데이트를 해야 한다면 조금 더 일찍 일어나서 30분이라도 쓰자. 자신과의 약속을 한 달, 두 달, 석 달만 이어가보라. 그 다음은 어렵지 않게 습관으로 만들 수 있고 글쓰기에 애착이 생긴다. '이렇게까지 했는데 어떻게 그만둬!' 하는 거다. 그만한 절박함이 있었으니까 매일 쓸 수 있기도 했겠지만.

"반드시 글을 끝까지 완성하라."

셋째는 반드시 글을 끝까지 완성하라는 것이다. 아마추어가 가장 흔하게 저지르는 실수나 오류가 도중에 마음에 안 든다고 중단하는 거다. 이거 아무래도 작품이 될 것 같지가 않아, 시간 낭비하지 말고 딴 것, 더 괜찮은 걸로 새로 시작하자. 말은 그럴듯하다. 하지만 그건 엄청난 실수다. 완성할 때까지는 얼마나 완성도가 높은 작품이 될지 아무도 알 수 없다. 끝까지 써봐야, 제 모습을 갖춘 다음에야 판단할 수 있는 문제다. 그러니까 온갖 유혹이 덤벼들고 힘에 부쳐도 일단 죽을힘을 다해 끝까지 가보자. 마침표를 찍고 나면 전혀 의외의 새로운 생각이 들 것이다.

축구 경기와 마찬가지다. 마지막 순간이 와서 경기가 끝날 때까지 결과는 아무도 모른다. 경기 종료 마지막 일 분 안에 골을 넣을 수도 있는 거다. 마지막에 웃는 사람이 진짜 웃는 거다. 문장과 문장 사이의 역학관계란 정말 묘해서 문득 떠오른 문장 하나를 집어넣는 순간 분위기가 확 살면서 찰진 장면이 만들어지는 경우가 드물지 않기 때문이다.

말이 되든 안 되든 일단 시작한 글은 거지발싸개 누더기가 될지언정 마지막까지 완성해야 한다. 그 과정을 견디는 사람은 작가가 될 수 있는 맷집이 있다는 뜻이다. 없더라도 곧 생길 수 있다. 고통을 징검다리 삼아 건너야 하는 인생을 버텨내려면 무엇보다 맷집이 세야 한다. 나 역시 마늘과 쑥을 먹으며 어두컴컴한 동굴에서 석 달을 견딘 곰의 심정으로 처음의 이 기간을 참고 넘겼다. 몇 번이나 실패를 거듭한 다음에.

부디 이 세 가지를 명심하고 처음의 워밍업 단계를 잘 견뎌내자. 이렇게 서너 편만 완성하고 나면 어떻게든 결판이 나면서 계속 쓸 것인지 집어치울 것인지 확신을 갖고 판단할 수 있다. 이런 실험을 해보지 않고 지레 그만두면 언젠가는 다시 쓴다고 또 시도하고 또 실패하면서 세월만 보내게 된다.

처음 석 달은 무조건 세 가지를 실천해보라. 내 능력의 한계와 가능성을 직접 파악해보라. 무언가에 올인해본 경험은 평생 간다. 내 인생에 이 석 달이 애초에 없었다고 생각하고 죽은 듯이 글에만 올인한 사람이라면 뭐가 돼도 된다고 자신한다. 시행착오를 딛고 부디 어떻게 해서든 첫 글을 꼭 완성하기 바란다. 그래야 남은 인생은 자신을 믿고 자신의 능력이 얼만지 제대로 알고 살아갈 수 있다.

잔칫날 먹자고 석 달 굶어온 인생

과연 잔칫날이 왔는가!

요새는 잔치라는 말이 무색하게 결혼식도 환갑연도 돌잔치도 공간을 빌려 가볍게 치른다. 음식 냄새를 풍기며 온 동네가 떠들썩하게 잔치를 하던 시절은 갔다. 이웃을 부르지도 않고 집에 갈 때 떡을 싸주지도 않는다. 가족만 불러 호텔이나 식당을 빌려 간단히 편하게 치른다. 그래도 잔칫날은 잔칫날이다. 큰돈을 쓰고 옷을 맞추고 기름진 음식을 한 상 가득 차린다. 사진사도 부르고 모처럼 많이 웃고 떠든다. 주인공이 된 사람이 과음해서 저지르는 약간의 실수조차 눈 질끈 감고 봐준다. 면죄부는 잔칫날의 보너스 같은 거 아닌가.

그런데 이 잘난 잔칫날을 위해 석 달을 굶은 사람이 있다고 치자. 그 사람은 머릿속으로 무엇을 상상하고 그렸을까. 뭔가 특별한 것, 뭔가 자신을 위해 마련된 귀하고 소중한 것을 바라지 않을까. 반드시 그래야 한다. 왜? 오늘을 위해 석 달을 굶었으니까. 배고픔을 참고 견디며 긴 밤을 보냈으니까. 과연 이 사람은 잔칫날 맛난 음식을 기분 좋게 배부르게 먹을 수 있을까.

퇴직을 생각해보자. '퇴직 후에 나는 무엇을 할 것이다'라고 구체적으로 정하지 않더라도 심정적으로 많은 기대를 할 수밖에 없다. 그동안 해온 노고가 있으니까. 적어도 외국여행이라도 한번 다녀오고 싶고 가족이 차려주는 그럴싸한 밥을 먹으며 기념하고 싶을 것이다. 고생했으니 대접받으라며 얼마간은 자신을 좀 쉬게 해주고 다독여주길 바랄 것이다.

이게 큰 바람인가. 그러나 언감생심이다. 당장 며칠 후면 눈칫밥을 먹어야 한다. 이유야 여러 가지가 있다. 나뿐만 아니라 다른 가족들도 다 그동안 참고 애썼다. 무엇을 위해 더 쓸 힘이 남아 있지 않다. 우리는 모두 이렇게 삶을 간신히 이어가며 살고 있는 거다. 너 나 할 것 없이 다들 여유가 없다. 기다릴 힘이 없다. 당장 눈앞에 내놓아야 믿는다. 피눈물 나는 자괴감을 씹으면 잠 못 드는 사람은 나뿐이 아니다.

미래를 대비하는 가장 현명한 일은 어쩌면 이런 기대감을 접는 것에서부터 시작해야 할지도 모른다. 휴가를 주는 것도, 상을 주는 것도, 엔진에 시동을 다시 거는 것도 전부 나 스스로 해야 한다. 나만 늙은 것이 아니고, 나만 바쁜 것이 아니고, 나만 대접받을 만큼 열심히 산 게 아니므로. 그러니 새 판을 짤 수밖에 없다. 눈물을 머금고 기대와 희망을 착착 접어서 서랍에 넣고 담담히 새 인생에 발을 내디뎌야 한다. 전혀 설레지도 않고 전혀 힘차지도 않지만.

희망의 말을 해줄 수 없어서 미안하다. 나 역시 같은 노정 앞에 서 있다. 나 그동안 무척 애쓰며 살았다는 말을 하기가 오히려 부끄럽다. "애쓴 게 그 정도 밖에 안 되느냐"는 말이 돌아올까 무섭다. 외롭다. 아무도 내 심정을 고스란히 이해해줄 사람이 없다. 내가 해야 할 일도 별로 줄지 않았다. 그러나 힘은 반 토막이다. 아름다움도 힘도 재능도 스러져가고 있다. 애초에 그런 게 있었던가 의심스럽기조차 하다.

그래도 홀로 서야 한다. 고독의 힘을 믿을 나이가 되었다는 것을 위로 삼아 앞으로 나아가야 한다. 사는 일이 언제 처절하지 않았던 적이 있었던가. 어찌 생각하면 한 판 농담 같은 인생이다. 농담을 하려거든 제대로 하자. 실컷 웃을 수 있게. 땅바닥의 돌부리를 걷어차듯 내 앞의 복잡하고 너절한 감정 따윈 다 걷어버리고 담박하게 웃으며 오늘 하루를 시작하자. 그렇게 시작한 하루가 한 달이 되고 일 년이 되다 보면 좋은 날도 있겠지. 인생의 전환점에 크게 한번 웃을 일이 나한테 일어나지 말란 법이라도 있단 말인가.

자기가 원하는 삶을 살고 있다고

말하는 사람들은 모두 용감한 사람들이다.

어려운 일이더라도 한번은 용감하게

자신의 진짜 모습을 만난 사람.

자신을 인정하는 순간 힘이 나온다.

순전히 나로서만 이 세상을 살아갈 것이라는 각오.

글쓰기는 그런 각오 없이는 불가능하다.

3장

책을 무엇으로 채울까?

고독을 이길 힘이 없다면 문학을 목표로 할 자격이 없다. 세상에 대해, 혹은 모든 집단과 조직에 대해 홀로 버틸 대로 버티며 거기에서 튕겨 나오는 스파크를 글로 환원해야 한다.

— 마루야마 겐지, 《소설가의 각오》

내 안에 있는 콘텐츠의 실체를 확인하라

다들 막연하게 생각한다.

"나는 지난한 삶을 거쳐 왔고 한 일도 많고 할 말도 많다. 그러므로 나에게는 쓸 거리도 많을 것이다."

과연 그러한가. 가만 누워서 생각하면 머리가 터질 정도로 많은 기억들이 나를 찾아온다. 이런 시간을 한참 보낸 뒤 글을 쓰기로 결심한다. 이걸 책 한 권으로 만들어서 버젓하게 세상에 내보내고 내 존재를 알리자.

그런데 막상 써놓고 보니 생각보다 내용이 부실했다. 이런 식으로 어떻게 책 한 권을 쓰지? 당황스럽다. 절망감도 든다. 엄청날 것이라고 생각한 내용이 A4용지 30매 정도 쓰니까 더 이상 할 말이 없다. 업무에 관한 건 자료를 이어 붙여서 분량을 어느 정도 채워졌는데 도무지 읽을 맛이 안 나는, 재미없는 문서가 되고 말았다. 내 능력이나 문장력 모두에서 실망을 금치 못한다. 시작한 사람의 절반은 이 지점에서 나가떨어진다.

결론부터 말하자면 누구나 처음에는 콘텐츠에도 문제가 있고 문장력에도 문제가 있다. 당연하다. 어떻게 글쓰기를 업으로 하지 않은 사람이 단박에 책 한 권을 별 탈 없이 써내겠는가. 그랬다면 그 사람은 정말 오랫동안 준비해온 사람이다. 로마가 하루아침에 이루어지지 않았듯이 필력도 금세 생기지 않는다. 필력이 생겨야 콘텐츠를 다루는 방법도 세련되고 효율적이다.

글쓰기는 꼭 필요한 과정을 건너뛰고 잘할 수 있는 일이 아니다. 다 거쳐야 한다. 써보고 좌절하고 이것이 아닌가봐, 저것이 아닌가봐 몇 번이나 주먹을 다시 쥔 뒤 자기 문장을 다듬는다. 빼고 더하며 고친 내용을 되풀이해서 읽어보며 진액을 추출해내야 한다. 자기가 평생을 바쳐온 일 중에서 취사선택을 하고 옥석을 가리는 작업이 그리 쉽게 될 리가 없다. 다른 책도 참고하고 믿을 만한 문우나 동료의 피드백을 받기도 해야 한다.

자기 존재를 드러내는 일에 심리적 부담을 느낄 수도 있지만 한번쯤 용기를 내볼 만한 일이다. 거칠게 훈수를 두거나 원고 내용에 대해 함부로 가볍게 말할 사람은 피드백 대상자로 적합하지 않다. 자기 일처럼 읽고 깊이 고민해주면 좋겠지만 적어도 애쓴 원고에 대한 예의를 갖출 줄 아는 사람을 찾아보라. 이 단계에서 잘못했다가는 첫 마디에 모든 사기를 잃고 좌절할 수 있다. 어떤 상황이든 견디고 넘어서겠다는 각오는 물론 어느 경우에나 필수다.

나의 진면목을 가감 없이 바라보라

새로이 세상에 나서기 위해서는 새로운 안목을 가져야 한다. 현재의 나를 가감 없이 바라보아야 답이 나온다. 나의 현재를 직시하라는 말이다. 꼭 그래야 한다고 머릿속으로 수없이 생각한다. 어떻게 하면 나를 알 수 있을까? 정체를 알고 나면 아무리 큰일도 해법이 있다. 글쓰기는 무엇보다 답을 스스로 찾는 모색의 과정이다. 모든 문제에 대한 답이 내 안에서 발견해주기만을 기다리고 있음을 기억하자.

어떤 의미에서 나의 현재 선택은 대개 과거의 생각과 경험을 바탕으로 이루어진다. 중대한 결정을 앞두었을 때, 더욱이 앞날에 새로운 변화를 모색할 때 과거의 나는 참고사항은 될지언정 결정적인 조건은 아니다. 인간한테는 자신을 높이고자 하는 무의식이 있기 때문에 실제 할 수 없는 일도 할 수 있다고 밀어붙인다. 자신 없는 일도 남이 한다는 이유로, 한번 도전해보고 싶다는 막연한 모험심으로 저질러본다. 망하는 건 한순간이다. 후회는 언제나 한발 늦고 대가는 엄청나다.

2라운드 인생에서는 실패를 최소화하는 것이 가장 큰 숙제이다. 1라운드에서는 가진 것이 별로 없었고 그냥 덤벼서 새로운 세계를 개척해야 했기 때문에 무작정 뛰어드는 모험심이 미덕이었다. 2라운드는 이미 일정 정도의 성취를 한 상태이고, 실패한 뒤 회복할 시간이 별로 없기 때문에 현 상태를 유지하는 것도 새 일을 벌이는 것만큼 중요하다. 시행착오와 오류를 줄이려면 현재의 나를 있는 그대로 바라볼 수 있어야 한다.

그냥 앉아서 생각만 하거나 말을 하면 예전에 했던 방식을 반복한다. 약간의 뻥 또는 엄살로 본질을 흐린다. 하지만 글은 다르다. 글을 쓰다 보면 부끄러워서라도 부풀려서 얘기하기 어렵다. 글은 말과 달리 사라지지 않는다. 써놓은 글을 내 눈으로 확인해야 한다. 사실과 다른 것을 썼을 때 얼마나 민망하고 창피할지 짐작이 갈 것이다.

글을 잘 써서 누구 앞에서 발표를 하는 것이 아니라도 나 자신에게 뭔가를 고백하는 셈인데 진실해야 한다. 처음에는 포장하고 연출할 수 있을지 몰라도 자꾸 써내려가다 보면 저 아래 숨어 있던 진실이 나온다. 쓰고 또 쓰면서 내가 원하는 것, 내가 여태 살아온 것, 앞으로 살아야 할 것들에 대해 하나하나 짚어가면서 허세가 아닌 내실을 갖춘 각오가 다져진다. 진짜 자기 모습을 만나는 것이다.

지금 해야 할 일은 글을 통해 스스로에게 제 2의 인생에 대한 워밍업을 시키는 것이다. 누구 앞에서 발표를 하는 것이 아니라 글을 통해 나에게 내가 누구인지 알려주는 일이다. 그 과정을 제대로 치르지 않으면 우리는 1라운드의 실수를 그대로 되풀이한다. 이번에는 실패하더라도 잘 실패하자. 결과는 놔두고라도 과정 하나하나를 내 인생의 순간으로 즐기고 소중히 여기자.

세상을 보는 앵글을 바꾸려면 발상의 전환이 필요하다. 그동안은 도수가 안 맞는 안경으로 더듬더듬 간신히 앞만 보며 살았던 적이 많았다. 그래서 오류가 생긴 거다. 오류를 발견했다면 눈을 비비고 맞는 안경을 찾아 맑은 눈으로 다시 보면 된다. 세상 돌아가는 일의 정체를 알고 나면 아무리 큰일도 해법이 있다. 있는 그대로를 보려는 나의 의지만 있으면 여태 보지 못했던 나의 진면목을 만날 수 있다.

내가 경험한 세상에서 뽑아낸 글

경험이 많으면 글을 잘 쓸 수 있다고 생각하기 쉽다. '내 인생이 소설 열 권'이라는 말이 그 생각을 대변한다. 남들은 상상도 못할 엄청난 경험을 한 노인이 과연 글을 잘 쓸 수 있을까? 글은 경험, 사실, 현실 그 너머에 있다. 아무리 엄청난 것도 문장으로 표현해내야 한다. 음식 맛을 정확히 볼 줄 아는 절대 미각을 가진 사람이 모두 요리를 잘할 수 있는 것은 아니다. 요리 솜씨는 맛보는 능력과 별개의 것이다. 문장력 또한 지식이나 경험과 별도로 손으로 연마해야만 얻을 수 있다.

처음 글을 쓸 때는 가능하면 내가 잘 아는, 내가 경험해서 깊이 있고 넓게 표현할 수 있는 세계를 그리는 것이 좋다. 아직 기본 문장력도 갖추어지지 않은 상태에서 상상력과 창의력을 맘껏 발휘하려는 것은 지나친 욕심이다. 남다른 경험과 식견을 갖추었다는 사실에 대해 과대평가를 하면 맨땅에 헤딩하는 식의 치열한 문장 연습을 게을리하기 쉽다. 말하는 법을 먼저 터득한 다음 내가 무엇을 말할 것인가를 생각해야 하는 것과 같은 이치다.

그럼에도 불구하고 수많은 사람 중에서 나만이 경험하고 나만이 깨달은 삶의 이치는 무엇보다 값지다. 남과 나를 비교하기 전에 그 누구도 알지 못하는, 내가 본 세계가 있다는 사실에 대해 확신을 가져야 한다. 나보다 잘 알 수는 있어도 내가 아는 것을 그대로 알 수는 없다. 인생 경험 앞에서 우열을 따질 필요는 없다. 나만이 낼 수 있는 내 목소리가 중요하다.

끝없이 점수 매기고 서열을 정하는 삶은 1라운드에서 충분히 살아봤다. 이제는 그 누구와도 비교할 수 없는 독자적인 삶을 내 스스로 개척해야 한다. 경쟁의 도상에 섰다고 생각하는 순간 너무 많은 기가 빠져나간다. 이제부터 나의 경쟁자는 오로지 나 자신뿐이다. 오늘의 내가 경쟁할 대상은 어제의 나 자신이다. 그조차 필요 없다. 어제는 어제대로 오늘은 오늘대로 나답게, 나의 최선으로 살면 된다.

2라운드 인생은 다그치고 몰아붙이고 때로는 짓밟는 사회

구조 속에서 살아남은 자신을 스스로 믿어주는 데서부터 시작한다. 남들은 모르는 나의 그림자, 내 삶의 이면을 내가 인정해주고 가치를 부여하자. 희생과 자제로 버텨낸 부분은 서서히 자발적이고 주체적인 삶의 형식으로 바꿔나가자. 끌려다니는 것이 아니라 스스로 세상 속으로 걸어 들어가자.

《소설가의 각오》,
"절제된 생활만이 새로운 글을 탄생시킬 수 있다."

글을 쓰고자 하는 사람에게 꼭 권하는 책이 있다. 일본 작가 마루야마 겐지가 쓴 《소설가의 각오》마루야마 겐지 저, 문학동네다. 마루야마 겐지는 소설은 마음이 아니라 '몸'으로 쓰는 것임을 실천하고 보여주는 작가다. 30년 넘게 일본 산골 기슭에 칩거한 채 집필활동을 하는 그는 삭발한 모습으로 외부와의 관계를 끊고 창작에만 몰두한 채 살아간다.

"고독하니까 혼자서 할 수 있는 일이나 놀이에 열중하는 방향으로 치닫는다. 내게 그것은 소설이고 오토바이며 낚시이다. 다만 그런 인간들 중에서 내가 좀 색다른 것은, 결코 나약하지 않는 자세로 그 길을 나아갔기 때문이다. 고독하니까 외롭고, 외로우니까 비슷한 인간을 구하여 친구로 만들고, 그와 더불어 늘상 붙어다니면서 서로의 상처를 보듬어주는 나날을 나는 절대로 용납

할 수 없다. 나라는 사나이는 결코 타인과 순조롭게 사귈 수 없다는 것을 깨닫고 홀로 외로운 길을 질주하리라 결의를 굳혔다. 외로움과 정면대결하기로 작정한 것이다."

그는 소설가의 직함을 갖고 소설이 아닌 부수적인 것들에 집착하는 어설픈 작가이기를 철저히 거부했다. 너무도 외골수여서 스스로 사회성이 부족하다고 말하는 작가의 생활은 구도자의 것과 다름없다. 나 역시 소설을 쓰겠다고 마음먹고 사실상 백수가 되었을 때 가슴이 하도 헛헛해서 뭔가 힘이 될 만한 것을 찾아 참 많은 책을 읽었다. 소설에 관련된 책도 읽고 인생에 관련된 책도 읽었다. 작은 팁이라도 얻을 수 있는 지침서는 누가 권하면 꼭 사서 읽었다. 그중에서 나를 가장 오래도록 강력하게 이끌어준 책이 마루야마 겐지의 《소설가의 각오》였다.

제목도 마음에 들었고 내용은 더욱 찬탄할 만했다. 나와는 기질적으로 전혀 다른 사람, 강하고 억세고 고집불통인 그가 선택한 인생행로를 부러움의 시선으로 바라보았다. 누구나 한번은 왕창 망하고 왕창 고꾸라지는구나. 동병상련의 위안을 얻었다. 깊은 밤, 내 앞에 닥칠 인생이 무서워서 잠을 못 이룰 때 그가 세상을 향해 삿대질하며 울부짖었던 다짐들은 나의 날뛰는 심장을 다독여주었다. 나는 서서히 힘겨운 싸움에서 살아남는 법을 터득했다.

작가가 짧게는 몇 개월 길게는 몇 년의 집필 기간 동안 한 권의 소설을 썼다고 해도 읽는 사람은 고작 서너 시간이면 독파하고 만다. 소설가 마루야마 겐지는 말한다.

"그 서너 시간 동안, 독자에게는 기분의 변화란 없지만, 써야 하는 작가가 장시간 동안 일정한 기분을 유지한다는 것은 절대로 불가능하다. 결국 당초에 바라던 균형 잡힌 소설이 완성되지 않기 마련이다."

자신이 마음을 잡고 무언가를 하려고 할 때는 침묵을 고수하고 그것을 실행해야 한다고 충고한다. 훌륭한 작가는 완성도가 높은 작품을 위해 우선 자기 자신을 단련한다. 긴 시간 동안 집중력을 발휘하기 위해서는 자신의 신체와 정신을 먼저 갈고 닦아야 하는 것이다. '글은 곧 사람이다'라는 명언에서도 지적하고 있듯이 글은 쓰는 사람의 모습을 그대로 닮는 법이어서 작가의 생각과 행동, 태도가 글에 고스란히 드러난다.

"고독을 이길 힘이 없다면 문학을 목표로 할 자격이 없다. 세상에 대해, 혹은 모든 집단과 조직에 대해 홀로 버틸 대로 버티며 거기에서 튕겨 나오는 스파크를 글로 환원해야 한다. 가장 위태로운 입장에 서서 불안정한 발밑을 끊임없이 자각하면서 아슬아슬한 선상에서 몸으로 부딪치는 그 반복이 순수문학을 하는 사람의 자세인 것이다. 고독과 정면으로 대치하여 이겨라. 이길 수 없다 해도 버티어라. 그 버팀의 힘으로, 그 울분으로 글을 쓰고 소설을 쓰고 문학을 논하여라."

검은 펜으로 줄을 긋는다 해도 부족한 일본 소설가가 전하는 충고의 깊이는 어마어마했다. 한 소설가 지망생으로 하여금 펜을 들고 문장 하나하나에 줄을 긋게 했다. 때때로 마루야마 겐지의 글에 도사리고 있는 편견의 늪이 너무나 깊어서 부담스러운 면이 없지는 않았다. 자신의 생각과 사상에 누구도 침범할 수 없을 만큼의 높이로 벽을 쌓았다. 쉽게 이해하고 다가가지 못하게 하는 거리감이 있는 것도 사실이다. 그래도 《소설가의 각오》를 읽으면서 느꼈던 가슴 얼얼함의 정체가 지워지지 않는 것을 보면 이 책의 공포에 이미 익숙해져 나 자신을 철저한 물음으로 되돌아보고 있는 것이다. 언어의 힘으로 육박해 들어오는 소설가의 각오를 만나기 위해 책을 들춰보고 펜을 쥐게 한다.

"나는 산에서의 생활이 정신과 육체에 어떤 영향을 끼치는지 잘 알고 있었다. 피하지방이 연소하면 그 다음에 무엇이 남는지도 잘 알고 있었다. 재빠른 동작, 민감한 오감, 동물적인 삶에 필요한 모든 것이 되살아날 터였다."

그는 고독한 소설가의 길이라는 싸움을 택한다. "이 세상을 혼자 살아가겠다는 사고는 오만불손하기 짝이 없지만, 그럼에도 불구하고, 이런 일을 하는 이상은 무리가 되더라도 혼자 사는 방식을 추구하지 않으면 안 된다"고 강변한다. 샐러리맨 같은 생활을 해서는 절대로 안 된다며 다소 극단적으로 판에 박힌 삶을 질타한다. 세상의 고통으로부터 도피하기 위해 책만 읽으면서 가짜 문화인 행사를 하는 안일한 문인을 경멸했다. 현실과 정면대결해서 얻는 몸의 언어로 글을 쓰라는 충고를 깊이 새긴다.

생계는 생존이다.
취미가 아니라 직업의식을 갖고 글을 써라

한국 사회만큼 물질만능주의에 물든 사회도 없을 거라고 개탄하는 사람이 많다. 그럼에도 돈을 입에 올리거나 돈 문제를 중요하게 생각하면 속물이라는 눈으로 본다. 처음 만난 사람한테 월급이나 아파트 평수, 재테크에 대해 물어보는 것이 결례가 아닐 정도로 돈 얘기를 스스럼없이 한다. 그러면서도 돈을 좋아한다고 하면 이상하게 보는 이중적인 시선이 있다. 실로 위선을 강요하는 사회 분위기가 아닐 수 없다. 돈은 가장 절박한 문제이고 우리가 일을 하고 땀을 흘리는 이유도 사실 돈을 벌기 위해서다. 돈이 충분하다면 이토록 열심히 직장에 다니거나 일을 할까. 그만큼 돈과 우리의 삶은 떼려야 뗄 수 없는 관계를 맺고 있다.

글을 쓰는 것도 공부를 하는 것도 그냥 취미로 한다는 생각으로 시작하면 딱 그만큼밖에 할 수 없다. 내 삶의 절대적인 문제이며 생계와 연결된다는 생각으로 임해야 한다. 8, 90%

이상의 사람이 당장 일을 하지 않으면 생계를 걱정해야 할 살림을 살고 있다. 그런데 나는 돈에 관심 없다는 식으로 소일거리 삼아 글을 쓴다고 하면 거기 어떤 생각이 깃들겠는가. 그 생각은 오만이다. 아침부터 저녁까지 먹고살기 위해 죽어라고 일하는 사람에 대한 모독이다. 타인의 고통에 무관심한 사람이 쓰는 글이 감동을 전할 수 있을까?

생계는 생존이다. 인간은 동물이라 모든 행동이 생존을 위해 필요한 것을 중심으로 이루어진다. 나에게 글쓰기는 당장 내 삶을 꾸려갈 방도를 얻기 위한 절체절명의 것이어야 한다. 적어도 2라운드를 모색하는 지금은! 비장하고 딱딱한 마음을 말하는 것이 아니라 온 마음을 다해 나 자신을 들여다보고 뭔가를 캐내야 한다는 각오를 말하는 것이다.

표면에 떠오르는 생각 몇 자 끼적거리기 위해 책을 쓸 생각이라면 일찌감치 그만두는 것이 좋다. 나 자신에게 정직하고 이참에 뭔가를 제대로 알고 싶다는 바람 속에서 글을 써나가야 한다. 그런 각오에 있어서는 마루야마 겐지를 따라갈 사람이 없다.

그는 문학계를 둘러싼 현실을 엄중히 비판한다. '문학의 죽음'은 바로 소설가들이 제대로 된 소설을 쓰기 않기 때문이라고 꼬집는다. 패거리를 지어 술집이니 서재니 출판사 등 지극히 한정된 장소만을 오가면서 아무런 의문도 품지 않는 소설가들이 쓴 작품에 독자들은 진저리를 치고 소설에서 멀어진다는 것이다.

완전히 동의할 수는 없지만 자신을 돌아볼 계기로 삼을 필요는 있다. 언제든 누구에게든 배울 수 있어야 글 속에 공감이 담긴다. 출판사는 또 어떠한가. 많이 팔리기만 하면 된다는 식으로 대중매체를 쫓아다니기에 바쁘다. 마루야마는 인터뷰에서 소설이 제 자리를 찾으면 희망이 있다고, 소설가는 오직 소설로 대답한다고 말한다.

"언어는 인간만이 가진 도구이고, 그 도구를 사용하는 방법을 갈고 닦아 완전히 몸에 익히는 것이 작가의 사명이다. 영상이 판치는 시대, 사람들은 문자를 통해 이미지를 떠올려야 하는 소설을 귀찮아한다. 하지만 그 자체로 정말 뛰어나고 완벽한, 사람들이 감탄할 수 있는 문장을 만들어낸다면 문학에도 미래는 있다."

감탄할 만한 문장을 내면에서 길어 올리기 위해 그가 시종일관 견지하려고 했던 태도는 '자신을 지켜내는 것'이었다. 문학이 존재하고, 그것을 반듯하게 성취하려는 뜻이 있다면, 다른 것은 전혀 필요치 않다는 그의 말은 글을 쓰려는 사람 누구나 새겨들을 만하다.

그는 주목받는 것을 경계했다. 매스컴의 유명세를 멀리하고 오직 소설로만 인정받기를 원했다. '자신을 지켜내기' 위해서 최소한의 생활비로 글을 쓸 수 있도록 산골로 이주했으며 소설가로서 누릴 수 있는 권위와 혜택도 거부했다. 고독을 이길 힘은 쉽게 얻어지는 게 아니다. 스스로가 다져낸 내면의 힘으로 세상에 맞서는 것이다.

최소한의 생활만을 구가하며 스스로 생각한 경지를 향해 똑바로 올라간다. 소설을 쓰기 시작하면서부터, 몇 십 년을. 장인정신을 가진 등산가 같다고나 할까. 그는 쓰고 또 썼다. 다작을 하면서도 질을 떨어뜨리지 않는 그가 처음 문단에 나타났을 때 많은 사람들이 그의 재능을 의심했다. 운이라고 폄하했다. 누구보다 그 자신이 스스로를 의심했다. 그래서 다음 소설을 썼다고 한다. 자신을 믿기 위해서.

글쓰기는 무엇보다 자신과의 승부다. 삶, 생존에 대한 엄중한 자기 각성 위에서 자기 길을 개척해야 한다. 그의 글을 읽고 사람들이 가슴에 서늘한 기운을 느끼는 이유도 그가 그런 엄중한 마음으로 쓰기 때문이다. 구도자라는 별명에 걸맞게 그의 글은 읽는 사람의 머리를 죽비로 내리치는 느낌을 준다. 힘과 용기가 솟기도 하고 나태함과 게으름이 사라지고 머리가 맑아진다. 아이스버킷을 당한 기분이다.

생각은 변한다, 변해야 한다.
그 변화를 포착하고 계획을 업데이트하라

한 가지 유념해야 할 것은 글을 쓰는 동안에도 내가 계속해서 변하고 있다는 사실이다. 애초에 생각했던 글과 달라질 수 있는 가능성은 얼마든지 있다. 많다. 어쩌면 그래야 제대로 하

"이 세상을 혼자 살아가겠다는 사고는

오만불손하기 짝이 없지만,

그럼에도 불구하고,

이런 일을 하는 이상은 무리가 되더라도

혼자 사는 방식을 추구하지 않으면 안 된다."

고 있는 것인지도 모른다. 그러니 중간에 글의 방향이 달라졌다고 해서 '어, 이게 아닌데' 하고 놀랄 필요 없다. 글이 이끄는 대로 나를 맡겨봐도 나쁠 것 없다.

글은 어디로 도망가지 않는다. 써놓고 나중에 아니다, 난 역시 처음의 계획대로 가자, 하면서 방향을 또 돌리면 된다. 그동안 헛수고나 딴짓을 한 게 아니다. 다른 것을 쓰는 동안 그만큼 필력도 늘었을 것이고 여러 가지 시험도 되었을 것이다. 실제로도 뜻밖에 좋은 글을 쓴 사람이나 예상외의 책을 써서 히트까지 한 사람은 이 경우에 속한다. 자기 안에 숨어 있던 것들이 새로운 환경에 튀어나와서, 혹은 자기 안의 변화의 씨앗이 현실을 만나서 놀라운 안목을 글에 담아낸다.

내가 처음 소설을 쓰겠다고 나섰을 때 '나는 이것을 꼭 써야 한다'는 그 무엇이 있었다. 처음에는 '나의 테마'가 마음대로 써지지 않았다. 한동안 문장 수련을 하고 이것저것 소설을 써나갔다. 그러는 과정에서 처음 쓰고자 했던 것을 잊었다. 다른 관심사가 생겨났다. 그것 말고도 쓸 것은 널려 있었다. 나뿐만이 아니라 많은 사람들도 비슷한 과정을 거쳤다.

자기 안에 무엇이 있는지는 글을 써보지 않고는 정확히 알 수 없다. 쓰고 난 다음에 '아, 이런 게 있었네' 하고 또 다른 걸 쓴다. 그걸 하나씩 확인해가면서 자기 세계가 확장된다. 수시로 지금 내가 쓰고 있는 글과 앞으로 써나가야 할 글에 대한 생각을 정리해볼 필요가 있다. 자기 객관화는 한 번으로 끝나지 않는다. 지속적으로 '현재의 나'를 진단하고 앞으로의 나를 그려봐야 한다.

여태까지 쓴 글을 정리해서 어떤 것들이 있는지 알고 있고, 앞으로 쓰고 싶은 글도 미리 메모를 해둔다. 중단기 계획의 필요성은 실천에 도움을 받기 위해서다. 나는 한 달, 일 년의 계획표를 죽 적은 다음 이루어냈을 때 X표를 한다. 그 옆에 날짜까지 적어둔다.

머릿속에서 일어나는 일을 종이에 적어 눈으로 확인하는 일은 중요하다. 대충 넘어가는 식으로는 안 된다. 머릿속에 있는 건 보이지 않고 아무도 모르기 때문에 자기 자신도 모르고 넘어간다. 안 했으면서도 안 한 줄 모른다. 자기 자신을 속이기 쉽다. 대부분의 실패는 자신한테 속아서 일어난다.

천리 길도 한 걸음부터 시작하자. 내가 어떤 각오로 현재 삶을 살고 있는지는 글에 다 나타난다. 글의 위대함이다. 약한 마음을 먹으면 약한 기운이 드러나고 단단한 마음을 먹으면 단단한 기운이 스며나온다. 우리가 가고 있는 길이 길고 힘겨운 길이 될지, 발걸음이 가볍고 콧노래가 나오는 길이 될지는 순전히 우리 손에 달려 있다. 내가 어떻게 꾸려나가느냐에 따라 꽃길이 되기도 하고 가시밭길이 되기도 한다.

세상을 탓하기 전에 내가 먼저 변해야 한다는 간절함을 실천으로 이어가며 쉼 없이 앞으로 나아가라. 너무 느슨하지도 않고 너무 조이지도 않으면서. 진정한 자유는 남으로부터 온 요구가 아니라 나 스스로의 선택을 따른 길을 갈 때만 얻을 수 있다. 소박하더라도 아름답고 편안한 길에서 가슴을 쫙 펴는 자유를 만끽하는 것이다.

인생은 내 계획대로 내가 짜놓은 스케줄대로만 움직이지 않는다. 나 자신을 믿고 유연하게 변화하는 나를 기다려보자. 그럴 수 있다면 정말 행복한 일이다. 점점 머리가 돌이나 쇠처럼 굳어서 자기만 옳다고 생각하기 쉬운데 내게 아직 말랑말랑한 부분이 있어서 변하고 바뀔 수 있다는 얘기다. 그건 축복이다. 사람들을 보면서 가끔 이런 생각을 한다.

"아, 저 사람이 반년만 자신을 위해 투자하면 참 좋을 텐데. 눈 딱 감고 육 개월만 나를 위해 내가 원하는 것, 할 수 있는 것을 찾기 위해 쓴다면 남은 인생은 훨씬 더 나을 텐데."

실제로 50이나 60의 나이에 이른 사람도 남은 인생이 얼마나 긴가. 그런데 다 살아버린 얼굴로 주변에서 환영받지 못하는 존재로 하루하루 살고 있다면 이처럼 안타까운 일도 없다. 당장 내일 세상을 떠나야 한다고 했을 때 분통을 터뜨리며 억울해하지 않는 인생을 살아도 모자랄 판이다. 얼마나 귀하고 아까운 시간인데 우리는 불행해지기 위해 사는 것처럼 서로를 미워하고 자신을 믿지 못하고 나와 남을 함부로 대한다.

그런 점에서 글쓰기는 참 위대하다. 어쨌거나 글을 쓸 때면 잠시 멈추어 나를 보게 된다. 나를 보지 않고는 쓸 수 없는 것이 글이니까. 나 자신 속에는 남도 들어 있다. 이 일을 반복하다 보면 당연히 공생이 뭔지 알게 된다. 공생은 상생으로 나아간다. 상생은 서로의 행복을 위해 애쓰는 게 무엇인지 생각하고 실천하는 일이다.

인생이력서를 써보라
— '모든 이야기는 자신이 겪은 일에 대한 증언 또는 과장'

뭘 써야 하지? 처음부터 쓰고자 하는 글이 확실한 사람도 있지만 글은 쓰고 싶은데 어디서 시작해야 할지 모르는 사람이 더 많다. 그럴 때 인생이력서를 써보라고 권한다. 지금까지 살아온 삶을 겪은 대로 마음의 소리에 귀 기울이며 곡진하게 풀어낸다. 나중에는 어떻게 될지 몰라도 우선은 창작의 답을 거기서 찾아라. 자기 안에 실마리가 있다고 생각하면 쉽다. 하지만 어떤 경우는 내 안에서 글감을 찾기가 더 어려울 수도 있다. 그럴 경우엔 자기 주변의 누군가를 내세워라. 그러면 시작하기 쉬워진다.

시작이 문제지 시작하고 나면 속도는 나게 되어 있다. 남의 이야기라고 생각하고 시작했어도 쓰다 보면 결국 자기 얘기다. 인간은 자기 자신밖에 관심이 없다. 가족이나 친구, 주변 사람들에게 마음을 쓰고 사랑을 주고받으며 살고 있지만 궁극적으로는 자신에게 가장 많은 관심과 애정을 보낸다. 그게 정상이다. 자기보다 남에게 애정이 많은 사람이 있다면 오히려 건강하지 않은 사람일 가능성이 높다. 많은 신경증이나 정신과적 증상이 자기보다 타인한테 더 의존하는 데서 생긴다. 뭐든 나를 믿고 나를 사랑하는 마음가짐에서 시작해야 한다.

자기중심적인 사람이 되라거나 타인에게 공감하지 못하는 냉혈한이 되라는 말이 아니다. 가장 가까운 사람인 자기 자신을 알고 자신의 문제를 깊이 들여다볼 줄 알아야 남의 문제도 그만큼 잘 다룰 수 있다. 전문용어로 '미학적 거리두기'라고 부르는데, 타인을 빌어 내 이야기를 시작하면서 나와 타인을 동시에 아울러 이해하는 지점에 도달한다.

인간은 자기 자신의 진실을 표현하고 인생을 기록하고자 하는 욕망을 가진 존재다. 자기 이야기를 한다고 하면서도 나쁜 건 숨기고 좋은 건 부풀려서 이야기한다. 초기에는 이런 과정을 당연히 겪는다. 이상하게 이런 글은 독자가 다 알아차리고 감동을 느끼지 못한다. 쓰는 사람 자신도 점차 흥미를 잃는다. 자기가 스스로 마음의 빗장을 열고 진솔하게 써나간 글만이 작가와 독자 모두를 움직인다. 기술보다 마음이다. 머리로 생각하고 마음으로 써야 한다. 기술은 그 과정에서 저절로 터득한다.

만약에 소설이나 시, 극본을 쓰려고 한다면 이런 예술 장르는 픽션이 가능하기 때문에 약간의 과장과 변형을 할 수는 있다. 인간 본연의 보편적인 이야기에서 너무 멀리 가지만 않는다면 문제는 없다. 어쨌거나 책 한 권을 시작해서 완성하려면 수없이 많은 계단을 올라가야 한다. 계단 하나하나 오르는 일을 즐겁고 신명나게 해야만 마침내 꼭대기에 도달할 수 있다.

그러기 위해서는 자신의 리듬을 파악할 필요가 있다. 나는 어떤 때 제일 글이 잘 써지고 어떤 때는 도저히 한 줄도 못 쓰는지 알면 싫은데 억지로 하는 일을 피할 수 있다. 적어도 나 스스로 재미있어서 자발적으로 한다는 느낌이 있어야 오래 할 수 있고 잘할 수 있다. 이것 또한 나(의 능력)를 알아가는 과정에 해당한다.

난관에 부딪쳤을 때
'작가의 말'을 쓰면서 초심을 돌아보라

글 쓰는 과정을 생각해보자.

맨 처음에 주제를 정한다. 그 주제는 '제목'이라는 형식으로 표현된다. 그러고 나서 주제에 맞는 세목, 즉 목차를 정한다. 그 다음은 목차에 따른 내용을 채워나가면 된다. 이건 보통 글을 쓰는 사람이 거치는 과정이다. 쓰고 싶은 내용은 확실히 있는데 목차를 짤 만큼 머릿속에서 체계를 갖추지 않은 경우도 있다. 어쩌면 이런 경우가 더 많을지도 모른다.

이때 할 수 있는 것이 '작가의 말'을 써보는 일이다. 뜨겁게 글쓰기를 시작했던 초심으로 돌아가 내가 왜 이 책을 쓰려고 하는지, 지금 시점에서 이 작업이 왜 필요한지 솔직하게 써내려간다. 미처 생각하지 못한 본심이 나올 수도 있다. 내 안에 이런 것이 숨어 있었나 싶을 것이다. 내 심중의 계획을 쓰다 보면 저절로 앞으로의 계획이 흘러나온다. 내가 여태 해왔던 일을 돌아보며 할 수 있는 일과 하고 싶은 일을 정한다. 나는 이렇게 살아왔으니 앞날은 저렇게 살고 싶다는 말을 스스로 뱉어낼 때 글을 쓸 힘이 나온다.

여기까지가 초기 작업이다. 이걸 해내고 하루하루 글을 써서 분량을 차곡차곡 쌓아간다. 그 일을 하는 시간 동안 예전과 다른 글 쓰는 사람의 정체성이 조금씩 만들어질 것이다. 생각도 더 많이 하고 책도 더 많이 읽고 사람들의 이야기에도 더 진지하게 귀를 기울인다. 늘 보던 풍경이나 사람들도 다른 눈으로 보게 된다. 어느 기간까지는 이런 일들이 즐겁게 잘 이루어진다. 그러다 돌부리가 튀어나온다.

뭔가 답답하고 글이 잘 안 풀리고 지지부진한 느낌. 너무 놀라지 마라. 막힐 때는 처음부터 다시 시작하면 된다. 이제부터는 새로운 단계의 또 한 번의 시작이다. 방향은 정해졌다. 조금 삐걱대지만 가던 길을 계속 가야 함을 스스로에게 일러준다. 이전과는 다른 더 나아진 새 그림을 머릿속에 집어넣는다. 글을 써왔기 때문에 지금의 그림은 좀 더 구체적인 모습이다.

자신이 나아지고 있다는 것만큼 스스로에게 힘을 주는 게 없다. 주변에서도 내 좋은 모습과 장점을 알고 있는 사람들과 교류하라. 나를 잘 안다고 생각하고 묵은 실수나 단점을 끄집어내는 사람과는 당분간 거리를 두는 게 좋다. 인간은 끝없이 타인과 얽히고설키면서 삶을 만들어가지만 결국에는 자기 땅에 발을 딛고 서야 하는 존재다. 나를 믿고 나에게 자양분을 공급해줄 사람은 나다. 그런 대화를 나눌 사람이 있다면 그 기회를 놓치지 말고 서로 격려하고 응원하고 지지해주자.

좋은 대화는 체했을 때 손을 따주는 바늘 같은 역할을 한다. 잠깐 콕 찔러서 피 한 방울 났을 뿐인데 속이 확 뚫리면서 몸이 편안해진다. 몸이 평안하면 마음도 영혼도 평화롭다. 그 원리를 기억하고 나도 남에게 남도 나에게 그런 역할을 해주는 시간으로 남은 삶을 채우자고 다짐한다. 잘 말하기 위해서는 잘 들어야 한다. 상대방의 말에서 내가 배울 것과 버려야 할 것을 가리는 일도 글쓰기의 취사선택과 연결된다. 일방통행이 아니라 상호작용을 통해 관계는 돈독해진다. 함께 이룬 것은 두 배로 가치가 있고 힘이 세다.

세상을 탓하기 전에

내가 먼저 변해야 한다는 간절함을

실천으로 이어가며 쉼 없이 앞으로 나아가라.

진정한 자유는 남으로부터 온 요구가 아니라

나 스스로의 선택을 따른 길을 갈 때만 얻을 수 있다.

소박하더라도 아름답고 편안한 길에서

가슴을 쫙 펴는 자유를 만끽하는 것이다.

4장

문장은 어떻게 써야 하나?

글을 잘 쓰려면 무엇보다 글쓰기에 대한 공포를 극복해야 한다. 이를 위해서는 글쓰기 습관을 기르는 게 좋다. 글 쓰는 행위에 적응되면 두려움은 들어설 여지가 없다. 목표를 세워 글을 쓰면 웬만해선 글쓰기를 멈출 수 없게 된다. — 소설가 김영하

문장력을 위한 1만 시간의 법칙, "매일 써야 한다"

구슬이 서 말이라도 꿰어야 보배! 이보다 더 간결하게 문장에 대한 이야기를 전할 수는 없다. 내용물이 귀할수록 거기에 맞는 좋은 그릇에 담아야 한다. 의미를 정확히 전달할 단어와 문장을 고르는 일은 목수가 연장을 다듬는 것과 같다. 지금 내가 어떤 상태든 크게 걱정할 필요가 없다. 시간을 바쳐야 한다. 땀과 눈물과 한숨도 바쳐야 한다.

글을 쓰겠다고 마음먹었지만 실천하는 데는 시간이 걸린다. 왜 생각만큼 열심히 쓰지 않을까? 곰곰이 들여다보는 것도 글쓰기 과정이다. 가만히 있으면 실천은 계획에서 멀어진다. 계속 써나가야만 계획과 가까워지면서 자신의 역량에 변화가

생긴다. '모든 이야기는 자신이 겪은 일에 대한 증언 또는 과장'하는 것임을 기억하고 인생이력서를 쓴 뒤 창작의 바다에 빠져보라. 요령은 없다. 글쓰기는 생각한 것을 그냥 종이 위에 적어나가는 것일 뿐!

한 가지 기술을 익히는 데 걸린다는 일만 시간이 문장이라고 예외가 될 수는 없다. 수업을 할 때마다 학생들에게 글쓰기가 몸에 배지 않으면 책은 나오지 않는다, 우선 매일 쓰는 연습부터 하라고 강조해 말한다. 매번 내 말을 실천하는 사람과 엄살을 부리면서 미루는 사람이 비슷한 비율이다. 처음 시작할 때는 비슷한 실력이었는데 몇 달 지나면 하늘과 땅 차이로 둘의 필력이 차이 난다. 본인들도 놀란다. 몇 달 동안 이런 일이 일어날 수 있다는 사실이 거짓말 같다.

글쓰기를 앞으로 내 인생을 이끌어갈 도구로 삼는다는 생각을 하자. 어렵게 생각하기보다 매일 생각을 다듬어 그것을 글로 남긴다는 마음으로 시작하자. 그 시작을 붙들고 늘어져서 시간을 끌다 보면 습관이 된다. 콘텐츠는 내 안에 있다는 생각을 믿고 자신의 말에 귀 기울이는 일을 멈추지 말자. 망설이고 미루기는 충분히 했다. 이제 한발을 내딛듯 첫 문장을 쓰고 이어가는 일만 남았다.

무언가를 매일 한다는 건 이렇게 대단한 일이다. 매일이 어려우면 일주일에 5일, 3일 정도로 시작해도 좋다. 어차피 쓰다 보면 손이 풀리거나 재미있어서 매일 쓰게 될 것이다. 자기 글이 발전하고, 자기 얘기를 하다 보니 신기해서 분량이 점점 늘어나는 걸 수업마다 확인한다. 그런 사람을 보면 저절로 미소가 지어진다. 이제 한 고비 넘었구나.

일정한 기간을 정해서 그 기간만이라도 죽기 살기로 매일 글을 써보자. 쓸 게 없으면 내가 좋아하는 책을 옆에 놓고 그거라도 베껴보자. 일단 책상 앞에 앉아서 글을 쓰는 몸을 만들어본다. 몸이 먼저 나아가서 마음을 이끌고 생활을 이끌어가는 경험을 해보는 거다. 이것 역시 나를 발견해나가는 과정이다. 처음에 잘 안 됐다고 포기하지 마라. 다시 시작하고 다시 실패하고 다시 시작하기를 두려워하지 말기를!

글쓰기는 세 줄부터

손과 머리의 거리는 천 리다. 머릿속에서는 만리장성 같은 이야기가 펼쳐져 있고 용광로처럼 들끓어도 손은 꿈쩍도 안 한다. 처음 글쓰기를 시작했을 때 가장 난감한 것은 그것 때문이었다. 내 머릿속에 있는 생각은 금강석인데 손으로 꺼내는 순간 숯덩이로 변한다. 머리에서 손까지 내려오는 동안 그 숱한 생각들은 다 어디로 사라지고 앙상하고 초라한 몇 줄의 글만 남았는가. 그 지점에서 절반 이상은 포기한다.

그렇다면 어떻게 해야 이 안고수비(眼高手卑)의 시기를 무사히 통과할 수 있을 것인가.

절박함, 책임감, 자존심이 있다면 여기서 백기를 들 수는 없다. 어떻게 해서든 갈 데까지 가봐야 한다. 마지막 정거장에서 뭐가 기다리고 있는지 알기 위해서는 자갈밭이든 진흙탕이든 지나가야 한다. 상당수의 사람들은 이 과정을 미리 짐작하고 침착하게 대응할 지도 모른다. 어떤 큰일도 단숨에 정상까지 도달하도록 가만히 두고 보지 않는다는 것을 오십 세쯤 된 백전노장은 이미 터득했을 테니까. 담담히 그러나 꾸준히 맞선다.

초라한 몇 줄을 며칠 동안 계속 쓴다. 쓰고 또 쓴다. 길이는 점점 길어진다. 조금씩 덜 초라하고 덜 거칠다. 뭔가 기미가 보이는 것도 같다. 고수는 호들갑을 떨지 않는다. 고수가 될 싹수가 보이는 사람은 어지간한 뚝심으로 초기의 이 울퉁불퉁한 감정을 태연히 넘어선다. 이 고비만 넘기면 곧 긴 숨을 내쉬면서 산의 중턱쯤 올라와 먼발치에 아름답게 펼쳐진 능선을 볼 수 있다. 이때부터는 여태까지 해온 속도로 계속 가기만 하면 된다.

한 수 거든다면 처음에 손가락이 움직이지 않으려고 할 때 스스로에게 이렇게 명령하라.

"세 줄만 써. 딱 세 줄만!"

그 다음날도 또 그 다음날도 그렇게 하면 된다. 어느새 한 달이 지나 있을 것이다. 그때는 스스로에게 명령할 필요가 없다. 써놓은 글이 쌓이는 시간이 필요하다. 어느 정도의 양이 나오면 그때는 자기가 하려고 하는 말의 형태가 어렴풋이 느껴진다. 나를 비롯해 다른 작가들도 경험하는 바인데 글을 쓰고 싶다는 마음을 먹었을 때 예상한 글과 실제로 써나갔을 때의 내 글은 상당히 차이가 있다. 자신의 무의식에 무엇이 숨어 있는지 전부 다 알 수는 없다. 이 지점이 흥미롭다. 나조차 모르는 나에 대해 쓴 글이란 과연 어떤 건가. 여기서부터 가속도가 붙기 시작한다.

자신의 인생에 대한 책임감과 이것 아니면 안 된다는 절박함, 나를 이 세상에 제대로 살게 하고 싶다는 자존심을 끌어모아 매일 조금씩 써나가다 보면 어떤 결론에든 도달한다. 스스로 내린 결론 말고는 그 무엇도 귀담아듣지 말자. 뭔가를 시작할 때 타인의 조언은 대체로 기를 꺾는 역할을 한다. 더 이상은 바깥의 힘에 좌지우지되지 말고 내 의지대로 결정하고 실천하는 인생을 선택해야 할 때가 바로 지금 내 마음의 '오십세'다.

문장연습은 <주어 + 술어>를 정확히 쓰는 데서부터 시작하자

문장을 쓰는 일은 사실 간단하다. 누가 무엇을 했다. 주어와 동사가 기본이다. 그것을 정확히 맞추어서 써야 한다. 문장이 길어지면 주어와 술어가 맞아떨어지지 않고 꼬일 수가 있다. 처음에는 5~6단어 정도의 문장으로 써나가는 게 좋다. 길다 해도 열 단어를 넘지 않게 짧은 문장으로 쓰는 연습을 하자.

숙달되면 길게 써도 정확하게 쓸 수 있다.

"나는 마흔 번째 생일을 하루 앞두고 회사를 그만두었다."

위 문장 정도의 길이로 쓰는 것이 좋다. 이 문장 중간에 '부장과 싸우고 기분이 나빠서'라는 문장을 끼워 넣는다고 생각해보자.

"나는 마흔 번째 생일을 하루 앞두고 부장과 싸우고 기분이 나빠서 회사를 그만두었다."

문장이 한눈에 안 들어오고 늘어지는 느낌이다. 앞부분을 수정해야 깔끔한 문장이 된다.

"나는 마흔 번째 생일을 하루 앞둔 날 부장과 싸우고 기분이 나빠서 회사를 그만두었다."

문장의 의미가 두 개의 덩어리로 나뉘면서 읽는 사람에게 두 개의 내용이 입력된다. 나쁘지는 않지만 굳이 이렇게 긴 문장을 쓸 이유가 없다. 앞에 제시한 문장에다 뒤의 내용을 따로 한 문장으로 써서 붙여준다. '부장과 싸우고 기분이 나빠서 홧김에 사표를 썼다'라는 문장을 독립적으로 그 다음에 붙이는 게 더 자연스러운 연결이다.

이렇게 문장은 조금만 달라져도 느낌이 확 다르게 온다. 한 문장에는 한 가지 생각만 담아야 한다는 문장 원칙을 기억하라. One sentence, One idea! 처음에 글을 쓸 때는 멋있게 잘 쓰려고 부사나 형용사를 많이 쓰는 경향이 있는데 지양해야 하는 태도이다. 가능하면 주어와 동사 위주로 쓰는 것이 단아하고 힘이 있는 문장이다.

정확한 문장. 명료하게 의미와 감정, 생각을 전달하는 문장을 쓰는 것을 목표로 삼는다. 그런 문장을 계속 쓰다 보면 자연스럽게 멋있는 문장, 문학적인 문장이 나온다. 정확한 문장이 아름다운 문장보다 윗길임을 기억하자. 글을 쓸 때 독서를 하면 다른 사람의 글이 두 배는 선명하게 입력된다. 독서와 글쓰기가 서로 시너지효과를 만들어낸다. 책에서 새로 익힌 단어를 내 글에 바로 써먹는다.

글을 잘 쓰고 싶어 하는 것은 많은 사람의 바람이다. 글을 많이 쓰고 잘 쓰는 사람들이 하나같이 꼽는 글 잘 쓰는 비법은 무조건 꾸준히 많이 쓰라는 것이다. 연습하는 사람은 아무도 못 이긴다. 자신에게서 소재를 끌어내서 자꾸 쓰다 보면 문제점도 해결할 수 있고 아팠던 것도 스스로 치유할 수 있다.

처음 쓰든 고쳐 쓰든 문장은 무조건 짧게 단문으로 쓰는 걸 원칙으로 한다. 짧게 정확히 쓰다가 길게 쓰는 건 어렵지 않다. 필력에 자신감이 생기면 그때는 어떤 길이의 문장이든 자유자재로 쓸 수 있다. 처음에는 짧게 쓰고 한문은 가능하면 쓰지 않는다. 한문으로 된 단어를 습관적으로 쓰면 글이 둔탁하고 고루한 느낌이 든다. 우리가 평소에 사용하는 쉽고 편안한 한글로 된 입말, 구어체가 자연스럽다.

어떤 생각이 떠오르면 그것을 머릿속에서 계속 공 굴린다. 그러면 눈덩이가 불어나듯이 자꾸 새로운 생각이 달라붙고 점차 그럴싸한 이야기가 만들어진다. 그 다음은 작가들이 강조하는 글쓰기 비법이 바로 수정과 퇴고다. 최고의 작가도 아무 수정 없이 글을 완성하지 않는다. 자기가 쓴 글을 반복해서 읽고 빼고 더할 것을 찾는다. 수정하면서 자기가 원래 원했던 것을 제대로 표현했는지 점검한다. 다시 읽고 고쳐나가면서 의외의 생각이 튀어나오는 것을 경험한다.

도망갈 수 없는 첫 문장으로 시작하라

첫 문장을 잘 써야 한다는 것은 모든 작가들이 강조하는 대목이다. 작가들의 빼어난 첫 문장만 모아놓은 책이 출간될 정도로 첫 문장은 독자의 관심사다. 책장을 펼쳐 만나게 되는 첫 번째 문장에서 많은 것이 판가름 난다고 믿는다. 글 쓰는 사람이 모든 감각과 내공을 집중시켜서 첫 문장에 승부를 거는 것은 당연한 의무다.

그럼 어떤 문장을 써야 첫눈에 독자를 사로잡을 것인가. 그에 따른 고견들은 넘쳐나겠지만 우선 말해두고 싶은 것은 빠져나갈 지점이 많은 느슨한 문장을 피해서 단도직입의 문장을 써야 한다는 점이다. 던져놓았을 때 빠져나갈 곳이 없고 정곡을 찌를 수밖에 없는 문장.

"그 일은 삼 년 전에 일어났다."

이런 첫 문장으로 글을 시작했다고 상상해보자. 그리 나쁜 문장은 아니다. 하지만 앞으로 나올 문장이 어디로 뻗어나갈지 갈 곳이 너무나 많다. 느슨하다.

"삼 년 전 나는 감옥에 갔다."

이 문장 다음에 어떤 문장이 나와야 할까. 바로 본론으로 질러갈 수밖에 없다. 무슨 죄를 저질렀는지 말해야 할 것이고, 그 죄를 짓게 된 사연이 나와야 한다. 다른 데로 도망갈 수가 없다. 직진밖에 할 수 없다. 글을 시작한 지 얼마 안 된 사람일수록 강렬하고 인상적인 첫 문장으로 시작하는 것이 비결이다. 그래야 문장에 힘이 생기고 글이 샛길로 빠지지 않는다.

글을 쓰다가 어쩐지 맥이 빠지고 재미가 없고 변죽만 울린다는 기분이 들면 맨 처음으로 돌아가 첫 문장을 바꿔보는 것도 한 가지 해법이다. 첫 단추를 달리 끼워보는 것이다. 뭐가 잘못됐는지 알게 된다.

학생들이 쓴 글을 읽을 때 이 점을 유심히 본다. 사람 따라 다짜고짜 하고 싶은 말을 쓰는 사람도 있고 배경설명만 열 줄

이상 하는 사람도 있다. 본인도 금방 깨닫는다. 서두가 길면 매력이 없는 글이 된다는 것을. 글은 뒤로 갈수록 점점 좋아지는 뒷심도 필요하지만 맨 처음 날리는 강펀치의 힘은 절대적이다.

현대에 들어와서는 더더욱 핵심이 맞닿는 첫 문장으로 시작하는 것이 독자의 감각과 맞아떨어진다. '아, 이런 이야기를 하려는 거구나' 미리 알려주면 그걸 붙들고 계속 읽어나간다. 물론 중간에 그리고 사이사이, 마지막 순간까지 한 번씩 이야기의 맥락을 일깨우는 문장을 심어주는 것도 잊지 말아야 한다. 그것이 복선과도 연결되고 글의 자연스러운 흐름을 만든다.

결정적 한 방을 찾아라

뭔가 한 줄만 잘 쓰면 글이 살아날 것 같은데 영 문장이 열리지 않는 날이 있다. 오리무중이 따로 없다. 머릿속은 깜깜하고 손은 움직일 줄 모른다. 글에도 '결정적 한 방'이 있다. 밋밋한 흐름에 활기를 불어넣고 읽는 사람의 눈길을 멈추게 하는 문장. 그것이 얼마나 중요한지 알아버렸는데, 이쯤에서 나와줘야 하는데 문장은 필요할 때 쉽사리 나를 찾아오지 않는다. 머리를 있는 대로 굴려본다. 쓸 수 있는 방법을 총동원한다.

텔레비전을 보다가 상상의 어원에 대한 이야기를 들었다. 중학교 때 국어선생님한테 어렴풋이 들었던 기억이 나는데 과학자의 입을 통해 다시 확인하니 흥미로웠다.

옛날에 중국 사람이 인도에서 본 코끼리를 자기 나라로 돌아와 사람들에게 열심히 설명했다. 아무리 자세히 얘기해도 그런 동물이 있다는 증거도 없고 본 적도 없으니 사람들은 그의 말을 믿지 않았다. 대단히 집요한 인물이었던 그 사람은 코끼리 무덤이 있는 장소를 다시 찾아갔다. 코끼리뼈를 모아서 중국에 돌아왔다. 그는 코끼리의 형상대로 뼈를 놓으면서 "이게 코끼리다!"라고 이야기해 주었다고 한다. 이 일화에서 상상(想像)이라는 단어가 생겼다.

인간은 상상력을 통해 현실에 존재하지 않는 것을 생각할 수 있는 존재다. 어제까지 없던 것을 오늘 아침에 만들어낼 수 있다. 순전히 상상력으로. 실제로 이런 게 생기면 어떨까? 하는 상상력에서 생겨난 물건이 얼마나 많은가. 상상력은 발명과 혁신의 원천이기도 하다. 우리가 경험하지 않은 일도 다른 사람의 말만 듣고 공감할 수 있게 해주는 것도 상상력이다. 아무 형체도 없는 상상력이 할 수 있는 일은 많다. 코끼리뼈에 피부를 덮고 일으켜 세우고 움직이게 하려면 근거(뼈)와 과학적 상상만으로는 안 되고, 예술적 상상과 문학적 상상을 더해야 온전한 상상이 된다는 과학자의 주장에 고개가 끄덕여진다.

탄탄하고 강렬한 무언가를 찾을 때 오히려 생각의 끈을 늦추고 딴청을 부려보는 시간이 더 효과적이다. 자기 취미는 '잡념'이라고 말하는 작가도 있다. 의욕만 앞선다고 문장이 만들어지는 것은 아니다. 머리를 유연하게 하면서 앞에 쓴 문장을 천천히 다시 읽어본다. 문장과 문장 틈에 박힌 내가 모르는 호흡과 사연들이 오롯이 떠오를 때까지 머리의 긴장을 풀고 기다린다. 영감을 주는 책을 가까이 두고 이럴 때는 그 책의 도움을 받는 것도 좋다. 내가 써놓은 문장으로 다음 이야기를 상상해보면서 스스로에게 기회를 줘보는 방법도 있다.

어쨌거나 포장도로만 달리는 문장으로는 매력 있는 글을 만들 수 없다. 울퉁불퉁 걸음이 멈추고 속도를 늦추게 하는 장애물, 명시성이 강한 그 무엇이 글 속에 도사리고 있어야 한다. 이것은 일종의 문장 감각이기도 해서 알아차리고 익히는 데 시간이 좀 걸린다. 그때까지 손을 부지런히 놀리고 머리로는 다양한 상상을 하면서 나를 최대한 준비된 상태로 만들어 놓는다.

어떤 사람은 오직 자신의 상상력만으로 하루를 보내고 자기 삶을 이어간다. 보통의 우리도 가끔은 상상으로 나를 채우며 긴장과 분주함에 찌든 영혼에 바람을 넣을 필요가 있다. 어떻게 실체만을 가지고 모든 걸 말하고 판단할 수 있는가. 그런 삶이 가능하다 해도 과연 재미있을까? 이럴지도 혹은 저럴지도 모른다는 상상으로 얼마나 많은 위기와 고통을 넘어섰던가. 앞날에 대한, 나의 미래상에 대한 상상은 나에게는 선물이자 휴식이고 때로는 이마에 맞는 폭포수처럼 정신이 번쩍 나게 한다.

역시나 큰 힘은 독서에서 온다. 남의 책을 읽다 보면 작가들이 자신의 생각을 전하기 위해 준비해둔 결정적 한 방을 발견한다. 상징이나 은유, 때로는 잠언 등을 보고 소위 글쓰기의 잔기술을 읽힌다. 테크닉을 익히지 않고 되는 분야는 없다. '모방은 창조의 어머니'라는 말을 믿고 모방 단계를 거쳐 나만의 것을 찾아내자. 그때까지 어떤 방법이라도 다 동원해서 문장과 나 사이의 간격을 좁히고 내가 표현하고자 하는 것을 내가 만족할 수 있는 경지까지 표현할 수 있는 언어감각을 익혀야 한다.

좋은 문장 필사해보기

필사는 오랫동안 좋은 문장을 익히는 비법처럼 회자돼 왔다. 컴퓨터 시대에 과연 손으로 노트에 작품을 베껴야 하나. 아마도 모든 예술 분야가 그렇듯이 수공업적인 노고가 가져올 작가정신을 얻기 위한 과정이 아닐까 짐작한다. 내 작품을 못 쓰고 남의 것을 베끼는 것은 어린 수도승이 몇 달 몇 년 동안 마당을 쓸고 방에 불을 때는 것과 비슷하다. 노스승은 그런 과정을 수행의 밑바탕이라고 생각했을 것이다. 작은 것을 견디고 난 뒤에야 큰 것도 이길 수 있다. 무엇보다 손으로 익힌 일은 우리에게 겸손을 가르치고 오래 지속할 어떤 비밀을 은밀하게 전수한다고 믿는다.

좋은 작품을 되도록 많이 읽는 것은 두말할 필요가 없이 중요하다. 그냥 눈으로만 읽는 것이 아니라 정독하고 그 문장이 쓰인 구조를 깊이 있게 터득해야 한다. 저절로 필사를 하고 싶다는 생각이 들지 않는데 억지로 할 필요는 없다. 그냥 많은 책을 읽으면 된다. 김윤식 평론가의 말대로 이 세상에 있는 모든 소설을 다 읽고 그것과 다르게 쓰면 된다는 게 일반적인 창작론이라면 될 수 있는 대로 많은 책을 읽어야 할 것이다.

"기본을 모두 터득하고 나서 다 잊은 다음 내 방식을 찾으라."

모든 예술가들이 입을 모아 하는 이야기다. 기본을 터득한 다음에는 잊었다고 해도 예전과는 다른 방식으로 세상과 글을 대할 수 있다. 이미 무언가를 알게 되었을 때 우리는 전과 다른 사람이 된다. 베스트셀러나 추천도서만 읽지 말고 내가 지향하는 점에 맞는 책을 계통을 세워 가면서 꾸준히 읽어나가며 기본기를 쌓자.

필사를 하는 것이 어렵다면 내 마음을 움직인 문장에 밑줄을 긋는 것도 한 가지 방법이다. 나는 책을 더럽히는 것을 아주 싫어해서 접거나 낙서하는 것을 삼가는 편이다. 요즘은 참고할 일들이 많아지니까 밑줄을 긋지 않은 걸 후회할 때도 있다. 밑줄 긋기로 성에 차지 않으면 밑줄 친 부분만이라도 노트에 베껴 적어라. 눈으로 읽는 것과 손으로 적는 것은 효과 면에서 비교도 되지 않는다. 특히 초반에는 이 필사과정이 상당한 도움이 된다. 그냥 읽을 때는 모르고 넘겼을 어떤 비법이 베낄 때 발견될 수도 있다. 어떤 방법이든 스스로 이것저것 시도해보면서 자신이 즐겁게 할 수 있는 것을 찾아야 한다. 억지로 하는 것은 뭐든 부작용이 있다. 마음이 이끄는 대로 해야

“기본을 모두 터득하고 나서

다 잊은 다음

내 방식을 찾으라.”

능률도 높다.

왜 필사를 하라는 것일까? 내 글이 잘 안 써질 때 어디서 좋은 문장을 발견하면 필사를 해보기를 권한다. 전혀 다른 장르에서 몇 십 년을 살아온 군살과 굳은 습관을 버리는 과정 동안 몸을 만들기 위해 필사가 필요하다고 생각한다. 독서의 한 방법이라고 생각하고 한번 도전해보고 나서 아니다 싶으면 더는 하지 않아도 된다. 그때 권하고 싶은 게 독서기록장을 남기는 일이다. 길게 쓸 필요 없다. 책 제목과 작가 이름, 가능하다면 짧은 소감 정도를 적어서 기록해두면 나중에 펼쳐보았을 때 의외의 소득이 있다.

책 읽은 뒤에 쓰는 독후감도 하나의 감정이라 금방 휘발되고 마는데 기록장을 적어두면 그 책을 언제 읽었는지, 어떤 느낌을 받았는지 나중에 읽었을 때 깜짝 놀란다. 그 사이 나는 많은 변화를 겪어서 그 감정이 까마득하기 때문이다. 자기 인생을 기록해서 남에게 알리고 싶은 것은 인간의 본능이다. 글자가 없는 원시인도 동굴 벽에 뭔가를 그리고 썼다. 본능에 충실하면서 살자는 것, 생각보다 쉽지 않다. 나를 사랑하고 나를 책임지고자 하는 인간만이 할 수 있다.

끝없이 퇴고하라

내가 쓴 글은 계속해서 읽고 고쳐야 한다. 내 문장력이 늘어감에 따라 이전에 쓴 글에서 전혀 다른 요소를 발견한다. 아는 만큼 보이는 것을 넘어 쓴 만큼 보인다. 그때가 퇴고해서 더 나은 글, 발표해도 손색없는 글로 완성도를 높이는 시기다. 아무리 재능 있는 작가도 자기가 쓴 글을 수없이, 적게는 두세 번, 많게는 열 번 이상 퇴고한다. 십 년, 이십 년 써온 작가라도 예외가 아니다. 훌륭한 작가일수록 고치면 고칠수록 좋아진다는 것을 잘 안다. 한 문장만 끼워 넣거나 빼도 전혀 다른 느낌을 주는 게 글이다. 그 사실을 발견하기 위해서는 거듭 읽고 수정하는 길밖에 없다.

퇴고가 중요한 이유가 한 가지 더 있다. 내 글에 오자나 탈자, 띄어쓰기 등 기초적인 점에서 오류가 많다면 읽는 사람이 짜증을 내고 흥미를 잃는다. 기본을 갖추기 위해서도 퇴고가 필요하다. 기본이 돼 있어야 한 단계 높은 차원의 평가를 들을 수 있다. 사소한 것 지적받다가는 창작의 의욕만 꺾이고 모처럼 얻은 피드백의 기회를 아깝게 날리는 거다. 남이 기쁘게 기대를 갖고 읽고 싶어 하는 글은 이렇게 사소해 보이는 일을 결코 사소하지 않게 철저한 장인정신으로 해낼 때 탄생한다.

"작은 차이가 큰 차이다."

이 말을 명심해서 한 번 읽을 때 한 가지 이상의 문제점을 발견한다는 마음으로 매의 눈으로 샅샅이 문장을 헤쳐서 읽자. 그렇게 읽어도 지겹지 않은 글을 쓰는 것을 목표로 삼자. 내가 읽기 싫은 글은 독자도 읽기 싫다. 내가 몰두해서 애정을 갖고 조금이라도 더 나은 글을 쓰려고 마음먹고 꼼꼼히 살핀 글은 그 기운이 글에 배어난다. 읽는 사람도 똑같은 집중력으로 몰입하게 된다.

퇴고의 장점 중 하나는 글을 반복해서 읽으면서 글 쓰는 사람이 가져야 하는 겸손을 배운다는 점이다. '이렇게 단순하고 지루한 작업을 반복하면서 쓰는구나' 하는 생각에 도달하면 이제 작가라는 직업의 껍데기가 아닌 알맹이를 맛보는 단계에 이른 것이다. '작은 것 하나도 허투루 넘기지 않으려는 작가정신만이 내 글을 살린다'는 각오는 처음부터 끝까지 지켜내야 할 재산이다.

피드백을 대하는 올바른 자세

자기가 쓴 글을 스스로 평가하는 일은 어렵다. 그 때문에 오랫동안 시나 소설을 써온 사람이 자기류에 빠져 같은 실수를 반복하면서 큰 진전을 이루지 못한다. 그만큼 자기 객관화는 어려운 일이다. 익숙해진 자신, 알게 모르게 호감을 깔고 판단하는 자신에 대해 어떻게 객관적으로 점수를 매길 수 있겠는가. 좋아하는 쪽으로 마음이 기울기 마련이다. 허나 아마추어 글쓰기에 머물지 않고 누군가와 공유할 글을 써야 한다면 자기가 좋아서 쓰는 지점에 머물러선 안 된다.

내가 가진 강점과 약점에 대한 면밀한 점검이 필요하다. 그것을 확인하는 과정이 진정한 공부다. 마음이 아프더라도 약점을 인정하고 받아들여서 고쳐나가야 타인과 소통하는 글쓰기를 할 수 있다. 글이란 한 개인의 내면과 깊은 연관이 있다. 남의 글을 피드백 할 때도 예의를 갖추고 가능하면 해법을 함께 모색한다는 자세로 임해야 한다. 누군가는 나에게 들은 부정적인 피드백을 평생 기억할 수도 있다는 점을 잊어서는 안 된다.

내 글 혹은 남의 글을 분석하고 가능하다면 대안과 보완점을 찾는다. 글을 쓰고자 마음먹고 나면 어디서든 배울 수 있고 모든 것이 공부가 된다. 세상 전체가 반면교사 할 수 있는 교실이다. 처음에는 단점보다 장점에 집중하자. 남의 글의 장점을 익히려고 노력하다 보면 내 글의 단점이 저절로 고쳐진다.

단점과 장점에 대해서도 선입견이나 고정관념으로 판단하지 말고 단점이 때로 매력이 될 수 있다는 점을 염두에 두자. 장점 역시 조심성 있게 발전시켜 나가야 한다. 묘사력이 좋다거나 구성이 좋다는 것만 내세우다 보면 곧 신선함을 잃게 된다. 새로 글을 쓸 때마다 이전 글과 적어도 비슷한 수준을 유지하거나 더 낫게 쓴다는 각오로 몇 번씩 수정하고 거듭 숙고해야 빤한 글이 되지 않는다.

합평을 하는 동료들이 '저 친구 작품은 늘 그렇지 뭐' 하면서 읽고 싶지 않게 된다면 이미 자신이 스스로 매너리즘에 빠져 똑같은 글을 아무 반성 없이 양산해내고 있는 것이다. 이 문제를 극복하기 위해서는 독서를 밀도 있게 해야 한다. 그냥 스윽 읽고 넘어가는 것이 아니라 문장을 어떻게 전개해나갔는지, 주제는 어떤 식으로 형상화시켰는지, 작가가 지나치게 개입하지 않았는지 맑은 눈으로 들여다보아야 극복할 수 있는 문제다.

내 글을 읽은 사람의 감상과 평가를 들을 때는 민감하게 느낄 부분과 여유 있게 들을 부분을 가릴 필요가 있다. 내가 정말 고쳐야 할 점이라면 바늘 하나 빠져나갈 틈도 허락하지 않고 철저하게 받아들여야 한다. 평가하는 사람의 취향이나 편견이 작동한 경우에는 '아, 이렇게 읽는 독자도 있을 수 있겠구나' 하고 넘기면 된다. 피드백을 듣고 받아들이는 과정에서 내 글의 객관적인 위치를 어느 정도 확인할 수 있다는 점만 감사히 생각하고 넘어가자.

문장의 진화

"아마추어 글 못 읽어요. 재미없어서."

어느 출판사 대표의 말이다. 왜 그럴까? 왜 재미가 없을까? 내용이 부실해서? 아니면 문장력이 안 받쳐줘서? 이유는 둘 다일 수도 있고 하나일 수도 있다. 모름지기 책 한 권이 담아야 할 최소한의 함량이 부족해서(콘텐츠 부재) 그럴 가능성이 높다. 다른 이유는 말솜씨가 없듯이 글 솜씨가 없어서 효과적으로 할 말을 표현해 전달하지 못했기 때문이다.

프로들은 어느 정도까지 얘기해야 만 원짜리 책이 되는지

대충 안다. 어느 깊이 어느 강도가 독자와 소통할 적정수준인지 알아야 제 밥값을 한다. 아마추어들은 무조건 쓴다. 다 중요하고 다 나만 아는 것 같다. 내용 전체를 큰 틀로 파악해서 안배하는 일에 실패한다. 문장력도 기본은 갖춰야 한다. 명확하고 간결한 문장을 써야 한다. 그러기 위해서는 자기 문장을 객관적으로 바라볼 줄 아는 안목이 필요하다. 그러려면 남의 문장을 많이 읽어야 한다. 이 과정은 도돌이표처럼 돌고 돌며 서로에게 양분을 공급한다.

자신이 전범으로 삼을 만한 좋은 문장가 한 명을 정해서 그 작가의 전작을 다 읽으면 문장이 뭔지 감을 잡을 수 있다. 될 수 있으면 출판 순서대로 읽어서 변화과정을 알아보는 것도 좋다. 좋은 구절은 표시를 했다가 필사를 해본다. 베껴 쓰고 따라 하고 흉내 내면서 닮아간다. 표절은 범죄지만 필사는 선택이다. 내 문장을 위해서 할 수 있는 건 뭐든 다 해본다는 각오로 독서도 필사도 퇴고도 밀도 있게 한다. 대충 하는 건 하나마나다.

소리 내서 읽어보고 눈으로도 읽어본다. 신기한 것이 좋은 문장은 반복해서 읽어도 싫증이 나지 않는다는 거다. 달리 고전이 아니다. 읽고 또 읽어도 매번 새롭다. 정수만을 담아서 문장에 군더더기가 없기 때문이다. 역사와 시간을 이겨낼 수 있는 보편의 진리. 좋은 글은 모아두면 나중에 인용할 일이 있을 때도 요긴하다. 자료 파일을 갖고 있어야 한다. 심심할 때 꺼내서 읽어보고 새삼 좋은 문장에 고개를 끄덕거려 본다.

자신의 글도 한 달 전 일 년 전에 써놓은 걸 읽어보면 새롭다. 의외로 많이 달라졌다. 옛날 글이 시시해 보이고 객관적으로 평할 수 있게 되면 많이 진보한 거다. 중요한 건 이 모든 과정을 놀이로 재밌게 해야 한다는 점이다. 일이다 생각하면 이보다 더한 노동도 없다. 힘들고 지루하고 피곤하고 눈에 보이는 보상도 적다. 그 순간순간 발전의 재미를 느끼는 놀이로 생각하고 즐기자.

글을 쓰는 건 내가 나서서 떠들고 다니지만 않는다면 상당히 비밀스러운 놀이다. 시간이 들고 돈이 들고 밖으로 나가야 할 수 있는 취미가 많지만 글은 내 공간에서 하는 나만이 아는 작업이다. 글 쓰는 기간이 길어지면서 내 글이 성장하면 그때는 내 안에 남들이 모르는 또 다른 내가 살고 있다는 느낌이 든다.

두 번째 자아, 나를 가장 잘 알고 깊이 느끼며 영원히 내 편일 또 하나의 내가 늘 나를 기다리고 있다는 것은 삶의 큰 위안이다. 그러니 여기에다 어떻게 선불리 점수를 매기고 값싼 평가를 내릴 수 있겠는가.

문학적 글쓰기와 논리적 글쓰기는 따로 있는 게 아니다

문학적 글쓰기와 논리적 글쓰기를 흔히 기계적으로 구분하지만 사실 둘은 상통한다. 논리적인 글에도 어휘의 선택이나 단정한 문장으로 문학적 향취가 배면에 깔려 있으면 더 잘 읽힌다. 문학적 글쓰기 역시 실핏줄처럼 흐르는 정확한 논리, 합리적 사유가 바탕에 있어야 감동이 배가된다.

소설을 쓸 때 대학원에서 논문을 썼던 경험은 큰 도움이 되었다. 주제를 잡고 얼개를 짜서 논리적으로 설득해가는 과정은 소설에도 그대로 적용된다. 다만 이 모든 걸 인물이 한다는 점에서 다르고 주축이 되는 힘이 상상력일 뿐이다.

명문으로 유명한 《근원수필》김용준 저, 범우사이나 《무서록》이태준 저, 소명출판이 논리적으로 흐트러져 있던가. 과학을 주재료로 삼은 《코스모스》칼 세이건 저, 사이언스북스, 《총균쇠》재레드 다이아몬드 저, 문학사상에 문자향이 없던가. 좋은 문장과 나쁜 문장이 있을 뿐이다. 딱 들어맞는 단어를 골라 유려한 문장에 실어 전달한다면 그것이 어떤 글이든 좋은 글이다.

모든 글에는 독자가 있다. 누군가 이 글을 읽는다는 걸 전제로 쓴다면 교감과 설득을 밑바닥에 깔고 있어야 한다. 공감하고자 하는 마음과 능력이 있어야 독자와 잘 교감할 수 있다. 내 할 말만 하기 바쁜 글은 독자가 외면한다. 글을 쓸 때는 독자가 무엇을 어떻게 느낄지를 본능적으로 감지하고 풀어나가야 한다. 논리가 없는 글, 문학적 상상력이 부족한 글이라는 평가가 있지만 크게 보면 그냥 못 쓴 글이다.

사유를 충분히 한 다음 풀어나간 글에는 저절로 논리와 아름다움이 생긴다. 우리가 읽는 훌륭한 글들에서 충분히 경험

할 수 있다. 황현산 평론가의 《밤은 선생이다》황현산 저, 난다가 예상외로 독자의 사랑을 받았다. 소설가나 시인보다 평론가의 글은 덜 읽는 추세인데 그 책은 꾸준히 팔려나가고 좋은 평가를 받았다. 이유를 꼽자면 많겠지만 아름다운 문장과 사유, 논리와 설득력이 잘 균형 잡혀 있기 때문이다. 독자의 정서와 수준을 잘 안배한 좋은 문장이다. 하루아침에 이루어진 함량이나 미덕은 아니니다. 좋은 문장을 많이 읽고 생각하고 남의 말에 귀 기울이고 내 마음을 충분히 열어야 이런 글이 나온다.

좁은 식견과 닫힌 마음으로는 필력이 있다 해도 좋은 글을 쓸 수 없다. 문장 속에 다 배어 나온다. 바람이 잘 통하는 따뜻하고 의미 있고 재미있는 글을 쓰는 것은 꾸준한 습작을 통해 누구나 성취할 수 있다. 많이 쓰면 좋아진다. 쓰면서 남의 글을 읽으면 내 글과 비교가 되고 고칠 점이 보인다. 써야 달라진다. 그렇게 글은 진화해 나간다. 더 잘 쓰고 싶다는 욕심을 부려야 더 잘 쓰게 된다. '적당히 쓰고 말지' 하는 안일한 생각으로는 펜을 날카롭게 할 수 없고 아마추어의 글에 머문다.

입체적 글쓰기와 평면적 글쓰기

내가 하고 싶은 말을 상대의 반응과 상관없이 쏟아내는 말은 평면적이다. 소통을 염두에 두지 않고 내 생각만 전하기 급급하다. 주로 사실관계의 일이나 이론 같은 것은 이런 글쓰기를 해도 아무 문제가 없다. 하지만 사람에 관한 글을 그렇게 썼다가는 망하기 십상이다.

어느 아파트에서 층간소음 문제에서 비롯된 살인사건이 일어났다고 가정해보자. 신문기사는 간단한 사건 개요와 범죄정황, 피의자의 신상에 대해 보도한다. 사람을 죽였으니 범죄자는 자신이 지은 죄에 걸맞은 처벌을 받으면 그뿐이다. 하지만 기사를 읽는 우리는 별의별 생각을 다 한다. '어쩌다가'로 시작하는 문장을 내뱉을 것이다. '오죽했으면'이라는 문장도 등장한다. 자신의 입장에 따라 둘 중의 한 사람을 두둔하거나 변호하고 나선다.

한번은 마음먹고 비슷한 사건의 기사 아래 달린 댓글을 읽어본 적이 있다. 깜짝 놀랄 정도로 가해자를 두둔하는 글이 많았다. 안 당해 보면 모른다는 내용이 대부분이었다. 자신이 당한 경험담을 격앙된 어조로 적어나갔다. 불과 한 시간 만에 수백 개의 댓글이 달리는 열기만 봐도 이 문제가 우리 사회에서 얼마나 심각하게 벌어지고 있는지 알 수 있었다.

층간소음에 대해 에세이를 써본다면 어떻게 접근해야 할까. 단지 시시비비를 가리는 일에서 그치지 않을 것이다. 그동안 양쪽에서 겪었을 고통스러운 갈등과 다툼은 기본이요, 둘의 성격 차이, 주변 환경 등 다루어져야 할 것이 한두 가지가 아니다. 각 개인의 그날 기분이나 상황도 사건에 영향을 미쳤을 것이다. 이렇게 한 사건을 둘러싼 여러 가지 정황에 미치는 시선과 그것에 대한 해석과 생각을 할 수 있는 안목이 합쳐져 입체적인 글쓰기를 낳는다.

그러려면 독서도 필요하고 사유도 필요하고 역지사지의 마음도 필요하다. 궁극적으로 읽는 사람을 책의 세계로 초대하기 위해서는 이런 입체적이고 종합적인 접근으로 문제를 다루어야 한다. 감동은 입체가 만들어낸 공간에서 생긴다. 일직선의 사실에는 우리의 감정이 머물 공간이 없다. 사실을 넘어선 진실을 보려는 의지는 인문학적인 상상력에서 나온다.

여기서 인문학을 좀 더 이야기하지 않을 수 없다. 우리는 인문학의 힘에 대해 자주 거론해왔다. 우리 눈앞에 있는 일을 그것 하나만으로 바로 판단하지 않고 배면과 이면에 대해 인식할 수 있는 능력이 인문학의 힘이다. 타인의 고통에 공감하고 아울러 나의 고통을 깊이 알 수 있는 힘은 입체적 사고에서 비롯된다. 학문에도 두 가지가 있다고 하지 않는가. 자기 자신의 본질을 밝히기 위한 학문인 위기지학(爲己之學)이 있고, 남을 위하여 학문하는 위인지학(爲人之學)이 있다.

논어에서 공자는 옛날에는 자기 자신을 위해 배웠지만 오늘날은 남을 위해 배운다고 말했다(古之學者爲己, 今之學者爲人). 공자의 위기지학은 단순히 자기를 위해서 하는 학문이 아니라 자기를 단련하는 수신(修身)의 수단이 되는 학문을 말한다. 자신을 위하든 남을 위하든 배우려는 자세가 중요하다. 배우고 익히는 궁극적인 본질은 나를 단련하여 남과 함께 복된 세상을 여는 상생의 삶을 사는 데 있다.

어떤 한 장면에 대한 글을 쓰고 있다면, 그 장면에 이어지는 다음 장면을 그리면서 동시에 그 장면의 옆과 뒤를 묘사하는 눈을 키워야 한다. 길거리에서 엄마한테 야단맞고 우는 아이를 묘사한다면 단순히 상황의 잘잘못을 따지는 것만으로는 글이 미진하다. 그 엄마의 목소리에 실린 분노와 피로감, 아무 능력 없는 아이의 무력감도 함께 그려주어야 한다. 여러 겹의 상황을 상상하고 볼 줄 아는 눈이 있어야 가능한 일이다. 이때 감정이입의 능력은 필수다.

소설을 오랫동안 읽어온 사람을 만난 적이 있다. 칠십을 넘긴 남자가 소설을 좋아하는 것은 흔한 일이 아니다. 오래 전부터 소설을 좋아했고 한때는 써보려고 한 적도 있지만 지금은 읽는 것으로 만족한다고 했다. 그 사람이 그때까지 소설을 통해서 만난 주인공의 숫자는 과연 몇 명이나 될까. 그는 그 인물들의 숫자만큼 인생을 간접 경험한 것이다. 그러니 타인과 교감하는 능력이 남다를 수밖에 없다. 그런 사람은 누구를 만나도 자연스럽게 즐겁고 유쾌한 대화를 이끌어간다. 소설 읽는 재미만 알아도 인생이 지루할 틈이 없다. 계속 새 소설이 나오고 새 인물을 만나고 나는 거기서 그들과 공명하는 삶을 살 수 있다.

역사든 철학이든 공부를 하면 거기에는 수많은 인간이 등장하고 그들의 흥망성쇠와 고통이 정면과 배면에 나온다. 안타까움으로 때로는 흥분으로 책을 읽으면서 그 감정이 우리의 뇌와 가슴에 새겨진다. 경험한 것만큼은 아니겠지만 이 속에서 정신은 각성된다. 공감할수록 더 많이 느껴서 한 줄의 글을 쓰고 그 다음에 적절한 상황묘사를 할 수 있다는 얘기다.

'그는 그날 애인과 헤어졌다'는 첫 문장 다음에 '그날따라 그에게는 안 좋은 일이 겹쳐서 일어났다'는 문장을 쓴다. 그리고 한 남자가 겪었음직한 불운에 대한 내 감정의 파고에 나타난 일들을 써나간다. 글의 주인공이 나라고 해도 마찬가지다. 고등학교를 졸업할 때, 신혼여행을 갈 때의 장면을 그릴 때 단순히 행사 이야기만으로는 좋은 글이 되질 않는다. 그날의 여러 장면들이 여러 시선에서 겹쳐 보여야 글이 풍부해진다. 아무리 평범해 보이는 하루라 해도 현미경으로 들여다보면 돌출된 예사롭지 않은 장면이 있기 마련이다.

이 정도면 우리가 왜 남의 글을 많이 읽고 거기서 내 나름의 생각을 추출해내야 하는지 충분히 이해했을 것이다. 남이 남이지만은 않고 내가 나이지만은 않다. 우리는 서로 엉키면서 인생이라는 커다란 거미줄을 엮어가고 있다. 밤새 집을 지어놓고 무언가가 거기에 걸려들기만을 기다리는 거미의 운명이 우리의 것과 크게 다르지 않다. 거듭 말한다.

"배면을 보라. 이면을 보라. 높이서도 보고 멀리에서도 가까이에서도 보라. 세상에 한 가지 모습만 있는 대상은 없다. 그들은 우리의 열린 시선을 기다리고 있다."

많이 쓰면 좋아진다.

쓰면서 남의 글을 읽으면

내 글과 비교가 되고 고칠 점이 보인다.

써야 달라진다.

그렇게 글은 진화해 나간다.

더 잘 쓰고 싶다는 욕심을 부려야

더 잘 쓰게 된다.

5장

글쓰기를 방해하는 것들

책을 읽음으로써 책을 쓴 인간의 정신이 어떻게 움직이는지, 한 인간이 생각한다는 건 그 정신이 어떻게 작용한다는 것인지 알 수 있어요. 이를 통해 사람은 발견을 합니다. 결국은 진정한 나 자신과 만나는 것이 가능해지지요. — 오에 겐자부로, 《읽는 인간》

/

나는 왜 계속 글쓰기를 미룰까?

처음 마음을 먹었을 때는 당장 뭐라도 해치울 것 같았다. 인간은 그리 단순한 존재가 아니다. 한 가지 생각을 앞세워 뭔가를 하려고 하면 자꾸 그 반대쪽 생각이 머리를 들고 일어나 방해한다. 더구나 머리와 몸은 행동 속도가 다르다. 머리는 쉴 새 없이 움직이고 뭔가를 부산스럽게 벌이지만 몸은 굼떠서 머리의 속도를 따라가지 못한다. 이때가 중요하다. 느려도 괜찮다. 움직임을 멈추지만 않으면 된다. 천천히 자기가 가고자 하는 방향대로 멈추지 않고 움직이면 언젠가는 목적지에 도달한다.

가만히 있으면 실천은 계획에서 점점 멀어진다. 계속 글을 조금씩이라도 매일 써나가야만 내가 목표로 한 지점에 언젠가는 도착할 수 있다. 언제까지나 미루고 늦추고 딴청을 부리지는 않는다. 어느 고지에 도달하면 그때는 자기 속도가 생기고 가속도가 붙기도 한다. 이때부턴 즐거워서 스스로 기꺼이 한다. 시작한 사람이 열 사람이라면 이 고지에 도달한 사람은 두세 명도 안 된다. 나의 역량과 마음을 자주 들여다보며 자신을 진단해서 힘을 키운다.

《미루는 습관 버리기》윌리엄 너스 저, 팬덤북스라는 책에서는 자꾸 계획을 미루거나 할 일을 안 하는 이유를 '결과에 대한 두려움'으로 꼽았다. 잘 안 될지도 모른다는 불안감 때문에 안 좋은 결과를 예상하고 자꾸 결과를 맞이할 시점을 늦춘다. 이해는 하지만 이래선 아무것도 해낼 수 없다. 여태까지 그런 방식으로 충분히 살았다. 이제는 달라져야 한다. 미루는 나 자신을 꿰뚫어보자.

미루는 것이 나의 습관이었다면 미루던 걸 어느 순간 해치우는 것도 내 습관으로 만들 수 있다. 습관은 맘먹기에 따라 얼마든지 바뀔 수 있다. 진정 원하는 일이라면 의지를 갖고 부딪쳐서 넘어서야 한다. 이런 심리적인 적군과 싸우는 것이 계획의 과정에서 가장 어려운 일이다. 인간은 '습(習)'에 따라 하던 대로 살고자 하는 존재라 어지간한 의지 없이는 새로운 행동패턴을 만들기 어렵다. 그래도 원한다면 해야 한다.

창작자에게 필요한 것은 호기심과 성실성이다. 재능은 딴 게 아니라 바로 호기심과 성실성을 지속하는 힘이다. 더구나 글쓰기는 장거리 마라톤과 같은 일이다. 끊임없이 쓰고 또 쓰는 것을 습관으로 하는 것 말고 다른 지름길은 없다. 어떻게 생각하면 쉽고 간단하다. 특별한 재주가 필요한 게 아니다. 누구도 아닌 내 손과 머리와 눈으로 직접 할 수 있는 일이라니 얼마나 다행인가.

왜 글쓰기에 실패하는가?

글쓰기 이론이나 요령을 몰라서가 아니다. 머리와 손의 거리. 머리의 생각을 손으로 끌어당길 때 어떤 작용이 일어나 그것이 뜻대로 안 되는지 이유를 알아야 한다. 쓰기를 방해하는 회로, 억압기제를 제거하면 글은 저절로 써진다. 책상에서 머리로만 이 책을 썼다면 나조차 원론적인 이야기만 했을 것이다.

강의실이나 도서관에서 글쓰기 강의를 하면서 나는 사람들이 갖가지 이유로 펜을 들지 못한다는 사실을 알게 되었다. 심지어 '글 쓰려면 솔직해야 하나요?'라고 묻는 학생도 있었다. "나에 대해 솔직히 말해야 한다"고 하면 "자신은 글을 쓸 수 없다"고 했다. 솔직할 필요 없다. 쓰고 싶은 대로 쓰면 된다. 솔직한지 아닌지 잘 쓰는지 못 쓰는지 자기검열을 하는 순간 글쓰기의 맥은 끊긴다. 막 써라. 뒤를 돌아보지 말라. 언젠가는 달리기를 멈추고 한숨 돌릴 때가 온다. 그때 생각해도 늦지 않다. 초심일 때 속도를 내야 한다. 어느 정도 양이 쌓일 때까지는 앞으로 나아가는 일에 집중하자. 남도 나처럼 망설이고 뜸들이다가 겨우 시작했다.

남과 비교하지 마라. 비교는 자신을 쓰레기통에 빠뜨리는 짓이다. 내가 갖고 저 사람이 가지지 못한 것도 있고, 저 사람이 가진 걸 내가 갖지 못한 것도 있다. 우리는 그렇게 태어났다. 똑같은 사람 하나도 없다. 그런데도 상관없는 사람과 나를 비교하고 획일적인 기준으로 내 능력을 재단한다. 나는 하나뿐이고 절대적인 존재다. 훌륭하든 않든 가치가 있든 없든.

나 제일주의를 당분간 유지해라. 어떤 일을 시작할 때 꼭 가져야 할 자세다. 나는 할 수 있고 잘할 수 있다. 설령 잘하지 못한다 해도 괜찮다. 하려고 애쓴 과정이 내게 가르쳐준 것도 적지 않다. 그걸 실패라고 이름붙이지만 않는다면 하고 싶은 만큼 하고, 할 수 있는 만큼 하면 된다고 생각해도 무방하다.

그렇더라도 시작했으면 결과물을 손에 쥘 때까지 정진하기를 권한다. 인간은 실패의 기억도 성공의 기억도 돌 위에 새긴다. 절대로 잊지 않는다는 말이다. 성공한 사람은 그만큼 자신을 믿고 사랑하게 되고 실패한 사람은 자신을 불신할 수밖에 없다. 운전면허 시험만 떨어져도 얼마나 기분이 나쁘고 한숨이 나오는가.

별것 아닐수록 더 화가 난다. 사소한 것도 마음에 들게 잘 해냈을 때 우리는 절로 목소리가 커지고 가슴을 펴게 된다. 누가 알아주지 않더라도 우리 마음이 부풀대로 부풀어 나에게 기운을 공급하고 삶에 대한 낙관을 키운다. 그렇게 계단 하나

하나를 디뎌서 다음 층으로 올라가듯 하루 일과, 당장의 마음, 내일에 대한 단상을 글로 남기자. 그것이 쌓여 글 쓰는 습관이 된다. 뭐든 글로 표현해서 실체를 느끼고자 하는 사람만이 작가의 영혼을 갖게 된다.

당장 눈앞의 결과에 연연하지 말고 꾸준히 문장을 익히는 연습을 하라. 아무리 엄청난 내용도 거기에 맞는 좋은 그릇에 담기지 않으면 무용지물이다. 내가 의도한 정확한 의미를 전달할 문장을 써나가는 일이 필수과정이다. 문장력은 개개인이 천차만별이다. 그것은 큰 문제가 되지 않는다. 마음먹기 달렸다. 작정하고 문장연습에 도전하면 적어도 반년에서 일 년이면 어디 내놔도 부끄럽지 않은 기본 필력은 갖출 수 있다.

첫 술에 배부르지 않다. 서서히 다가간다고 생각하고 그 간격을 좁히면 된다. 어떤 굉장한 필력을 갖춘 작가도 맨 처음에 썼던 글은 다 엉터리였다. 다만 그 사람은 포기하지 않고 꾸준히 노력했던 거다. 지금 존경받는 작가로 활동하고 있는 사람의 초기작품을 우연한 기회에 본 적이 있는데 얼마나 엉성하고 성글던지 깜짝 놀랐다. 그 작가를 지금에 이르게 한 건 시간이었고, 시간을 들인 정진이었다. 왕도는 없다. 묵묵히 가던 길을 계속 가는 수밖에.

포기만 하지 않는다면 다 잘 쓸 수 있다. 글이 좋지 않은 사람은 재능이 없는 게 아니라 포기한 사람이다. 노력하기 싫어서, 매일 조금이라도 글을 쓰면서 생각을 가다듬는 게 귀찮아서 그만둔 사람이다. 실패는 포기의 다른 말이다. 성공은 가던 길을 계속 갔다는 말이다. 오래 하는 사람에게는 언젠가 보답이 있다는 게 내 인생이 내게 준 교훈이다. 늦게 빛을 본 사람의 예는 많다. 영화배우도 식당주인도 어떤 분야의 장인도 결국은 오래 버틴 사람이다.

영화배우 틸다 스윈튼은 "성공이 뭐라고 생각하는가?"는 물음에 "내가 나 자신을 더 이상 속일 필요가 없는 상태가 되었다는 것"을 의미한다고 답했다. 생각할수록 여러 메시지를 담고 있는 말이다. 결국 어떤 성공도 나 자신의 태도와 상관이 있다는 말 아닌가. 자신과 승부하라.

결과가 아닌 과정에 눈길을 주는 사람으로 일 년, 이 년 살아보자. 무슨 일을 할 때 조바심 내지 않는 것만으로도 삶은 수월해진다. 글쓰기를 통해 그것을 내 성격으로 만들기 바란다. 글쓰기는 대표적인 아날로그 기술이다. 아날로그는 시간과 공력이 필요한 일이다. 빨리 한다고 좋은 게 아니라는 건 이미 알았을 것이다. 실패하더라도 멋지게 실패하겠다는 마음으로 나에게 시간을 주자.

때때로 슬럼프

적은 항상 기다리고 있다. 강적이다. 슬럼프. 여태 잘 해왔는데 갑자기 맥이 풀리고 힘이 빠진다. 애써 뭘 하려고 해도 잘 안 된다. 할 수도 없다. 이른바 슬럼프다. 누구나 거치는 과정이다. 열심히 한 사람일수록 발전을 맛본 사람일수록 심하게 겪는다. 슬럼프를 겪는다는 건 어느 수준에 도달했다는 뜻이다. 기초 단계에서는 슬럼프에 빠지지 않는다. 그렇다면 이 지독한 슬럼프를 어떻게 넘겨야 할까?

별 뾰족한 수가 없다. 그냥 계속 가던 길을 가는 수밖에. 다만 슬럼프의 정체를 정확히 파악할 필요가 있다. 어떤 의미에서 슬럼프의 기간은 여태 자기가 해온 방식을 재점검하라는 경고이기도 하다. 글 쓰는 속도와 방식, 사유의 전개에 오류는 없는가. 내가 슬럼프를 겪은 건 두 가지 경우였다. 하나는 영어를 배울 때였고 그 다음이 소설 쓰기였다.

영어는 웬만큼 실력이 쌓일 때까지 진전의 기미가 보이지 않는다. 영어구사력이 꽤 좋아졌을 때 꿈도 영어로 꾸고 사람들이 하는 말이 영어로 바뀌어 들리면서 그때부터 급속도로 발전한다. 신이 나서 공부를 하다 보면 어느 순간 전혀 늘지 않는 시기가 찾아온다. 늘지 않는다는 건 내 느낌이고 뇌 안에서는 여러 방식으로 내가 공부한 것이 축적되고 있다. 이 기간을 못 기다리고 대개 영어를 포기한다. 지쳐 나가떨어지는 거다.

삽으로 흙을 퍼서 산을 옮기겠다는 우공의 심정으로 묵묵히 제 길을 가는 사람이 승자다. 소설 쓰기도 처음에 열심히 쓸 때는 새 작품마다 발전하고 문장도 좋아진다. 어느 정도 궤도에 오른 다음부터는 만날 그 타령이다. 더 이상 발전이 없으니 쓰는 재미도 없다. 이때 나는 선배들을 보고 배웠다. 이 어려운 걸 2-3년 또는 그 이상을 꾸준히 해온 사람의 작품은 어딘가 달랐다. 세상을 보는 눈도 깊고 입체적이었다. '나도 언젠가는 되겠지. 이건 과정일 뿐이야. 결론을 내리기는 아직 이르다'고 스스로를 설득해가며 버텼다.

운동선수든 예술가든 슬럼프를 안 겪은 사람은 없다. 우리가 성공한 사람, 영어를 잘하는 사람을 높이 평가하는 이유는 바로 이 점 때문이다. 몇 번의 슬럼프 앞에서 좌절하지 않고 끝까지 완주한 사람에게 보내는 존경이다. 그만큼 정신력이 강하고 투지가 있는 사람이라 사회에서 인정해주고 써먹으려고 한다. 고지가 멀지 않았다. 언젠가는 벗어난다. 더 나아지려고 그런다는 사실을 믿고 기억해야 한다.

사람은 자기가 아는 것, 겪은 것만큼만 믿는다. 참 작은 존재다. 지리산에 친구가 사는데 그 친구는 나더러 산맥을 가리키며 '저 능선을 보라고, 저것 때문에 지리산을 못 떠난다'고 했다. 능선은 겹겹이 이어지면서 수묵화에서 보던 그 장관을 연출하고 있었다. 실로 감탄할 만한 풍광이었다. '이걸 매일 보면 신선이 저절로 되겠군.' 그런데 친구가 말해주기 전까지 내 눈에는 능선이 들어오지 않았다.

나는 길가의 꽃, 풀밭의 나비를 보고 감탄했다. 내 시야는 거기에 한정되어 있었다. 서울에서 좁은 공간에 살던 나는 원경을 보는 데 익숙하지 않았다. 막힘이 없는 곳에 와서도 먼 곳보다는 내가 늘 보던 길가 풍경에만 눈이 멎었다. 몽골에서 우리나라에 일하러 노동자들이 몰려오던 시기가 있었다. 그들이 한국에서 제일 힘든 점이 먼 곳을 볼 수 없다는 것이었다.

끝없이 펼쳐진 초원에서 살던 사람들, 눈을 가로막는 게 없어서 멀리까지 바라보던 그들에게 빌딩으로 둘러싸여 혹은 산들에 가로막혀 앞이 가려진 풍경은 고통이었다.

길들여진다는 것은 그렇게 무섭다. 습(習)이 인간의 본질이라는 말도 그래서 나왔을 것이다. 오래 반복해서 습이 되어버리면 그게 곧 나의 업(業)이 된다. 벗어나기 어렵다. 인간에게는 뇌가 있다. 생각하고 판단하고 해법을 모색한다. 어떤 어려움 속에서도 인간은 궁리를 할 줄 안다. 슬럼프가 아무리 대단해도 그걸 이기려는 인간의 의지보다 강하지는 않다. 현실을 냉정하게 바라보고 내가 해야 할 역할에 집중하다 보면 슬럼프는 언젠가 떠난다.

이때 생의 속도를 늦추고 잠시 쉬어도 좋다. 넘어진 김에 쉬어가자. 여러모로 슬럼프는 뭔가를 전환해야 할 시기임을 알려준다. 슬럼프에게도 배울 것이 있다. 그 시기를 지나고 나면 나중에는 그걸 겪은 다른 사람이 보이기 시작한다. '고생 좀 하시겠군. 그래도 가다 보면 끝이 보인다네.' 그렇게 여유를 부려볼 날이 머지않았다. 남의 아픔을 이해하는 마음의 품도 넓어진다. 내공이 쌓이는 계기라고 믿어도 좋다.

글쓰기를 방해하는 열 가지 잘못된 생각

사람들이 얼마나 글쓰기에 어려움을 겪으면 '글쓰기를 방해하는 열 가지 잘못된 생각'이라는 제목의 글을 썼을까. 참고해 보면 도움이 될 것 같아서 울산대 스페인·중남미학과 송병선 교수가 정리한 '글쓰기를 방해하는 요인과 해법' 전문을 소개한다.

1 글쓰기는 며칠, 아니 몇 주나 몇 달만 공부하면 된다.

아니다. 반복적이고 체계적인 연습을 해야 한다.

2 지침서만 보면 글을 잘 쓸 수 있다.

아니다. 가장 중요한 것은 체계적이고 반복적인 글쓰기다.

3 맞춤법, 띄어쓰기, 문장부호만 알면 글을 쓸 수 있다.

아니다. 글을 잘 쓰기 위해서는 글을 많이 써봐야 한다.

4 명문은 일필휘지에서 나온다.

아니다. 좋은 글이란 영감에 의존할 수 있는 독창적인 수사법에만 있는 것이 아니라, 논리적 구조도 지녀야 한다.

5 이미 쓴 것은 수정할 필요 없다.

아니다. 20세기의 가장 훌륭한 작가라고 칭송받는 보르헤스는 "결정본은 존재하지 않는다"라고 단언한다. 대작은 끊임없는 자기비판과 수정을 통해 탄생되는 것이다.

6 이번에는 실수했으니 다음에는 더 나은 글이 나올 것이다.

아니다. 아무런 실수도 없다고 생각되는 글을 갖게 될 때만, 우리는 과거의 실수를 다시 범하지 않게 된다.

7 책읽기는 글쓰기와 무관하다.

아니다. 저자에게 질문을 던지면서 책을 읽어야 비로소 그것을 자신의 것으로 만들어 글쓰기에 응용하고 연습할 수 있다.

8 글쓰기는 실제 생활에서 별로 중요하지 않다.

아니다. 우리는 자기소개서는 물론 보고서, 편지, 이메일, 제안서 등 생각하는 것보다 훨씬 많을 글을 쓰게 된다.

9 글 잘 쓰는 법을 배우기에 이제는 너무 늦다.

아니다. 하지 않는 것보다는 늦게라도 하는 것이 낫다는 말이 있다.

10 글쓰기 강좌에 등록해야만 좋은 글을 쓸 수 있다.

그렇지 않다. 글쓰기 강좌에 등록하더라도 글쓰기를 반복해서 연습할 경우에만 도움이 된다.

이 중에는 '어, 내 얘기네' 하면서 마음에 쏙 들어오는 구절도 있고, 전혀 공감할 수 없는 부분도 있을 것이다. 내가 해당되지 않으면 다행이고, 내 얘기라면 조언 삼아 고치면 된다.

여기 꼽은 열 가지의 생각이 가진 공통점은 '서두르지 말고 사소한 것부터 하나하나 익혀 나가라'는 충고의 말이다. 버릴 것 하나 없다. 한 가지 덧붙일 말이 있다면 '어떤 경우에도 좌절하지 않고 꾸준히 해나가'라고 힘을 실어주는 구절이라는 점이다.

내가 용서할 최후의 사람
— 스트레스에 대처하는 우리의 자세

나는 온건하고 조용한 편이다. 당연히 큰소리를 내야 할 상황에서도 마음속으로 조용히 정리하고 넘어가는 쪽을 선택한다. 평생 동안 큰소리 내고 싸워본 경험은 손에 꼽을 정도다. 그렇게 숨을 죽이고 갈등을 피하며 살아도 적은 생긴다. 내 쪽에서 큰 잘못을 저질러서 적이 되기도 하고 상대편에서 나를 배반해서 다시 못 볼 사이가 되기도 한다.

그 경우를 자세히 살펴보면 돈이나 일과 관련된 경우를 빼면 대개는 욕망에 관한 문제였다. 머리로는 하지 않아야 한다고 빨간 불이 켜지지만 내 욕망은 그것을 하라고 시켜서 내가 그쪽으로 간 경우다. 내 본성과 욕망이 가리킨 방향을 뚜렷이 알았고 그게 죄가 될 거라는 것도 알았다. 그러나 나는 욕망에 지고 말았다. 사람을 잃게 된 것이다.

상대편에서 내가 싫어하는 행동을 한 경우도 비슷하다. 나는 그 사람이 신의를 배반하고 타인의 결함을 떠벌리고 다니는 걸 참을 수 없었다. 그래서 멀리하게 되었다. 나중에 알고 보니 그건 그 사람의 콤플렉스와 관련돼 있었다. 콤플렉스는 자기의 취약한 부분이다. 그 민감한 부위가 자극받아서 자기도 모르게 말을 자꾸 하게 되는 것이다. 자신도 어쩌지 못했을 거라 이해한다. 그러나 나는 누군가 부끄러움을 모르고 자기의 격을 떨어뜨릴 때 그런가 보다 하고 넘어가는 사람은 아니었다.

살면서 공연히 적을 만드는 게 어리석은 일임을 확인시켜주는 사례는 많다. 적 때문에 예기치 않는 불이익도 당한다. 이렇게 상황을 알고 있으면서도 적이 생기는 걸 피할 수는 없다. 나중에는 '적과의 동침' 역시 피할 수 없음도 알게 된다. 그 사람에게는 내가 적일 것이다. 나의 무엇이 그 사람을 자극하고 도발했다면 실제 상황을 분명히 인식해야 한다.

인간이란 약점과 한계에서 자유롭지 못한데 그걸 담담히 받아들이지 못한다면 그것은 나의 문제다. 결자해지(結者解之). 매듭은 만든 사람이 풀어야 하듯이 내 문제는 내가 풀어야 한다. 스트레스를 줄이는 방법이다. 이건 상대가 해결해야 할 것인지 내가 풀어야 할 것인지 판단해야 한다. 직장상사가 나를 부당하게 야단치는 상황을 생각해보자.

나는 하루 종일 기분이 나쁘고 회사를 그만두고 싶기까지 한다. 직장상사, 비난 이 두 개의 단어가 나를 꼼짝 못하게 한다. 그러나 잘 들여다보면 상황에는 여러 가지 요소가 숨어 있다. 상사는 집에서 안 좋은 일이 있어 기분이 나빴다. 그래서 나의 작은 실수를 과도하게 지적하고 감정적인 태도로 비난했다. 이런 상황에서 내가 기분이 상하고 퇴직까지 생각한다면 이보다 바보 같은 일이 어디 있겠는가.

내가 실수한 건 맞지만 오늘 아침의 일은 상사의 명백한 오버다. 내가 실수한 부분은 고칠 테지만 나머지는 그의 몫이다. 자기 기분을 통제하지 못해 부하 직원에게 공정하지 못한 대우를 한 것은 그의 잘못이다. 그것 때문에 나는 영향을 받지 않을 것이다. 이렇게 상황을 정확히 바라보고 판단한다. 그런 다음 차츰 내 마음의 평정을 유지한다.

이게 단번에 되는 쉬운 일은 아니다. 객관성을 유지하고 냉정한 판단력을 갖는 게 바쁘고 고된 직장에서는 더욱 어렵다. 하지만 갈등 상황이 수시로 불거지는 사회생활을 하려면 꼭 갖추어야 할 요소다. 직장에서 인정받고 신뢰를 받는 직원을 잘 살펴보라. 분명 이런 부분을 잘 해내고 있는 사람일 것이다. 사안마다 일희일비하지 않고 평정을 유지해서 많은 사람에게 믿음을 준다.

하루에 몇 분이라도 잠깐 생각할 시간을 갖기를 바란다. 오분만 눈을 감고 휴식을 취할 시간을 점심시간에라도 만들면 좋다. 눈만 감아도 수면의 절반 정도 휴식 효과가 있다고 한다. 눈을 감고 오전에 있었던 일들은 머리에 정리해서 버릴 것은 버리고 해결할 것은 해결하고 넘어간다. 스트레스가 별 건가. 일상 중에 강도가 조금 센 일이 스트레스다. 영어에서 단어에 강세를 받는 부분을 스트레스라고 부른다. 꼭 나쁜 것만은 아니다. 강한 자극이 온 일이니 얼른 받아서 해결하고 넘어가자. 은근슬쩍 문제를 일으키는 것보다는 스트레스라고 경고해주고 벌어지는 일들이 더 낫다.

콤플렉스도 잘 써먹으면 힘이 되고 강점이 된다. 스트레스도 잘만 풀면 문제해결능력을 높여준다. 모든 것은 나의 자세와 마음가짐에 달려 있다. 긍정적인 습관과 부정적인 습관에 대해 한번 생각해볼 필요가 있다. 하루 5분 명상, 산책, 차 마시기, 메모 같은 것은 좋은 습관이다. 아무 때나 껌 씹기, 담배나 술이나 초콜릿 같은 기호품의 과다 소비, 긴 통화, 충동구매 같은 건 나쁜 습관이다. 습관 하나만 잘 길러도 삶이 무척 편안해진다.

어떤 습관들이 내 일상을 지배하는지 돌아보면 나에 대해 많은 걸 알 수 있다. 습관이 반복되면 성격이 달라진다. 그 성격에 따라 삶도 달라진다. 습관이 그저 단순한 습관만이 아닌 것이다. 내가 선택한 내 행동의 패턴이다. 습관이 달라지면 변화한 내 가치관이 표현된 것이다. 그 습관에 따라 내 몸도 바뀐다. 내 체형은 내 생활습관을 보여준다. 운동을 좋아하는지, 식탐이 있는지, 숙면을 취하는지 몸에 나타난다.

인간의 모든 것은 다 연결돼 있다. 외모와 성격, 직업과 생활, 건강, 인간관계가 다 사슬처럼 꼬리에 꼬리를 물고 이어져 있다. 인과관계의 매듭을 찾아 풀어내면 한 가지 문제를 풀면서 다른 문제도 풀린다. 고혈압이 문제가 돼서 식탐을 줄이고 식이요법을 했더니 비만과 고혈압이 같이 해결된다. 밤에 잠도 잘 잔다. 우울감도 없어지고 몸이 가뿐해지니 대인관계도 좋아졌다. 고리 하나를 푸는 일. 쉽고도 어렵다. 거기서 시작해야 한다는 생각을 갖고 언제든 마음먹고 부딪쳐보자. 내 마음이 내 말을 잘 듣는 어느 날, 되도록 빠른 시일 안에!

실상은 남을 바꾸는 것도 내가 바뀌는 것도 쉽지 않다. 마음에 안 드는 가족들의 행동에 대해 아무리 잔소리를 해도 고치지 않는다. 나 역시 사는 데 확실히 불리한 버릇 하나를 고치려고 마음먹은 지가 언젠데 아직도 그대로다. 그만큼 뭔가를 바꾸는 건 힘이 들고 어렵다. 그럴 때는 내 생각을 바꾸는 게 빠르다.

상대의 느려터진 행동을 답답해하면서 지켜봤다면 그나마 느긋해서 다그치지 않는 성격인 것만도 어디냐고 여유를 갖고 대하면 그럭저럭 견딜 만하다. 불같이 질러대는 성격도 화를 내는 만큼 자기가 직접 해결하는 부분도 있으니 봐주자는 마음으로 바라보자. 나의 미루는 성격도 미루다 미루다 언젠가는 하겠지, 일정 기간은 견디고 기다려주는 마음, 일종의 스페어 타이어 하나쯤 갖고 세상을 살아가는 것도 크게 손해 보는 일은 아니리라. 물론 이것은 궁여지책이다. 변화에 적극적으로 임하면 제일 좋지만 어쩔 수 없을 때 이렇게라도 유예기간을 갖자는 대비책이다.

창작자에게 필요한 것은

호기심과 성실성이다.

재능은 딴 게 아니라

바로 호기심과 성실성을 지속하는 힘이다.

더구나 글쓰기는 장거리 마라톤과 같은 일이다.

끊임없이 쓰고 또 쓰는 것을

습관으로 하는 것 말고

다른 지름길은 없다.

스마트폰의 재발견

몇 년 전부터 일 년에 한 번씩 위파사나 명상센터에 들어간다. 10박 11일 코스로 명상을 하는데 열흘 내내 묵언 수행을 해야 한다. 낮 12시 이후에는 식사를 하지 않는다. 컴퓨터나 전화기, 시디플레이어도 안 된다. 책과 노트, 필기도구도 금지 품목이다. 한마디로 명상을 제외한 그 무엇도 허용되지 않는다. 오직 명상에만 집중하기 위해 만든 규칙이다.

처음 이 명상 코스에 참가하고 나서 묵언이 그렇게 사람을 편안하게 한다는 사실에 놀랐다. 오후에 음식을 먹지 않는 것도 묵언 덕분에 가능하다. 별로 배가 고프지 않았다. 말을 하지 않아서 에너지 소모가 적었기 때문이다. 이 두 가지만으로도 나는 이 프로그램을 통해 에너지가 많이 충전되고 영혼이 맑아지는 경험을 했다. 살도 빠져서 몸도 가벼워진 것은 말할 것도 없다. 채식으로 두 끼만 먹다 보니 체중이 줄고 체취도 달라진다.

명상기간 마지막 날 묵언이 해제되고 대화를 허락하면 사람들은 봇물 터진 듯 말을 쏟아낸다. 나는 의외로 말에 대한 갈증이 거의 없었다. 열흘간 세상과 단절되었다고 간절히 누가 보고 싶지도 않았다. 먹고 싶은 음식이나 어디 가고 싶은 곳도 없었다. 제일 궁금한 건 스마트폰이었다. '대체 전화는 몇 통이나 왔을까', '긴급한 카톡과 문자메시지가 왔으면 어쩌지', '기쁜 소식이 뭐 하나라도 왔을까', '이메일 박스도 그득하겠군. 나쁜 소식이 온 건 없을까' 온갖 상상을 한다.

명상이 끝나자마자 스마트폰을 열어보고 싶은 게 가장 갈급한 욕망이었다. 전화기 속에서 기다리고 있을 것들이 가장 궁금했다. 그도 그럴 것이 사람도 일도 오락이나 소일거리도 모두 스마트폰으로 통한다. 그러니 전화기를 잃어버리는 일은 대재앙이다. 평소에 알고 있던 사실인데도 나는 깜짝 놀랐다. 정말 이래도 되는 것일까. 물건 하나에 삶을 이토록 의존해도 되는 것일까. 두려움이 몰려온다. 게으른 나는 사진도 정보도 백업을 해놓지 않았는데 진짜 잃어버리기라도 하면 어쩌지.

이런 게 근거 없는 불안이다. 명상을 하면 뭐 하나. 명상센터를 나서기도 전에 벌써 집착으로 인한 불안에 시달린다. 명상에서는 알아차림(awareness)을 강조한다. 내가 하는 모든 것을 알아차려야 한다. 먹는 것, 말하는 것, 걷는 것, 내가 하는 모든 행동을 민감하게 느끼고 알아차리는 것이 첫째다. 그런 뒤에 갈망이나 혐오를 일으키지 않고 마음의 평정을 유지해야 고통에서 벗어날 수 있다고 했다. 내게 필요한 것은 고통에서 벗어나는 것과 아울러 본래의 나로 돌아가는 것이다.

먼지와 티끌과 갖가지 오염으로 더럽혀진 내 자신이 껍데기를 벗고 본래의 감각과 생각과 모습을 찾는다. 각질을 벗은 정신, 나의 투명한 마음, 상황을 있는 그대로 보는 시선. 엄청난 것을 얻은 게 아니라 그저 나를 나로서 바라보는 일이다. 스마트폰을 사용하고 거기에 의지하는 내가 있다면 그런 나를 있는 그대로 바라보고 알아차리면 된다. 거기에서 어떤 부정적인 마음을 일으킬 필요는 없다. 아이들에게 스마트폰을 그만 보라고 중독된다고 다그치는 것은 사실상 무의미하다.

어른과 마찬가지로 아이들도 모든 것이 거기서 이루어진다. 현실을 현실로 받아들여야 한다. 대안 없는 비난은 나쁘다. 나에게 있어 문제는 시력이다. 눈이 몹시 피곤하다. 스마트폰이 생각보다 에너지를 많이 쓴다. 건강을 위해서 절제해야 함을 느낀다. 꼭 필요한 것만 보기. 습관적으로 뉴스를 보는 것은 자제하려고 한다. 뉴스래야 별 것도 없는데 괜히 보는 거다. 누군가 얘기한 '디지털 디톡스'로 건강을 위해 가끔은 쉬어주어야겠다.

텅 빈 시간, 아무것도 안 하는 시간을 일부러 만들려고 한다. 어느 도시에서 멍 때리기 대회가 열렸다는 소식도 들린다. 그게 다 우리 머리를 과도하게 쓴다는 자각이 만들어낸 이벤트다. 전문가들 표현으로는 '테스크 네거티브(task-negative)'라고 부르는 상태다. 아무 역할도 맡지 않고 그냥 가만히 존재하는 것. 멍 때리는 시간은 정말로 필요하다. 멍 때릴 줄 알아야 자기 감정을 다스릴 줄도 안다.

창의적인 일을 하는 사람일수록 멍 때리는 시간이 절실하다. 스케줄을 꽉 채우고 잠시도 쉬지 않고 무얼 한다고 좋은 성과가 있는 게 아니다. 삶의 질, 정신의 건강을 위한 백지 같은 시간. 하루에 얼마간이라도 갖자. 옛날에는 마루나 마당이 있어서 그러기가 쉬웠다. 마루에 앉아 마당을 내다보며 꽃밭의 꽃도 보고 나비가 날아오는 것도 바라보며 시간을 보냈다.

지금은 앉을 곳이 거실 소파 아니면 식탁이다. 텔레비전 시청과 식사를 위한 공간. 둘 다 지나치면 건강에 좋지 않다. 눈의 혹사, 위장의 혹사, 둘 다 휴식을 모른다. 마루에 해당하는 공간이 뭐가 있을까? 마당에 해당하는 공간이 어딜까? 아파트 정원? 뒷길? 이래저래 삶이 참 팍팍하다. 한가하기가 이렇게 어려운가. 사방에 둘러싸인 것들이 모두 우리에게 무얼 하라고 시킨다. 쉴 수가 없다.

작가의 방을 가져라

언젠가부터 나는 '밖이 곧 안이다'라는 생각을 갖게 되었다. 반대로 '안이 곧 밖이다'라고 말할 수도 있다. 창문을 활짝 열어놓고 방을 청소하는 것은 방을 청소하는 것이 아니라 마음을 청소하는 거다. 왜 스님이 아침마다 낙엽 하나 떨어지지 않은 절 마당을 싸리비로 싹싹 쓸겠는가. 그 깊은 뜻을 헤아려보면 알 수 있는 일이다.

책상 위를 치우고 서랍을 정리하고 깨끗한 책상 앞에 앉아 차 한 잔을 마신다. 이 일을 하는 동안 머릿속을 가지런히 해서 글쓰기 모드로 전환하기 위해서다. 좀처럼 마음이 가라앉지 않고 어수선할 때는 청소를 해라. 바깥이 정돈되면서 내면도 정리되는 경험을 하게 될 것이다.

극단적인 예를 들어보겠다. 집집마다 아이들이 자기 방 청소를 하지 않아 걱정이라고 야단들이다. 폭격 맞은 듯 어질러졌는데도 안 치운다. 잔소리를 해도 소용이 없다. 야단을 쳐도 상을 줘도 그때뿐이다. 우리 집도 물론 예외가 아니다. 이 문제를 곰곰 살펴보니 애들은 어질러진 상태에 크게 영향을 받지 않았다.

아직 자기 머릿속이 단순하고 그리 어지럽지 않으니 밖을 정리할 필요가 없는 게 아닐까. 마음이 온통 쓰레기통이라면 방을 청소해서라도 정리할 필요를 느낄 텐데. 신기하게도 이런 애들이 독립하거나 결혼해서 자기 집을 갖게 되면 대개 청소를 열심히 한다고 한다. 삶을 정돈하고자 하는 욕망과 방을 청소하는 습관은 별개의 것이 아니다. 직접 실천해보면 알 수 있다. 잘 정돈되고 깨끗한 방을 상상해보라. 딴 세상이다.

같은 맥락으로 나는 글을 쓰겠다는 사람에게 작가의 방을 만들라고 권한다. 집이 좁아서 방이 따로 없으면 안방의 한쪽, 구석 거실의 한 귀퉁이라도 좋다. 내 공간이 있어야 한다. 그곳에 가면 바로 글을 쓸 수 있도록 노트북이나 컴퓨터, 메모지가 갖춰져 있다. 책꽂이도 글 쓰는 사람의 것으로 만들어라. 책꽂이 한두 칸은 내가 볼 책, 내 글에 도움이 되는 책, 자주 보는 책들로 채워라.

바깥을 이런 식으로 정리해가다 보면 나의 내면도 글을 쓰는 사람의 것으로 바뀐다. 군더더기가 없고 바로 내가 하려는 작업으로 들어갈 수 있는 간결한 구조의 방과 책상과 책꽂이. 다소 어질러져도 다시 또 치우면서 마음을 가다듬는다. 마음이 내 뜻대로 움직이게 하고 싶으면 이런 식으로 사소한 것 하나부터 제대로 길을 만들어야 한다. 사소한 게 결코 사소한 게 아니다.

문학관에 가면 꼭 작가의 방을 재현해놓은 공간이 있다. 그 이유도 위에서 말한 것과 비슷하지 않을까. 작가가 어떻게 자신의 책상을 관리하면서 글을 썼는가 보여주는 것은 작가 영혼의 편린을 공개하는 것이다. 만약에 카페에 가야만 글을 쓸 수 있는 사람이라면 카페의 테이블을 자기 책상이라 생각하고 내 스타일로 사물을 배치한다. 일종의 자기 암시다.

공책과 펜, 커피 잔, 노트북, 몇 권의 읽을 책, 책상 주변을 물티슈로 한 번씩 닦아주기도 한다. 먼지를 닦으며 마음의 찌끼를 닦는다. '이 시간 나는 글을 쓰려고 해. 우리 서로 잘 해보자.' 마음에게 말을 거는 것이다. 똑, 똑, 똑, 노크를 하는 것이다.

내 마음에 드는 펜, 좋아하는 노트, 멋진 필기도구는 기분을 좋게 한다. 그런 것을 소홀히 하거나 가볍게 볼 일이 아니다. 왜 글 쓸 때 어떤 작가는 연필을, 어떤 작가는 만년필을 고집하겠는가. 거기에 의미를 부여하면서 작업에 시동을 거는 거라고 믿는다. 그런 작은 의식들이 영혼의 문을 여는 통과의례다. 다시 한 번 강조하지만 나만의 방, 나만의 책상을 갖자. 내 영혼이 머물기 좋은 장소로써.

글쓰기에 실패한 다섯 가지 유형

얼마나 많은 사람들이 글쓰기를 하겠다고 나를 찾아왔는지 모른다. 그 중 얼마나 적은 사람이 글쓰기를 자신을 표현하는 도구로 삼는 데 성공했는지 모른다. 왜 다들 그럴싸한 이유를 한 아름 안고 와서 글을 쓰고자 하지만 이루지는 못하는가. 한글을 깨친 사람이라면 누구나 맘만 먹으면 글을 쓸 수 있는데 왜 그게 그토록 어려운가. 글쓰기를 먼저 시작한 사람으로서, 종종 글쓰기에 대한 강의를 하는 사람으로서 이 문제를 고민하지 않을 수 없었다.

뜬구름 잡는 얘기가 아닌, 마음과 몸에 착 붙는 실용적인 조언이 뭐가 없을까 늘 고민한다. 역시나 글은 본인 스스로 써야 하는 것이다. 나는 그저 몇 마디 가이드라인을 말해줄 수 있을 뿐이다. 글쓰기가 뜻대로 안 된다는 사람을 안타깝게 바라보다가 몇 가지 유형을 발견했다. 그리고 나름대로 해법도 궁리해봤다. 내 경험에서 뽑아낸 경우일 뿐이니 읽고서 내가 혹시 여기 어디 속하지 않나 가벼운 마음으로 생각해보기 바란다.

1 미리 포기형

조금 써보다가 '나는 글쓰기에 재능도 없고 실력도 없다'고 지레 포기하는 사람이다. 나중에 또 다시 도전하지만 또 포기한다. 열심히 하기 싫으니까 재능 핑계를 댄다. 그게 쉽고 편하니까. 재능이라는 단어에 갇혀 아무것도 보지 못한다.

2 말로만 쓰기형

만날 때마다 자기가 쓸 내용을 말로 브리핑한다. 새로운 내용을 계속 업데이트한다. 그러나 책상에 앉아서 쓰지는 않는다. 새로운 주제가 계속 등장한다. 쓰지 않고 머리로만 생각하니까 예전 것을 버리기 쉬운 거다. 직접 써놓은 게 있다면 아까워서라도 그걸 물고 늘어진다. 특히 주제가 수시로 바뀌는 유형은 치료에 시간이 좀 걸린다.

3 노점좌판형

엄청 다양한 내용을 수십 개의 파일에다 찔끔찔끔 써놓았다. 생각날 때마다 새 파일을 만들어서 몇 장 써놓는다. 여기까지는 아무 문제가 없다. 그런데 전체를 꿰뚫는 큰 맥락이 없다. 써야 할 주제를 완전히 장악하지 못했다는 뜻이다. 주제를 크게 주체적으로 파악하고 있으면 목차를 짤 수 있다. 큰 목록과 세부 목록을 짜놓을 수 없다면 아직 콘텐츠가 미약하거나 핵심주제를 잡지 못한 거다.

4 언젠가는형

지금 거의 준비가 다 됐다. 언젠가는 시간을 내서 붙잡고 매달릴 거라고 장담한다. 가끔 맛보기로 조금 보여주며 이 주제가 얼마나 보석 같은지 주목받고 싶어 한다. 그 언젠가는 결코 오지 않는다. 언젠가가 지금이어야 준비된 사람이다.

5 불도저형

어마어마한 속도와 에너지로 글을 써낸다. 발전도 있고 내용도 있다. 그런데 정작 힘을 내야 할 마지막 단계에서 멈춰서 있다. 일정한 양이 모였으면 그때부터는 퇴고를 해서 내용을 가다듬어야 한다. 퇴고는 엄청난 인내와 끈기를 요구하는 힘든 과정이다. 그래서 퇴고를 미룬 채 글을 수정 보완해서 낫게 만들기보다 계속 새 걸 쓴다. 새 글 쓰는 게 훨씬 쉽고 재미있으니까. 새로운 건 많아도 남에게 보여주거나 발표할 수준의 작품은 하나도 없다.

치료법

1 미리 포기형

둘 중 하나를 정하라고 한다. '지금 일단 시작해서 한 판 붙어 볼 거야?', '영원히 쓰지 않을 거야?' 죽을 때까지 글과는 인연을 맺지 않을 작정이 아니면 지금 시작하는 게 제일 현명하다. 언젠가는 다시 돌아온다. 시간만 낭비하고서. 사생결단하는 마음으로 죽기 살기로 일 년만 써보자고 시작하라. 그때도 같은 마음이면 그때 포기하자. 포기는 언제 해도 늦지 않다.

2 말로만 쓰기형

아무거나 주제 하나를 골라잡아라. 그것에 대해 A4용지 3

장을 써보라. 그 다음 이어지는 내용을 다시 3장씩 이어가며 30매가 될 때까지 쓴다. 이때까지 써보고 그 주제가 자신의 것인지 아닌지 결정해도 늦지 않다. 말이 아닌 글, 떠오른 생각의 논리적 전개를 가진 완성된 글을 하나둘 써가는 재미와 발전의 기쁨을 느끼면서 그걸 믿고 계속 밀고 나가자.

3 노점좌판형

써놓은 글 중에서 분량이 제일 많거나 자신 있는 주제를 골라보자. 나머지 중에서 이 주제의 부수적인 내용으로 담을 게 있나 골라서 합쳐보자. 그러다 보면 좀 비중 있는 파일 하나가 생길 것이다. 그걸 기초로 그 위에 다음 내용을 쌓아간다. 새로운 내용이 떠오르면 일단 다른 파일에 적어 두었다가 나중에 이 파일에 합칠 수 있나 보고 나서 써먹으면 된다.

4 언젠가는형

이 유형도 1번처럼 실패에 대한 두려움에 발목이 잡혀 있다. 자기가 써놓은 글에 별 내용이 없을까봐 언젠가는 쓸 수 있다는 희망, 그 마지막 보루를 버리지 못하고 갖고 있는 거다. 글쓰기 앞에서는 좀 더 과감해져야 한다. 정면 승부해야 한다. '모든 초고는 원래 다 쓰레기'라는 헤밍웨이의 말을 거울삼아 용감하게 첫 삽을 뜨자. 그렇지 않으면 영원히 루저다. 루저가 별 것인가. 마음먹은 일을 할 수 없으면 루저다.

5 불도저형

자기를 과신하고 있거나 아직 글쓰기의 핵심에 도달하지 못했다. 그저 쓰면서 매일 조금씩 필력이 늘어가는 재미에만 빠져 있다. 일정기간이라면 상관없다. 그러나 책 몇 권의 분량을 써놓고도 돌아보지 않고 앞만 보며 달린다면 아마추어다. 프로는 당장 누가 전화를 해서 청탁해도 바로 내놓을 수 있는 준비된 작품을 가진 사람이다. 초고 100개 있어봤자 완성된 하나를 못 이긴다. 좀 더 큰 비전을 갖고 써놓은 것 중 하나를 골라 치밀하고 신중하게 다듬어보자. 도서관이나 서점에 놓일 내 책을 상상해도 좋다. 누군가 읽게 될 내 책을 만들기 위해 오류의 최소화, 장점의 극대화를 도모하는 일은 귀하고 귀하다.

이상에서 보듯 어떤 유형의 글쓰기 습관을 가진 사람이라도 거기에 맞는 해법이 있다. 결심만 하면 된다. 결심에 따라 행동으로 옮기기만 하면 된다. 열심히 안 하는 사람을 하게 할 수는 없지만 잘못된 방법으로 하는 사람을 올바르게 하도록 할 수는 있다. 자기 인생의 스케줄에 따라 1년 혹은 2년의 시간을 자신에게 준 다음 성과물을 낼 수 있도록 스스로 독려하고 응원해주자.

자신의 기를 살리기 위해서는 눈에 보이는 결과물이 있어야 한다. 이 점을 잊어서는 안 된다. 인간은 자기가 해놓은 일에서만 성취감을 느낀다. 그런 성취감이 쌓여야 긍정적인 모습의 어른이 되고 노년이 된다. 글쓰기가 단지 글쓰기만의 문제가 아닌 이유가 여기에 있다. 내 모든 행동은 내 인생을 닮는다. 내 인생은 내 모든 행동의 총합이다. 도망갈 수가 없다. 속일 수도 없다. 다 내가 저지르고 내가 한 일이다. 내가 싸놓은 똥이다. 누굴 탓하겠는가.

유럽의 학교에서 고등학교 때까지 교육에서 제일 강조하는 게 글쓰기 능력인 것도 그 때문이다. 나를 글로 표현할 수 있는 능력이야말로 인간 고유의 문명이고 문화다. 뭔가를 계획하고 있는 사람이라면 피할 수 없는 과정이다. 내가 써놓은 글에 진정한 내 모습이 있다.

먼지와 티끌과 갖가지 오염으로 더럽혀진

내 자신이 껍데기를 벗고

본래의 감각과 생각과 모습을 찾는다.

각질을 벗은 정신,

나의 투명한 마음,

상황을 있는 그대로 보는 시선.

엄청난 것을 얻은 게 아니라

그저 나를 나로서 바라보는 일이다.

패러다임 시프트를 위한 독서 30

1. 《몸의 일기》 다니엘 페나크 | 문학과지성사 | 2015년

누구나 가진 몸을 이처럼 사랑스럽게, 신랄하게 들여다본 책이 또 있었던가. 주인공은 보이스카웃 캠핑장에서 겪은 충격적인 사건 이후 매일 자신의 몸에 일어난 일을 기록한다. 배설, 성장통, 성, 질병, 노화, 죽음 등에 대한 가식도 금기도 없는 내밀한 기록이다. 마음도 정신도 인생도 아닌 오직 몸의 일만으로 삶의 궤적을 하나로 꿰뚫어 보여준다. 인간이 몸 앞에서 겸손하지 않을 수 없는 철저히 물리적인 존재임을 통찰한 다큐멘터리 같은 소설.

2. 《나는 가해자의 엄마입니다》 수 클리볼드 | 반비 | 2016년

우리는 늘 피해자를 기억하고 그들을 위로한다. 처음 물 위로 떠오른 가해자 가족의 이야기. 내가 평소 잘 알고 있다고 생각하는 나와 나의 가족을 돌아보게 한다. 가해자의 시선을 갖는 순간 우리가 그동안 접했던 많은 사건의 배후를 의심한다. 거칠고 폭력적이었던 일방통행 판관 노릇에 회의를 품는다. 가해자도 피해자도 따로 정해지지 않았다는, 누구에게나 무슨 일이든 일어날 수 있다는 말을 가해자의 목소리로 들으면 그 울림이 다르다.

3. 《소설창작수업》 최옥정 | 푸른영토 | 2016년

소설 창작뿐만 아니라 문장과 글, 글쓰기 구조와 흐름 전반에 걸친 지침이 담긴 글쓰기 매뉴얼. 매뉴얼을 쓰기까지 소설가로서 겪어야 했던 여러 일들에 대한 에세이 형식의 글로 소설가라는 직업을 가지고 살아가는 구체적인 이야기를 전한다. 문학창작학과의 수업 교재를 위해 집필했다는 의도에 걸맞은 작가지망생의 막막함과 정처 없음에 대한 소설가의 조언과 응답이 담겨 있다.

4. 《낯선 시선 : 메타젠더로 본 세상》 정희진 | 교양인 | 2017년

현재 우리 사회에서 가장 정면에 있고 외면할 수 없는 주제 중 하나가 페미니즘이다. 한국 페미니즘의 여전사라 할 수 있는 정희진의 책은 성 역할에 대한 우리의 둔감함과 무신경을 낱낱이 밝히고 성장과 진화를 권유한다. 메타젠더는 남녀라는 젠더를 뛰어넘는다는 의미이다. 여성주의라는 '낯선 시선'으로 기득권의 관점을 뒤흔들고 약자의 관점으로 문제를 다시 바라보게 한다. 이 책을 읽고 나면 인간은 페미니즘을 이해하는 인간과 그렇지 못한 인간으로 나뉜다. '성이기주의'를 극복할 수 있는 기회가 될 독서.

5. 《색채가 없는 다자키 쓰쿠루와 그가 순례를 떠난 해》 무라카미 하루키 | 민음사 | 2013년

하루키는 말도 많고 탈도 많고 우군도 많고 적도 많다. 어떤

경우든 그의 소설을 읽고 나서 떠들자. '왜 그는 그토록 많은 독자의 사랑을 받을까, 이게 정말 다일까' 생각하면서 읽는 재미가 있다. 하루키에 대한 불호와 상관없이 인간이 작은 사건에도 부서질 수 있는 얼마나 약한 존재이며 또한 강한 내면을 가졌는지 면밀한 시선으로 추적한 소설이다. 그의 특기이자 단점이기도 한 선명한 캐릭터 설정이 색깔이라는 상징으로 두드러져 나타난다.

6. 《고독의 위로》 앤서니 스토 | 책읽는수요일 | 2011년

인간의 거의 모든 불행은 고독할 줄 모르는 데서 온다! 고독의 재발견. '고독은 물리쳐야 할 대상이 아니라 내 안의 나, 동반자다'라는 떠도는 말에 대한 정신분석학자의 치밀하고 공감가는 설명서. 작가가 태어나서 꼭 써야 할 책 한 권을 가져야 한다는 말이 맞다면 그는 이 책을 쓰기 위해 작가가 되었다고 해도 좋다. 우리에게 꼭 필요한 책을 남겨 꼭 알려야 할 사실을 전한다. 그동안 우리는 인간관계에 대해 너무 과도한 의미를 부여하며 고독한 인간을 두 번 죽이는 일을 아무렇지도 않게 해온 것 아닌가, 반성하게 한다.

7. 《소설가의 각오》 마루야마 겐지 | 문학동네 | 1999년

제 아무리 어려운 무엇을 앞두었다 해도 이처럼 통렬한 각오와 일침을 기억한다면 두려울 게 없으리. 작가의 정체성은 언제 생기는가. 이익과 쾌락을 위해 떼로 몰려다니며 무리 짓

기를 과감히 포기할 때 그 자발적인 소외가 정체성의 초석일는지도. '깊이와 날카로움을 지키기 위해서는 나를 깊은 산속에 유폐시킬 용기를 가져야 한다'는 역설에 귀기울인다.

8. 《모멸감》 김찬호 | 문학과지성사 | 2014년

감정노동, 갑을관계, 승자독식…… 모멸을 권하는 사회의 맨얼굴을 샅샅이 들여다본다! 남의 이목에 신경을 곤두세우도록 자라나면 부끄러워할 필요가 없는 일에도 모멸감을 느끼게 된다. 우리 사회에 만연한 무례와 폭력과 불통에 대한 깊은 사색과 섬세한 감수성을 길러주는 역서. 남의 처지나 입장에 대한 고려가 없는 비난은 폭력이다. 반성과 역지사지를 잃은 사회, 공감 대신 배제와 차별이 자리 잡은 관계를 다시 생각한다.

9. 《담론》 신영복 | 돌베개 | 2015년

스승을 가져야 한다면 신영복 선생님 같은 역할을 하는 분이어야 하리라. 넓고 큰 통찰력으로 죽비를 맞은 듯 늘 정신이 번쩍 들게 한다. 직접 겪은 다양한 일화들, 생활 속에서 겪은 소소한 일상들을 함께 들려줌으로써 동양고전의 현대적 맥락을 더욱 쉽게 이해할 수 있도록 했다. 《강의》 이후 10년 동안 훨씬 깊어진 논의와 풍부한 예화를 담아 절제와 강건한 정신을 엿볼 수 있다. 책이 아닌, 삶과 관계의 이어짐 속에서 지혜를 얻고자 한 견결함이 어떤 훌륭한 담론보다 우리를 호되게

가르친다. 우리가 주고받는 말은 사색이 곁들여진 공부 속에서 태어나야 한다.

10. 《고민하는 힘》 강상중 | 사계절 | 2009년

《구원의 미술관》 강상중 | 사계절 | 2016년

자기 인생에서 건져 올린 육체를 가진 고민과 사색의 과정을 독자와 공유하는 것이 강상중의 특장기다. 그의 모든 책이 필독서. 스스로 알고 싶고 공부하고 싶고 느끼고 싶은 것들을 찾아가는 인생을 살다가 그것이 쌓이면 책 한 권으로 세상에 나온다. 이것이 강상중이 책을 쓰는 방식이다. 삶과 배를 맞댄 지식과 사유, 그것을 타인과 공유하며 다음 단계로 확장해 나간다.

11. 《나의 운명 사용설명서》 고미숙 | 북드라망 | 2012년

《동의보감 몸과 우주 그리고 삶의 비전을 찾아서》 고미숙 | 북드라망 | 2012년

고전을 바탕으로 나의 몸과 운명을 조목조목 짚어가며 인생의 큰 그림을 이해할 수 있도록 해준다. 고미숙은 어렵고 접하기 쉽지 않은 고전을 먼저 공부해서 소화하기 좋은 상태로 만든 다음 독자에게 전해준다. 쓸모 있는 공부의 전도사라고 불러도 좋다. 모든 선생님이 이런 공부를 했다면 여러 학교를 졸업한 우리의 지적 능력은 지금과 달랐을 것이다. 우리가 현실을 살면서 겪는 시시콜콜한 문제와 고통의 해법을 고전에서

찾아 나무가 아닌 숲을 볼 수 있는 안목을 길러준다.

12. 《끝과 시작》 비스와바 쉼보 | 문학과지성사 | 2016년

시에 대한 인식을 확장시켜줄 유쾌, 통쾌, 상쾌한 시의 향연. "모차르트처럼 잘 다듬어진 구조에 베토벤 같은 웅장함을 겸비했다"고 평가받는 그녀의 시는 일상적인 소재로 출발해 점점 깊은 의미의 세계로 들어가는 형식을 취한다. 패기와 열정으로 가득 찬 시집은 책꽂이에 꽂아둔 뒤 여러 번 꺼내 읽게 한다. 길들여지지 않는 시선으로 세상과 사람을 바라보고 그것에 딱 알맞은 언어와 리듬으로 표현해냈다. 기골이 장대한 장수가 썼음직한 이 시들이 칠십이 넘은 여자 시인의 작품이라니 어찌 통쾌하지 않을손가.

13. 《작가란 무엇인가》 파리 리뷰 | 다른 | 2014년

글 쓰는 자의 정체성에 대해 깊이 생각해볼 수 있는 구절구절. 내가 좋아하는 작가의 탄생과정을 엿볼 수 있다. 작가의 삶과 생각과 감성을 엿보고 싶은 사람의 관음증을 충분히 만족시켜준다. 자신의 생각을 세련되고 현대적인 언어로 담아서 표현해내는 사람과의 대화는 언제나 유쾌하다. 말의 롤러코스터요, 대화의 파도타기를 맘껏 즐길 수 있다. 덤으로 얻는 것은 문학과 인문학에 대한 뭉근한 감탄과 숭앙.

14. 《타인의 고통》 수전 손택 | 이후 | 2007년

《수전 손택의 말》 수전 손택 조너선 콧 | 마음산책 | 2015년

거침없다는 말이 그녀만큼 잘 어울리는 사람도 없을 것이다. 인간과 사회를 향한 그녀의 정확하고 날선 지적 앞에 부끄러움을 느낀다. 나를 그대로 세상에 내보이고 굽힘 없이 내 생각을 드러내는 기백의 뿌리에는 무엇이 있는 걸까. 세상을 충분히 고민하고 누리고 느끼려는 피 뜨거운 용기와 연대의식이 그녀를 강하게 만들었으리라.

15. 《나는 단순하게 살기로 했다》 사사키 후미오 | 비즈니스북스 | 2015년

미니멀리즘에 대한 일상에서의 구체적 실천 지침서지만 동시에 내 영혼의 공간을 활용하도록 도와준다. 인간의 몸과 마음에 한계가 있다는 사실을 안다면 우리를 둘러싼 공간에 바람이 술술 통하도록 빈 공간을 많이 만들어야 한다. 몸이 편해야 마음이 편하다. 몸이 편하려면 적게 가져야 한다. 짐을 잘 정리하는 것이 아니라 많이 버려야만 집안이 달라진다는 걸 구체적 행동지침으로 말해준다. 집이 달라지면 사람이 달라지고 삶이 달라진다.

16. 《마음》 나쓰메 소세키 | 현암사 | 2016년

《나는 고양이로소이다》 나쓰메 소세키 | 열린책들 | 2009년

100년도 더 된 고전의 문장을 한 줄 한 줄 읽어 나가면서 인간의 본질을 보여주고 우리의 정체성을 밝히는 문장의 힘을

느낀다. 자주 꺼내 읽으면서 새삼 우리가 왜 고전을 읽어야 하는지 느낀다. 현대에도 여전한 인간성에 대한 탐구서다. 인간 보편적인 정서와 특별한 인간의 충돌이 비극을 낳는다. 모든 사람이 사랑을 하지만 어떤 아픈 사랑, 개별적인 사랑을 하는 사람의 이야기는 언제나 들을 만하다.

17. 《울분》 필립 로스 | 문학동네 | 2011년

《에브리맨》 필립 로스 | 문학동네 | 2009년

필립 로스의 모든 책에서는 피가 흐른다. 잠시도 마음을 놓을 수 없게 몰아붙이는 힘찬 문장과 거기 배인 타협 없는 정신. 따귀를 맞은 듯 얼얼하다. 나의 편견이지만 그의 모든 소설은 스무 살에 썼다는 느낌을 준다. 인생에 대해 아무것도 알지 못하고 내가 잘 모르는 건 아는 척 하고 싶지 않고 바로 이마로 들이받으며 살겠다는 무모함이 독자의 눈을 뗄 수 없게 한다. '나 말고 어리석은 인간이 또 있었구나. 결국 어떻게 되나 봐야지' 그런 마음으로 끝까지 지켜보게 한다.

18. 《월든》 헨리 데이빗 소로우 | 은행나무 | 2011년

두 말이 필요 없는 명불허전. 문장 미학과 사유의 깊이, 자유로운 영혼, 자연 속의 공간. 책이 보여줄 수 있는 모든 것을 보여준다. 그러면서도 독서가 밋밋하지 않게 주변 사람들을 세세히 묘사하고 그들에 대한 자신의 감상을 가감 없이 전한다. 관습에 구애받지 않는 솔직함은 매력적으로 글에 활기를

불어넣는다. 글쓰기에 대한 자신의 생각을 풀어낸 부분은 특히 곡진한 진심이 느껴져서 마음에 와닿는다.

19. 《번아웃-다 타버린 몸과 마음이 보내는 신호》 크리스티나 베른트 | 시공사 | 2014년

현재의 나, 현재의 삶의 대한 보고서. 번아웃 극복책으로 '인간은 어떤 때 강해지나'를 집중 탐구한 책. 번아웃의 실태를 고발하는 것이 아니라 번아웃에서 어떻게 빠져나가나를 알려준다. '왜 어떤 사람은 어려운 상황에서 자신을 잃지 않고 '회복탄력성'을 유지한 채 자신을 지킬 수 있었나' 30년 동안 연구한 바를 사례와 함께 소개한다.

20. 《금각사》 미시마 유키오 | 웅진지식하우스 | 2017년

단물이 빠질 때까지 오래오래 음미하고 싶은 문장을 만나고 싶다면 탐미주의의 결정판인 〈금각사〉를 읽으라. 금각사 화재 사건과 너무 아름다워서 불태우고 싶었다는 말더듬이 범인에서 착안해 이 소설을 썼다고 한다. 작가가 자신의 영혼을 건드리는 소재를 만났을 때 어떤 작품을 만들어낼 수 있는지 보여주는 대표적인 예다.

21. 《그리스인 조르바》 니코스 카잔차키스 | 열린책들 | 2009년

《영혼의 자서전》 니코스 카잔차키스 | 열린책들 | 2009년

평생 자유를 추구했다기보다 자유 그 자체인 조르바의 삶과

사랑, 유랑의 이야기. 인간임을 즐기는 자의 유쾌한 여행기다. 조르바라는 인물은 "아무것도 바라지 않는다. 아무것도 두렵지 않다. 나는 자유다"라는 카잔자키스 묘비명을 떠올리게 한다. 세상에서의 성공도 법칙도 도덕도 삶을 온몸으로 살며 관통해가는 조르바에게는 군더더기에 불과하다. 문학이 철학과 만날 때 어떤 아우라를 갖게 되는지를 보여주는 작가인 카잔차키스의 대표작.

22. 《죄와 벌》 도스토예프스키 | 민음사 | 2012년

《지하생활자의 수기》 도스토예프스키 | 문예출판사 | 2014년

죄는 누가 지었고 벌은 누가 주는가? 삶이 왜 내 뜻대로 살아지지 않는가, 인간의 숙명에 대한 날선 질문을 던진다. 다 읽고 나면 긴 호흡의 소설을 읽었을 때 느끼는 묵직한 성취감이 있다. 백년도 넘은 이 소설들이 어떻게 지금도 전혀 낡게 느껴지지 않는 모더니티를 갖추고 있는지 신기할 따름이다.

23. 《자기 앞의 생》 에밀 아자르 | 문학동네 | 2003년

이토록 고귀한 인생이여! 창녀 앞에 이런 감탄사를 붙이게 하는 소설. 어린 나이에 읽어도 좋고 나이가 들어서 읽어도 새로운 느낌을 준다. '성장소설은 영원한 스테디셀러 장르'라는 말을 증명한다. 로맹 가리는 독자들이 자신의 소설을 읽는 이유가 자기 이름 때문인지 정말 소설이 좋아서인지 알고 싶어서 에밀 아자르라는 이름으로 발표했다가 콩쿠르상을 두 번

수상한다. 등장하는 모든 인물에 감정이입을 할 수밖에 없는 이변을 겪게 하는 소설이다.

24. 《위대한 개츠비》 F. S. 피츠제럴드 | 민음사 | 2009년

《무진기행》 김승옥 | 새움 | 2017년

현대소설을 대표하는 정서, 입체적인 유형의 인물 창조, 인간의 욕망과 현실 사이의 위험한 줄다리기. 전혀 다른 배경과 결을 가졌음에도 나에게는 피츠제럴드와 김승옥이 이상하게 같은 코드로 느껴진다. 도회지 정서를 담고 있는 인물과 문체 때문이기도 하고 이야기의 전개와 구성이 판에 박히지 않고 예측을 넘어서기 때문이기도 하다. 두 작품 모두 영화로 만들어졌다는 것이 우연의 일치는 아닐 것이다.

25. 《호밀밭의 파수꾼》 J. D. 샐린저 | 문예출판사 | 1998년

청소년을 다시 생각하게 한다. 우리는 그들을 모른다. 인생의 단초가 되는 모든 것이 있는 시기, 사춘기의 질풍노도를 격정적으로 보여주는 소설. 그 혼란과 분노와 반목이 어른이 되어서도 전혀 달라지지 않고 우리 목전에서 우리를 놀리고 있는 현실 덕분에 이 소설의 인기는 식지 않을 것이다. "어른이 되어도 달라지는 건 아무것도 없단다, 얘야. 너무 억울해할 것 없어" 책장 너머에서 주인공이 짓궂은 목소리로 우리에게 속삭인다.

26. 《잘라라. 기도하는 그 손을》 사사키 오타루 | 자음과모음 | 2012년

철학을 어려운 전공서적도 아니고 대중의 입맛에 맞는 말랑말랑한 책도 아닌 단단하고 품격 있는 문체에 담았다. 문학이나 심리학 등 주변 인문학에 대한 저자의 깊이 있는 지식과 안목이 배면에 깔려 있다. '우리나라에 이만한 작가가 열 명만 있다면'이라는 생각을 절로 하게 되는 책이다. 가장 놀라운 건 문학에 대한 사랑과 문학이 결코 죽지 않을 거라는 그의 확신이다. 여러 증거를 들이대는 그의 언변에 그냥 속고만 싶어진다.

27. 《본래 그 자리》 맹난자 | 북인 | 2015년

필력이 느껴지는 수필집 본연의 향취를 맡고 싶을 때 읽는 책. 사유와 감성의 깊이를 웅숭깊은 문장에 담아 독자의 가슴까지 전달하는 글을 읽다 보면 엄마의 자장가를 듣듯 영혼이 평안히 잠든다. 마음이 아픈 사람이 자신을 치료하기 위해 정신과의사가 되거나 철학자가 된다는 소문이 맞다면 그녀는 자신의 가족사를 극복하기 위해 작가가 된 경우다. 지치지 않고 인간의 원초적인 슬픔과 고독과 고통을 마주한다. 자신이 사랑하는 작가와 인물들의 무덤을 찾아가봄으로써 젊은 시절부터 죽 자신을 위로한 그들의 자취를 더듬는다.

28. 《변신》 프란츠 카프카 | 민음사 | 2009년

서너 번을 읽어도 새로운 맛이 나는 소설이다. 우리가 끊임

없이 변신하고, 변신하지 않으면 안 되는 인생을 살기 때문이리라. 그럼에도 우리는 나의 변화에도 타인의 변화에도 담담하지 않다. 속 좁게 몰아붙이거나 거리를 둔다. 변신은 변심을 낳는다. 그러나 어쩌나, 변신하지 않고는 살기 어려운 세상인걸. 타인의 변신과 나의 변신 속에서 길을 더듬어가는 오늘, 다시 이 책을 집어 들면 한 줄의 문장이 우리를 새 길로 인도할지도 모른다.

29. 《톨스토이 단편선》 L.N.톨스토이 | 인디북 | 2014년

톨스토이는 두 말 하면 입이 아픈 훌륭한 작가지만 의외로 단편집을 읽은 사람은 많지 않다. '인간은 무엇으로 사는가'가 대표하는 그의 단편은 동화처럼 전설처럼 우리를 인간보편의 가치를 생각하게 하는 인생의 풍경으로 이끈다. 살아가다가 의문이 들면 그 문제를 바로 글, 소설로 써보면서 자신의 영혼의 현주소를 알고자 하는 작가다. 삶이 우리에게 준 숙제인 선한 본능을 발전시켜 더 나은 인간이 되라는 명령을 철저하게 실천했다.

30. 《행복한 왕자》 오스카 와일드 | 작가정신 | 2004년

《도리언 그레이의 초상》 오스카 와일드 | 열린책들 | 2010년

어른이 된 지금 읽어보면 우리가 알고 있던 단순한 동화가 아님을 발견할 수 있다. 사회와 인간과 계급과 불평등에 대한 날카로우면서 아픈 통찰. 나아가 예술가의 정체성에 대해 알

고 싶다면《도리언 그레이의 초상》을 다시 읽어야 한다. 창작 욕망 뒤에 숨은 빛과 그늘, 천상과 지옥을 펼쳐 보여준다. 인간은 왜 욕망 때문에 많은 걸 잃어야 하는가? 내가 욕망을 위해 도덕을 버렸을 때 타인은 나에게 어떤 의미인가? 자멸하고 마는 주인공이 우리에게 하고 싶은 말은 무엇인가? 책을 덮고 나서도 생각이 꼬리를 물고 이어진다.

추천도서는 내가 애호하는 작가의 책과 내가 애호하는 사람이 권한 책에서 골랐다. 읽고 나서 한동안 내 곁을 떠나지 않는 여운을 남겼던 책들이다. 지금이 아니라면 나중에라도 한 번씩 읽어보기를 권한다. 언급된 작가들의 책은 이것 말고도 모두 찾아 읽기를 바란다. 신간이 나오면 묻지도 않고 서서 보는 작가를 가졌다면 행복한 사람이다. 그 작가가 이번에는 어떤 책을 썼을까, 뭐가 달라졌을까 궁금해하며 독자는 작가와 함께 나이를 먹는다. 다음 책이 궁금한 작가, 최고의 찬사 아닌가. 아직도 그 자리에서 기다리고 있는 독자, 훌륭하지 않은가.

6장

달인에게 배우는 글쓰기 한 수

내가 하고 싶은 말은 글쓰기에서도 자기가 가진 최선의 능력을 발휘하려면 연장들을 골고루 갖춰놓고 그 연장통을 들고 다닐 수 있도록 팔심을 기르는 것이 좋다는 것이다. 그래야 힘겨운 일이 생겨도 냉큼 필요한 연장을 집어들고 곧바로 일을 시작할 수 있다.

— 스티븐 킹, 『유혹하는 글쓰기』

/

하버드 대학에서는 어떻게 글쓰기를 전문적으로 교육할까?

'글쓰기로 표현 안 되는 지식은 모래 위에 성을 쌓는 것'이라는 극단적인 말을 하는 사람이 있다. 'Writing School을 만들어 학생들 글쓰기를 전문적으로 교육해야 제대로 된 대학교육이 가능하다'는 말은 설득력이 있다. 쓰기가 안 되면 깊은 사고능력도, 오해 없는 소통도, 창의적 상상을 위한 도약도 멀고 먼 남의 이야기다.

로저 로젠블랫은 《하버드대 까칠교수님의 글쓰기 수업》로저 로젠블랫 저, 돌을새김에서 글쓰기가 우리의 지적 능력과 어떤 상관관계가 있는지 자세히 설명하고 있다. 세계 최고의 명문 하버드대학교에 입학하려면 에세이 시험을 치러야 한다. 이 시험은 당락을 결정할 정도로 비중이 크다. 고교 때부터 철저하게 글쓰기 훈련을 해서 하버드대에 입학할 정도라면 에세이는 기본이다. 그럼에도 불구하고 입학하자마자 체계 있는 글쓰기 교육으로 학생들을 '에세이 선수'로 만든다. 사회 지도층으로 성장하려면 꼭 필요한 게 전문지식과 논리력, 표현력인데 그것을 키우기 위해서는 글쓰기만큼 좋은 방법이 없다고 보기 때문이다. 하버드대에서 요구하는 글쓰기 수준은 매우 폭넓고, 심오한 글쓰기 능력이다. 하버드대 글쓰기 강좌의 명칭은 '논증적 글쓰기 수업(Expos, Expository Writing Program)'이다. 말하자면 '대학 학술 작문 수업'이다.

하버드대 글쓰기 수업에서 증명된 사실은 꾸준히 노력하면 문장력을 확실하게 기를 수 있다는 점이다. 가장 중요한 것은 바로 학업 의지다. 글을 완성하는 데 급급해서는 지적 성장에 큰 효과를 볼 수 없다. 배운 것을 복습하여 자기 것으로 만들고, 새로운 주제를 탐구하고, 글쓰기 방법을 창의적으로 개척하는 학생들은 실력이 쑥쑥 오른다. 배운 대로만 하는 게 아니라 거기에 나의 모티베이션이 더해져야 진정한 공부가 된다는 새로울 것도 없는 얘기다.

글쓰기 주제도 문학, 역사, 과학에 걸쳐 다양하다. '단편 소설의 기술', '표현의 자유', 톨스토이와 체홉, '인류학', '현대 미국 정치에서의 수사학', '학살의 역사' 등 여러 분야의 책을 읽어야 한다. 주제는 더 넓게 나아간다. '생물학과 문화의 충돌', '도시와 세계화', '어떤 문제에서 법이 해결책이 되는가', '괴물의 창조', '시장의 문화', '성과 섹스와 차별' 같은 우리 생활과 직결된 문제들에 대해서도 고민해볼 기회를 준다. 이 세상에서 일어나는 거의 모든 문제를 한번 생각해보고 그것을 글로 풀어내보라는 지침이다.

생소한 주제에 대한 자료를 읽고 논쟁을 하고 분석 훈련을 하지만 가장 중요한 부분은 글을 쓰고 개별지도를 받는 것이다. 제인 오스틴에 대한 글을 쓰든, 연속극에 관한 글을 쓰든, 인종차별에 대한 글을 쓰든 주제의 내용과 종류에 관계없이 글쓰기를 익히는 수업과정은 동일하다. 몇 가지 참고할 만한 그들만의 글쓰기 방식이 있다.

첫째로 1대1 첨삭지도를 중시한다. 일방적인 강의 전달식 수업이 아니라 1대1로 꼼꼼하게 첨삭지도를 병행하는 강좌다. 교수와 학생이 한 학기에 적어도 세 차례 1대1 토론을 한다. 교수가 학생과 자주 만나 첨삭지도를 하면서 적극적으로 피드백을 해준다. 한 반의 정원은 최대 15명이고, 교수 한 명이 2개 반 이상을 맡지 않아 알찬 수업이 가능하다. 수업은 세미나 식으로 진행한다. 학생들이 주제를 다양한 각도에서 분석하도록 방향을 잡아주고 격렬하게 토론하도록 유도한다. 글쓰기 주제와 관련한 자료를 정독하고 적극적으로 분석하는 노력을 하지 않으면 이 수업을 제대로 따라갈 수가 없다.

둘째로 강조하는 것은 초안 쓰기에 이어지는 고쳐 쓰기다.

철저하게 퇴고와 수정을 하면서 문장 수준을 끌어올린다. 학생들은 한 학기에 한 편당 5~10쪽 분량의 에세이 3편을 써야 한다. 단순하게 글만 쓰는 게 아니라 자료를 분석하고 토론한 결과물을 풍부하게 글에 담는다. 처음 쓴 글에 첨삭지도를 받고 수정본을 작성하여 또다시 점검받는다. 조언을 참고하여 초안을 보완하는 방식으로 수정본을 쓰다 보면 '전략적 논리 만들기', '논리와 아이디어로 뒷받침된 설득력 기르기' 등을 자연스럽게 할 수 있다.

셋째로는 주장을 뒷받침하는 논거 찾는 일이다. 글쓰기 수업에서 글쓰기와 읽기에 들어가는 시간은 거의 같다. 쓰기 못지않게 배경지식을 담은 읽기 자료를 충분히 읽고 학생들의 관점을 세우게 한다. 글의 주제(주장)를 뒷받침할 수 있는 논거를 찾도록 읽기와 토론을 하고 그 다음에 글을 쓰게 한다. 에세이를 쓴 뒤에 한 차례 이상 교정을 봐야 한다. 글을 고치기 전에 글쓰기 교수와 면담하고 조언을 듣는다. 이 과정은 빠르게 반복적으로 이루어진다. 수업에 뒤처지지 않으려면 철저하게 시간 관리를 해야 하는데 이것도 의미 있는 훈련이다.

교수의 철저한 개인지도, 퇴고, 논거를 위한 독서, 이 세 가지는 삼위일체로 글쓰기를 보완한다. 완벽한 트라이앵글이 아닐 수 없다. 내가 쓰고 고치는 과정을 거듭하는 동안 조언을 해주는 사람이 옆에 있고 꾸준히 독서를 병행한다면 어찌 문장이 좋아지지 않겠는가. 더도 덜도 말고 안식년을 주듯 자신에게 일정한 시간을 투자해서 한번 실천해봄직하다. 글쓰기

실력은 물론 내 생활습관까지 가지런해질 좋은 시도다.

스티븐 킹의 《유혹하는 글쓰기》 — '글쓰기에 필요한 연장통을 챙겨라'

"기본에 충실하라."

"왕도는 없다."

글쓰기에 관한 이 두 가지 조언은 어디서 나왔을까? 할리우드의 대표적인 시나리오 작가이자 소설가인 스티븐 킹이 한 말이다. 그를 모르는 사람은 드물다. 그를 모른다 해도 한번쯤은 그의 영화를 봤을 것이다. 〈미저리〉, 〈쇼생크 탈출〉, 〈그린 마일〉을 쓴 작가다. 그가 자신의 자전적인 이야기와 창작에 대한 철학을 담아 작가 지망생들의 필독서가 된 《유혹하는 글쓰기》스티븐 킹 저, 김영사라는 책을 냈다. '스티븐 킹의 창작론'이라는 부제에 걸맞은 내용을 담고 있다.

그는 정말 많은 작품을 썼다. 각 소설의 내용과 설정도 다 다르다. 캐릭터도 개성 있다. 하나의 특기를 넘어 여러 장르를 넘나드는 타고난 스토리텔러다. 가난한 집에서 태어난 그는 글을 쓰고 싶었지만 처음에는 다른 직업을 전전했다. 세탁소 등에서 힘겹게 일하다 교사로 취직해서도 짬짬이 글을 썼다. 잡무와 회의가 많은데다 학생을 지도하면서 글을 쓴다는 것이 쉽지 않았지만 밤마다 계속해서 글을 써나갔다. 그러다 따돌

림의 대상이 된 여학생이 초능력을 갖게 된다는 내용의 영화 〈캐리〉가 엄청난 흥행을 하면서 그는 이름을 알린다. “어떻게 그렇게 다작을 할 수 있느냐”는 기자의 물음에 대한 그의 답변은 우문현답이 아닐 수 없다.

“저야말로 궁금합니다. 다른 작가들은 글을 쓰지 않는 시간에 대체 무얼 하면서 시간을 보내는지.”

그가 순조롭게 작가가 된 사람이 아니라는 점, 작가가 된 뒤에도 엄청난 양의 작업량을 쏟아내며 열정을 불사른다는 점, 겸손한 목소리로 기초부터 차근차근 자신의 경험과 곁들여 내용을 풀어낸 점이 《유혹하는 글쓰기》를 신뢰하게 했다. 글을 쓰려는 사람의 기를 죽이는 매뉴얼도 많은데 이 책은 용기를 북돋워주며 글을 쓰며 사는 삶을 살 것을 권한다.

스티븐 킹은 구체적인 창작론에 대해 말하기 전에 글쓰기에 필요한 것들을 연장통에 비유해서 설명한다. 그의 이모부는 일에 필요한 연장을 연장통에 넣어 들고 다니면서 사용했다고 한다. 그는 이모부가 연장통을 챙기듯 글 쓰는 능력을 발휘하기 전에 미리 필요한 연장을 갖춰서 들고 다니는 준비된 사람이 되어야 한다고 말한다.

“스티브. 일단 여기 와봐야 또 뭐가 필요한지 알 수 있지 않겠니? 연장은 전부 갖고 다니는 게 좋단다. 안 그러면 뜻밖의 일이 생겼을 때 김이 빠져버리거든."

내가 하고 싶은 말은 글쓰기에서도 자기가 가진 최선의 능력을 발휘하려면 연장들을 골고루 갖춰놓고 그 연장통을 들고 다닐 수 있도록 팔심을 기르는 것이 좋다는 것이다. 그렇게 해놓으면 설령 힘겨운 일이 생기더라도 김이 빠지지 않고, 냉큼 필요한 연장을 집어들고 곧바로 일을 시작할 수 있다.

연장통의 가장 잘 보이는 곳에 꼭 들어가야 할 연장은 '낱말'이다. 필요한 단어를 적재적소에 사용할 수 있어야 한다. 독서를 열심히 한다면 의식적으로 노력할 필요는 없다. 책을 읽다 보면 저절로 해결될 수 있기 때문이다. 쉬운 낱말을 억지로 어려운 낱말로 바꾸거나 독자가 이해하기 어려운 글을 쓰지 않도록 주의해야 한다고 강조한다.

문법도 반드시 챙겨야 할 연장의 하나다. 글이 너무 우회적이고 힘이 빠진다는 이유로 수동태를 자주 활용하지 말라고 충고한다. 부사나 형용사 같은 수식어의 사용을 자제하라는 말은 다른 작가들도 공통적으로 하는 말이다. 주어와 동사에 집중할 수 있도록 문장을 간명하게 쓰는 데 방해가 된다. 필요할 때 바로바로 꺼내 쓸 수 있게 연장을 잘 준비해 두었다면 이제는 글을 쓸 차례다. 연습한다고 갑자기 천재적인 작가가 되지는 않더라도 점점 좋은 작가가 되면서 성장할 수 있다고 용기를 준다.

그는 독서의 중요성도 강조한다. 다양한 책, 폭넓은 독서를 하면서 자신의 작품도 거기 맞춰 함께 다듬어 나간다. 작가의 삶에서 독서는 핵심이다. 독서를 하다 보면 창작의 과정에 익숙해지고 어려운 과정조차 편안하게 느낀다. 글을 쓰는 장소는 일정하게 정해두는 편이 좋다. 집중이 잘되는 곳이면 어디든 상관없다. 일정한 목표량을 정해서 가령 하루에 A4 두 장 이런 식으로 글을 쓰는 것은 자신을 관리하는 하나의 방법이니 꼭 실천해야 한다.

당장 글을 쓰려는 사람에게는 가장 핵심적일 수 있는 내용은 개성, 자기만의 시그니처(signature, 자신만의 독보적인 스타일)에 관한 것이다. 작가가 되려는 사람은 자기가 좋아하는 것을 쓰되 그 속에 생명을 불어넣으라고 한다. 이를테면 삶이나 우정, 인간관계나 사랑과 성, 일 같은 보편적인 주제일지라도 거기에다 개인적으로 알고 있는 내용을 섞어 나만의 독특한 것으로 만들어야 한다. 사랑 얘기는 누구나 쓸 수 있지만 거기에 내가 아는 사랑의 한 장면을 넣어야 내 이야기가 된다.

"글쓰기의 목적은 돈을 벌거나 유명해지거나 데이트 상대를 구하거나 잠자리 파트너를 만나거나 친구를 사귀는 것이 아니다. 궁극적으로 글쓰기란 작품을 읽는 이들의 삶을 풍요롭게 하고 아울러 작가 자신의 삶도 풍요롭게 해준다. 글쓰기의 목적은 살아남고 이겨내고 일어서는 것이다. 행복해지는 것이다."

행복해지기 위해 글을 쓴다는 작가의 말을 믿어보고 싶다.

책을 읽는 것도 글을 쓰는 것도 나는 남과 조금 다른 사람이 되기 위해서 하는 일이다. 남이 빠지는 오류와 실패를 나는 피하고 싶고, 피할 수 없다면 영향력을 줄이고 싶다. 내 정신력이 강해진다면 당당해지는 일이 어렵지만은 않을 것이다.

글은 마음을 찍는 사진이다. 아무리 힘들어도 내가 만든 문장에 집중하고 글을 매일 써나가는 일을 사랑하면 언젠가는 좋은 문장을 쓰는 작가가 될 수 있다. 글쓰기를 사랑해야 글쓰기를 잘할 수 있다는 너무도 당연한 이야기도 스티븐 킹의 목소리로 들려주니 훨씬 설득력이 있다.

도쿠가와 이에야스가 새를 울게 하는 법

살면서 얼마나 많은 돌부리에 걸려 넘어지는가. 그럴 때 고개를 들고 사방을 둘러보며 돌파구를 찾는다. 어떻게 해야 내가 이곳이 아닌 저곳, 불운이 아닌 행복의 길로 접어들까. 이 주제는 오랫동안 우리 곁을 떠돌면서 많은 은유와 상징의 주제가 되어왔다.

"울지 않는 새를 어떻게 울게 할까?"

난관에 부딪쳤을 때 종종 인용하는 일본 장수들의 새 이야기는 널리 알려져 있다. 원제가 《도쿠가와 이에야스》인 야마오카 소하치가 지은 소설 《대망》야마오카 소하치 저, 동서문화사에는 각기 다른 개성의 일본 전국시대 세 영웅이 나온다. 오다 노부나가, 도요토미 히데요시, 도쿠가와 이에야스. 15세기에서 16세기에 걸친 일본 전국 시대·아즈치 모모야마 시대·에도 시대가 배경이다.

이 세 인물은 생김새도 성품도 인생철학도 딴판으로 다르다. 그 때문에 세 가지 버전의 처세가 사람들의 입에 오르내리는 것이다. 노부나가가 떡을 치고 히데요시가 떡을 먹음직스럽게 빚어내고 이에야스가 그 떡을 먹었다는 말로 일본 근대사에 얽힌 그들의 인생유전을 설명한다. 세 사람의 성향을 나타냄과 동시에 천하통일과정을 비유한 이야기다.

> 저 두견새가 울지 않으면 죽여 버려라. — 오다 노부나가
>
> 저 두견새가 울지 않으면 울게 하라. — 도요토미 히데요시
>
> 저 두견새가 울지 않으면 울 때까지 기다려라. — 도쿠가와 이에야스

좀처럼 울지 않는 새를 울게 하는 방법을 두고 노부나가는 "울지 않으면 목을 비틀어 죽이겠다"고 위협했다. 울지 않는 새는 키울 필요가 없다는 생각이다. 오다 노부나가는 무능력한 장수, 충성을 하지 않는 부하는 가차 없이 제거했다. 반면에 계략과 지략에 능한 도요토미 히데요시는 "온갖 계책을 써서 어떻게든 새를 울도록 만들겠다"고 한다. 모이를 주든 노래를 불러주든 어떻게 해서든 새가 울도록 하는 방법을 찾아낸다.

선불리 행동하지 않는 도쿠가와 이에야스는 "새가 울 때까

책을 읽는 것도 글을 쓰는 것도

나는 남과 조금 다른 사람이 되기 위해서 하는 일이다.

남이 빠지는 오류와 실패를 나는 피하고 싶고,

피할 수 없다면 영향력을 줄이고 싶다.

내 정신력이 강해진다면 당당해지는 일이

어렵지만은 않을 것이다.

지 기다린다"고 말했다. 그는 노부나가가 1인자였을 때 2인자를 하면서 절대 앞에 나서지 않았다. 도요토미 히데요시에게 1인자 자리를 넘겨주고 다시 2인자로 머물렀다. 그는 이런 인내를 통해 도요토미 히데요시의 세력을 물리치고 전국시대 최후의 승자가 된다. 그가 설립한 에도 막부는 이후 250년간 지속되었으며 그의 자손들이 쇼군이 되어 태평성대로 일본을 다스렸다.

급한 성미와 파격적일 정도로 형식이 없는 성격인 오다 노부나가, 잔머리와 계략의 천재인 도요토미 히데요시가 아닌 도쿠가와 이에야스를 소설 제목으로 삼은 것만 봐도 작가가 전하고 싶은 메시지를 짐작할 수 있다. 현재의 일본을 만든 것은 바로 그의 인내와 신중한 처신이었다고 말하고 싶은 게 아닐까. 기회는 갖고 싶다고 오는 게 아니라 준비하고 긴 호흡으로 기다리는 자의 것이라는 역설 아닐까.

무엇으로서 어떻게 살아갈 것인가?

도쿠가와 이에야스는 평생 전쟁에서 싸움을 해야 하는 장수이면서도 죽을 때까지 학문을 닦고 가능하면 전쟁을 피하고자 했다. 무장이면서도 공부를 게을리하지 않았다는 것은 그가 세상과 사람을 보는 안목이 남달랐음을 보여준다. 지루하지만 기다릴 줄 아는 인내가 그를 승자로 만들었고 일본에 평화를 가져왔다. 사람은 누구나 자신의 인생을 이끌어가는 경영자이다. 인간의 생사는 하늘에 묶여 있지만, 나아감과 물러섬에 분명하고, 날고 잠김의 운용을 스스로 할 수 있는 것이 경영이다.

이에야스는 노부나가처럼 날카롭지 않았고 히데요시처럼 강렬하지 않았지만 작은 일들에 구애되지 않고 착실히 실력을 쌓아 성실하게 한 걸음 한 걸음 나아갔다. '지족자부(知足者富)', 곧 '충분함을 알고 만족할 줄 아는 자가 부자다'라는 노자의 말을 이에야스는 한평생 굳게 지켰다. 도쿠가와 이에야스만큼 승리를 잡는 순간까지 많은 땀과 눈물에 젖은 인물도 없다. 땅, 사람, 돈이 많았던 것도 아니다. 시대가 유리하게 작용한 것도 아니다. 사람으로서 도저히 참을 수 없는 일을 참고, 사람이 할 수 없는 일을 해냈다.

왜 이 이야기를 읽으면서 나는 글 쓰는 사람의 운명을 생각했을까. 문장을 쓰는 일은 힘들고 긴 시간이 걸리는 일이지만 포기하지 않고 자신을 헌신하는 사람에게는 반드시 보상이 있다는 스승의 말이 떠올라서일까? 태도에 대한 이야기처럼 들리지만 이건 실천에 관한 이야기이기도 하다. 두고두고 곱씹을 만한 흥미로운 새 이야기임에 틀림없다.

"자득명(自得明), 법득명(法得明)"

내가 뭔가를 깨닫고 나면 얼마 후 누군가 오래 전에 벌써 그 말을 했다는 사실을 발견한다. 성공한 사람에게는 침묵이 금이고 다른 말을 따로 덧붙일 필요가 없겠지만 성공하지 못한 사람에게는 변명과 구실이 필요하다. 아웃사이더의 정서로 평생 살아온 나에게도 마찬가지였다.

"I have my own rules."

언젠가부터 나는 스스로에게 이런 최면을 걸었다. 세상의 법칙 같은 건 비위에 맞지도 않고 마음에도 안 드니 내가 만든 법 안에서 살겠다는 다짐이다. 손이 안 닿아 딸 수 없으니 맛없는 '신 포도'일 거라고 생각해버리는 것일 테지만 살아가는 데 꽤나 유효했다. 그 비슷한 말을 이천 년도 전에 한 사람이 있었다. 부처님이 돌아가시면서 유언으로 남긴 말씀이다.

"자득명(自得明), 법득명(法得明)."

내 스스로 등불을 밝혀 법을 찾으라! 감격하지 않을 수 없었다. 부처님은 그때 이미 좌절을 거듭할 인간의 운명을 알고 있었고 마지막으로 기댈 말씀 하나를 곶감처럼 숨겨놓으셨다. 오늘도 내 속도와 방식으로 뚜벅뚜벅 걸어가자고 다짐한다. 가끔 발밑을 내려다보며 헛디디지 않도록 조심하면서 걷자고. 혹여 헛디디는 일이 있더라도 너무 놀라거나 상처받지 말자고.

잠시 쉬어가는 의미에서 진(晉)나라 시인 도연명(陶淵明)의 '음주(飮酒)'라는 시를 한 편 소개하겠다. 도연명은 음주라는 제목의 시를 수십 편 지었는데 그중 가장 널리 알려진 시다.

結廬在人境 而無車馬喧(결로재인경 이무차마훤)
사람 사는 세상에 오두막을 지었지만
수레 끄는 소리 말 울음소리로 시끄럽지 않네

問君何能爾 心遠地自偏(문군하능이 심원지자편)
묻노니 그대는 어찌 그럴 수 있는가
마음이 멀어지면 사는 곳도 절로 외딴 곳이 되는 법

采菊東籬下 悠然見南山(채국동리하 유연견남산)
동쪽 울타리 밑에서 국화를 따다가
유연히 남산을 바라보노라

山氣日夕佳 飛鳥相與還(산기일석가 비조상여환)
산 기운 밤낮으로 아름다워서
나는 새들 더불어 돌아온다

此中有眞意 欲辨已忘言(차중유진의 욕변이망언)
이 가운데 참된 뜻 들어 있는데
말하고자 하여도 말을 잊었다

현대를 사는 우리들이 새겨들어야 할 대목이 많다. '심원지자편(心遠地自偏)' 마음이 멀어지면 어디서 살든 저절로 외딴 곳이 된다고 한다. 복잡한 생각을 내려놓으면 현실세계의 번

뇌에서 멀어질 수 있으니 가끔은 마음이 세상에서 멀어져도 좋지 않겠는가, 권한다. 마음은 늘 밖을 떠돈다. 과거로 갔다가 미래로 갔다가 가만히 있질 못한다. 마음을 잘 달래서 현재에 머물도록 붙들어 앉히는 일은 건강과 행복을 위해 꼭 필요하다. 불교에서 이야기하는 것과 다를 바 없다.

"생각을 다스리는 지혜는 실제를 정확하게 보고, 현재에 집중하는 것이다."

몸뿐이 아니라 생각에도 다이어트가 필요하다. 과식이 위장에 나쁘듯이 과도한 생각은 뇌에 해롭다. 가끔 시 한편씩 읽고 음미하면서, 때로는 외우면서 뇌를 편안하게 쉬도록 해주는 것이 다음 순간의 활력을 위해 더 나을 수도 있다.

잠시만 멈춰서도 큰일 날 것 같은 심장에도 실은 '쉬는 시간'이 있다. 좌우 심실과 심방 4개가 돌아가며 수축과 이완하는 사이의 휴식기다. 심장이 보통 1분에 70번을 박동한다고 하면 심장은 24시간 중에 9시간만 일하는 거다. 전체적으로 보면 심장의 휴식기는 하루 15시간이나 된다고 하버드 의과대학 월터 캐넌 박사는 설명한다. 심장이 온몸의 미세혈관까지 피를 돌게 하기 위해 쓰는 에너지는 휴식시간에서 나오는 셈이다.

동쪽 울타리 밑에서 국화를 따다가 남산을 바라보기도 하고, 저녁에 집으로 돌아오는 새들의 아름다운 모습에서 삶의 참 순간을 느끼다 보면 할 말을 다 하지 않아도 많은 말을 한 것 같은 자족의 순간을 맞이할 것이다. 인생을 사는 데는 많은 것이 필요하지 않다. 나를 지키는 말 몇 마디, 나를 돌아볼 잠깐의 시간, 그런 자잘한 것들을 발견할 수 있는 눈을 갖고 그날의 나를 기록하는 일로도 얼마든지 자신을 사랑하는 사람으로 살 수 있다.

모든 역사도 철학도 문학도 거기서 태어났다. 도연명의 시, 정약용을 글들, 여러 경전과 문학작품들은 한 순간에 떠오르는 생각을 잡아채서 기록해둔 산물이다. 우리가 글을 쓰고자 하는 이유도 그냥 흘러가버리는 내 인생과 생각, 감정이 안타까워 붙드는 것이다. 누군가와 나누거나 나 자신에게 진정한 말을 걸기 위해서 하는 몸짓임을 안다. 내 삶에 빛을 비추는 법칙들을 스스로 만들어가며 앞날을 밝히는 일, 지금부터 해도 늦지 않다.

오에 겐자부로, 《읽는 인간》

'우리는 왜 읽어야 하는가'라는 부제가 이 책의 내용을 잘 설명한다. 거장의 인생을 만들어낸 치열한 읽기의 기록이라는 카피가 눈에 띈다. 독자의 입장에서 이토록 훌륭한 작가가 대체 어떤 책을 읽었는지 궁금하지 않을 수 없다. 그는 작가이기 이전에 '읽는 인간', 독서가였다.

오에 겐자부로가 삼 년 동안 《신곡》단테 알리기에리 저, 민음사만 읽었다는 사실 하나만으로도 그가 글을 읽고 쓰는 데 인생을 바쳤음을 짐작할 수 있다. 그에게 큰 영감을 준 책이기도 해서 글의 상당량을《신곡》에 할애한다. 로댕도 〈지옥문〉이라는 작품의 영감을《신곡》에서 얻었다고 하니 위대한 작품 하나가 훗날 다른 예술가들에게 얼마나 큰 영향을 끼치는지 알 수 있다.

그는 책을 읽기 전에 그 작가가 어떤 작가인지 참고할 만한 개론서를 미리 읽을 것을 권한다. 예를 들어, 단테의《신곡》을 읽는다고 하면, 이미 나와 있는《신곡》을 다룬 서적들을 충분히 읽어보고 작가를 충분히 이해한 다음 작품의 핵심에 접근하기를 권한다. 이 정도면 독서가 아니라 학문탐구의 경지다.

오에 겐자부로는 1957년에 등단한 이후 반세기가 넘는 시간 동안 매번 늙지 않은 탄탄한 작품을 발표해왔다. 그는 자신의 창작에 디딤돌이 되었던 "평생에 걸쳐 읽어온 보물 같은 책"을 우리에게 열렬히 소개한다. 그가 읽어온 책을 통해 오직 읽고 쓰며 책으로 살아온 그의 인생을 촘촘히 담아냈다.

그는《허클베리 핀의 모험》마크 트웨인 저, 민음사에서 허크가 흑인노예 짐을 밀고하지 않고 "난 지옥에 가겠다" 말한 구절을 평생 삶의 지표로 삼았다. "지옥으로 가도 상관없으니 노예 짐을 배신하지 않겠다"는 말이 오에 겐자부로를 울게 했다는 소년 시절의 이야기는 뭉클하다. 그는 엘리엇과 오든, 포의 시집을 읽으며 언어에 대한 감각을 훈련한다.《신곡》과《일리아드》호머 저, 비봉출판사같은 생의 고뇌를 승화시켰던 고전을 통해 그가 하고 싶은 말을 대신 풀어놓는다.

여든의 노작가인 오에 겐자부로의 삶은 평탄치 않았다. 죽마고우였던 오랜 친구의 갑작스러운 자살, 장남 히카리의 장애, 본인 작품에 대한 비판 등을 오롯이 감내해야 했다. 그 와중에도 소설 집필을 멈출 수 없었다. 시련을 포함한 그의 모든 삶의 순간들에는 '책'이 있었다. 책은 그가 인생의 문제로부터 버틸 수 있게 도왔고 더 살아갈 수 있게 해주었다. 그가 일생 동안 그토록 치열하게 독서에 매진한 이유다. 그가 삶의 불행을 받아들이며 끊임없이 "읽고 쓰는" 것으로 담담하게 승화해 온 과정 그 자체만으로도 독자들에게 감동을 준다.

불행한 사람, 고통에 빠진 사람에게 가장 위안이 되는 것은 타인의 고통이라고 하지 않던가. 아무리 달콤하고 희망적인 말로 나를 위로해도 하나도 위안이 되지 않는다. '어디에 사는 누구가 이런 고통과 불행을 겪었다더라' 한마디가 나를 살게 한다. 이 고통이 나만의 것이 아니라는 것보다 더 큰 위로는 없다. 나만 힘들게 사는 것이 아니고 나만 바보처럼 실수를 연발하면서 사는 게 아니라는 걸 깨닫는 것이 이 책이 주는 가장 큰 선물이다.

삶을 버틸 한 가지를 가져야 한다는 충고는 그가 말로 전하지 않아도 이 책을 읽으면서 스스로 건져올릴 수 있었다. 그것이 그에게는 책이었다. 《읽는 인간》오에 겐자부로 저, 위즈덤하우스에는 오에 겐자부로가 읽은 책들이 그의 삶을 어떻게 결정지어왔고, 그의 소설에 어떻게 영향을 끼쳤는지 섬세하게 그려져 있다. 또 "인간은 왜 읽는가?"에 대한 근원적인 성찰도 빠뜨리지 않는다. 그의 인생에 지표이자 스승이 되어주었던 책들에 대한 애정과 존경이 담긴 헌사라 할 수 있다.

그가 말하는 리리딩(Re-Reading), 재독에 관한 이야기도 새겨들을 만하다. 어떤 작품이 자신을 성장시킬 것이라는 확신이 생긴다면 재독(Re-Reading)은 기본이고, 시간이 허락한다면 정독(Infinite-Reading)을 권한다. 내가 늘 생각하는 느린 독서, 정독과 포개지는 독서론이라서 반가웠다. 좋은 책을 면밀하게 읽고 시간 날 때마다 다시 꺼내서 거듭 읽으라는 말이다.

색연필 두 개로 정말 좋다고 생각하는 부분과 부정적으로 신경 쓰이는 부분이나 이해가 잘 가지 않는 부분을 밑줄 그으며 읽으라고 한다. 번역서는 읽은 후 원서와 대조해본다. 일 년에 한 권이라도 상관없다. 오에 겐자부로가 말하는 재독은 자기 힘으로 자기 방식으로 읽는 독서를 의미한다. 3년 단위로 하나의 분야나 어떤 작가의 작품을 집중적으로 읽는 방법을 실천한 걸 보면 그에게 독서는 단순히 남의 책을 읽는 데 그치지 않는다.

책을 읽는다는 것은 정보를 얻는 것과 같은 레벨이 아닙니다. 책을 읽음으로써 책을 쓴 인간의 정신이 어떻게 움직이는지, 한 인간이 생각한다는 건 그 정신이 어떻게 작용한다는 것인지 알 수 있어요. 이를 통해 사람은 발견을 합니다. 지금 내가 얼마나 중요한 문제에 맞닥뜨리고 있는지 깨닫고, 결국은 진정한 나 자신과 만나는 것이 가능해지지요.

독서는 글쓰기에 연료를 공급하는 일

단언컨대 독서를 많이 하지 않고는 좋은 글을 쓸 수 없다. 꾸준한 독서가 밑거름이요 밑밥이다. 글쓰기를 시작하는 순간 매일 손에서 책을 떼지 말고 오랜 시간 연마한 작가가 쓴 좋은 문장을 밥을 먹듯 섭취하라. 독서기록장을 만들어 몇 줄이라고 감상을 적어둔다. 귀찮으면 제목이라도 적어 일정기간이 지난 뒤 몇 권의 책을 읽었는지 점검하도록 하자. 모든 책이 다 글쓰기 교재다.

모든 작가가, 선생이, 어른이 독서를 권한다. 뭔지는 몰라도 엄청 좋은 것이 책 속에 있다는 듯이 책을 읽으라고 협박한다. 책을 안 읽는 인간은 사람 구실도 못할 것처럼 책 읽기를 강조한다. 어릴 때부터 숱하게 독서의 중요성을 듣기는 했는데 과연 독서가 그렇게 중요하단 말인가.

결론을 말하자면 '그렇다'이다. 책을 읽지 않으면 모르는 게 많아서 너무 답답하다. 하루에도 몇 번씩 스마트폰을 열고 검색어를 치며 궁금증을 해소한다. 간단한 것들이야 인터넷 검색으로 해결되지만 문제의 난이도가 높아질수록 누군가 나보다 앞서 뭔가를 알아낸 사람이 쓴 책을 읽어야 답이 나온다.

무엇보다 시간 보내기에 독서보다 더 좋은 걸 아직 발견하지 못했다.

역시나 독서는 습관이다. 한번 길들이고 나면 독서를 안 하면 이상하다. 늘 신간을 확인하고 마음에 드는 책을 고르고 사서 책꽂이에 꽂아둔다. 바로 읽을 수도 있고 세월이 흐른 다음에 읽을 수도 있다. 어떤 책은 몇 년이 지나도록 못 읽기도 한다. 책은 산 것만으로도 절반은 읽은 셈이라고 나는 항상 생각한다.

제목과 작가를 보고 목차를 훑어보고 추천사를 읽고 때로는 작가의 말까지 읽는다. 그게 어딘가. 그 정도 읽고 진짜는 나중을 위해 남겨두는 것, 이 시대의 독서법으로 그리 나무랄 일은 아니다. 사랑하면 돈을 쓰라고 했다. 책을 사서 소유하는 것만으로도 관심을 표현하는 최상의 일을 한 것이다. 이 대목에서 장안의 내로라하는 독서가 장정일이 떠오른다. 장정일은 독서일기 시리즈《장정일의 독서일기1~7》, 장정일 저, 범우사를 내면서 독서가로 유명해졌다. 독서에 대한 그의 생각을 들어보자.

책을 읽기 전에 내가 왜 이 책을 읽는지. 세 가지 이상의 이유를 떠올려봐야 한다. 읽기의 방식이 삶의 방식이다. 박노자, 고미숙처럼 학문적 기초가 충분하면서도 도발적인 문제제기를 하는 책을 좋아한다. 독서일기는 다른 일기와 다르게 '독서' 체험을 주 내용으로 하고 있는 일기다.

글을 쓰기 위해서는 부지런히 '사고의 땔감'을 주워오고, 그것을 태워 열량을 얻어야 한다. 그런 의미에서 책을 쓰는 사람은 늘 책을 가까이 하는 독자가 될 수밖에 없다. 또 어떤 의미에서 그건 '사회 환원'과 같은 것이다. 도덕 교과서 같은 이야기라서 많이 쑥스럽지만, 글을 쓰고 책을 내서 돈을 버는 사람은 당연히 자신의 수입을 책 사는 데 할애함으로써 출판계를 튼튼히 하고 다른 저자들과 동료애를 나누는 게 맞다. 출판의 어려움을 늘 이야기하지만, 글을 쓰고 책을 내는 사람들이 먼저 품앗이 삼아 책을 구입해 준다면, 좋은 책들을 통해 자신도 보답을 받게 된다.

한 달 수입의 일정액을 도서 구입에 쓰는 사람은 꽤 많다. 만 원어치든 이만 원어치든 읽은 책이 일 년, 삼 년, 십 년 쌓인다고 생각하면 실로 엄청난 결과를 가져올 것이다. 그것이 무엇이든 오래 할 수 있다는 건 대단하다. 작은 것도 쌓이면 크다. 크다는 것은 그만큼 나를 바꾸는 데 기여했다는 뜻이다. 책 속에서 내 나름의 보석을 찾아내 아름다운 목걸이를 만들 수 있다. 보배를 만들려면 구슬을 가져야 한다. 구슬 서 말 만들기가 독서다. 책 속에서 내가 피상적으로 알고 있던 일에 대한 속 이야기를 들을 수 있다.

독서에 대한 다른 생각도 있다. 영화로 만들어지기도 한 《철도원》아사다 지로 저, 문학동네이라는 소설의 작가 아사다 지로는 소설에 대해 다음과 같은 말을 했다.

"소설가는 허구로 창작하는 게 일이지만 책임을 가져야 한다."

소설이라는 창작물과 책임감을 함께 생각해보라고 한다. 무슨 뜻일까? 그는 철도원을 쓰기 위해 소설의 무대인 홋카이도에 직접 가지 않았다고 한다. 괜히 갔다가 보잘것없는 풍경이나 불필요한 이야기가 오히려 아름다운 홋카이도 이미지를 망칠 것 같아서 가지 않았다. 그러나 철도원 생활이나 열차 시스템 등은 완벽하게 표현하기 위해 직접 취재해서 썼다. 상상이지만 사실과 최대한 가깝게 써서 사실처럼 느끼도록 하는 것은 소설가의 역할이고 소홀히 하면 안 되는 책무다.

1951년생인 그는 40세 때 데뷔한 늦깎이 소설가다. 지금도 다다미방에 앉아 원고지에다 글을 쓴다. 그는 인터넷 시대에는 글을 자유자재로 양껏 쓸 수 있지만 표현 하나하나에 신중을 기하라고 조언했다. "하나의 움직임에는 하나의 동사만 필요하다"는 점을 명심하고 "표현이 잘못됐다고 판단되면 며칠이 걸려도 적절한 단어를 생각해내야 한다"고 강조했다. 그러면서 소설을 쓰는 데 필요한 원동력으로 '의지'가 아닌 '글 쓰는 행위의 즐거움'을 꼽았다. 술을 입에 대지 않는 아사다는 오전에는 글쓰기에 집중하고 오후에는 주로 독서를 한다. 글을 쓴다면 반드시 남의 글을 읽어야 한다는 게 그의 창작론이다.

"읽지 않으면 쓰는 게 두려워집니다. 콘텐츠를 생산하느라 자기 속을 비웠다면 읽어서 그 빈곳을 채워줘야 합니다. 만일 읽지 않고 살기 위해 글만 쓴다면 참 불행한 생이니 그만두라고 말할 겁니다."

읽지 않으면 쓸 수 없다는 극단적인 말이다. 읽는 것, 독서는 글쓰기의 연료다. 빈약한 어휘와 다듬어지지 않은 거친 문장으로는 아무리 좋은 내용을 담고 있어도 독자를 설득할 수 없다. 탄탄한 인문학적인 소양과 정확하고 유려한 문장은 독자와 소통하기 위한 도구다. 요리를 하기 위해 칼을 갈듯 글을 쓰기 위해 독서로 나의 문장을 다듬어야 한다.

"작품이 영화나 드라마로 만들어지는 비결이 뭐냐"는 질문에 아사다 지로는 "글을 쓸 때 영상을 떠올리지 않는 것"이라고 단호히 대답했다.

"소설가는 머릿속에 영상을 떠올리면 안 됩니다. 자기도 모르게 스케치를 하게 되죠. 그러면 각본가랑 뭐가 다르죠? 영상이 아니라 '언어'로 세계를 만들어내면 됩니다. 그러면 감독이나 PD가 알아서 요리 방법을 생각하죠."

글을 쓰는 것을 업으로 삼는 사람들은 독서에 대해서도 뚜렷한 자기 스타일을 가지고 있다. 독서 방식은 글쓰기 방식과도 통한다. 한 가지 일을 반복하면서 자기만의 세계관이 생겼을 것이다. 그러면서 자기 글에도 그 세계관이 드러나 개성으로 빛을 발한다. 그때쯤이면 글쓰기에 대한 심정적인 부담은 사라진다. 그냥 내 생각이나 감정을 편안하게 글로 쓰고 쓰는 동안 생각을 정리하고 하루를 마무리하는 것이 자연스러운 일상으로 자리 잡았다. 그렇게 물 흐르듯이 좋은 습관 하나를 내 것으로 만드는 것이다. 작은 일처럼 보이지만 내 인생을 바꿀 수도 있는 중요한 습관이다. 작은 변화를 온 마음으로 느끼고 누리는 태도 자체가 행복한 삶의 첫 단추다.

세상에서 내가 겪을 큰일이 몇 번이나 있겠는가. 대학입학과 졸업, 취직, 결혼, 부모 되기, 승진…… 어느 순간 이제 더 이상은 내 인생에 큰 변화가 없다. 이미 토대가 완성되고 그 위에 하루하루의 생활만이 쌓일 뿐이다. 뭔가 큰 것을 바란다면 삶이 얼마나 지루하고 권태로울까. 하루하루 조금씩 다르게 벌어지는 일상에서 기쁨을 찾는 능력이 내 삶의 주인이 되는 능력이다. 잘만 써먹으면 나도 남도 모두 행복해진다. 남이 받은 억 단위의 로또 당첨금보다 내가 아르바이트해서 번 돈 몇 십만 원이 더 소중하고 의미가 있다. 내 손 안에 있는 것, 내 눈앞에 있는 것의 가치를 알아보는 눈이 보물이다.

독서에도 방법이 있다

직업적인 버릇일 텐데 나는 사람들을 만나면 그 사람이 사용하는 단어들을 유심히 듣고 살핀다. 당연히 그 단어의 출처를 추적한다. 삶의 현장에서 배운 어휘든 독서를 통해 배운 어휘든 그 사람의 생활방식이나 여가생활까지 짐작할 수 있다. 말은 인간의 거의 전부다. 말을 잘 해야 한다. 남이 잘 이해할 수 있게 내 감정과 생각을 잘 표현하고 전달하는 것이 말을 잘

하는 것이다. 말을 많이 하거나 번드르르 하지 않아도 된다. 정확히만 얘기해도 그 사람이 매력적으로 보인다.

말만 잘 해도 사회생활의 많은 부분이 순조롭다. 보통은 대충 이야기하지 명확하게 똑 떨어지는 문장을 사용하지 않는다. 네가 한 말 내가 알아듣고 내가 한 말 네가 알아들었으니 그 다음은 문제를 해결하기 위한 행동만 하면 되는 것이다. 이 간단한 일이 잘 되지 않는다. 정확한 의사표시를 하기 위해 적확한 단어를 써야 하는데 그러려면 어휘가 풍부해야 한다. 그건 오직 독서밖에 길이 없다. 많은 책을 읽고 거기서 이삭 줍듯 단어를 줍는 거다.

많이 읽으라고 했지만 많은 양의 책을 읽으라기보다 많은 시간 동안 읽으라는 뜻이다. 가능하면 좋은 책을 정독하라. 한 장 한 장 단어와 문장과 의미를 새기며 책과 대화를 나눠 작가가 전하고자 한 모든 것을 꿰뚫어라. 마음에 드는 문장은 두세 번 반복해서 읽는다. 해보면 알겠지만 그때마다 다르다. 내가 이 책을 읽은 건가 싶게 새삼스러운 내용이 많다.

내 경험으로는 이런 사람들이 대체로 말을 잘한다. 생각도 깊다. 많은 수의 책을 읽어서 지식이 많고 모르는 게 없는 사람들은 의외로 소통을 잘 못한다. 자기 이야기만 하기 바쁘다. 아는 게 많으니 할 말도 많다. 들을 시간이 없다. 이런 사람과 대화하기 참 곤란하다. 지루하다. 피곤하다. 때로는 불쾌하다. 왜 그들은 남이 자신의 말을 듣고 싶어 한다고 생각하는 걸까? 책을 빨리 많이 읽은 만큼 말도 빨리 많이 하고 싶은 걸까?

찬찬히 음미하면서 책을 읽은 사람, 선별한 독서를 한 사람은 말도 비슷한 방식으로 한다. 조심조심 상대와 반응을 주고받으며 대화하고 상대의 말에 귀 기울인다. 행간을 읽으려는 마음이 있기 때문이다. 인간은 자기가 아는 대로, 겪은 대로밖에 할 줄 모른다. 행간을 읽고 느껴본 사람만이 타인의 말에도 행간이 있다는 걸 안다. 제발 남의 말 좀 듣자. 하고 싶은 말은 절반으로 줄이고 들어주는 말은 두 배로 늘이자. 인간관계에서 분명 남는 장사가 될 거라고 장담한다.

다독이 필요한 경우도 있다. 직업상 많은 지식이 필요한 경우, 트렌드를 파악하고 재빨리 새 환경에 적응해야하는 경우에는 그때그때 필요한 책을 찾아 섭렵해야 한다. 사적인 자리, 술자리 환담을 위해서 화젯거리를 풍부히 하기 위해서도 이런저런 잡다한 책을 읽는 게 도움이 될 수도 있다. 사람의 성격이나 스타일도 작용한다. 대충 재빨리 읽어치우고 새 책을 읽는 게 재미있는 사람은 그렇게 해야 한다. 한 책을 오래 붙들고 있을 수 없는데 공연히 시간만 끌어봤자 아무 소용없다.

특별한 경우가 아니라면 대개는 자기가 정한 계통에 따라 양서를 선별해서 정독하는 것을 기본으로 삼는다. 이따금 새로운 흐름을 좇는 책이나 가벼운 책을 다독하는 시간도 갖는다. 정독과 다독을 자기 리듬에 맞게 번갈아가면서 하면 된다. 뭐든 한 가지를 오래 하면 진력도 나고 몸의 활력을 잃어버릴 수가 있다. 그때마다 자기 마음이 가는 쪽으로 따라가자.

관심 분야가 뚜렷하게 있는 사람이라면 그 분야의 잡지를 구독할 것을 권한다. 매달 업데이트된 내용을 따라잡으며 훑어보는 식의 독서가 머리를 식혀준다. 어쩌면 누구든 한 가지쯤은 특별한 관심을 갖고 그 분야의 최신경향을 파악하는 생활리듬을 갖는 게 정신건강에 좋을 수도 있다. 누군가를 만나 얘기를 나누다 보면 그런 점을 많이 느낀다.

처음에는 외모도 수려하고 매너도 좋아서 호감을 가졌는데 도무지 화젯거리가 없다. 회사와 집 얘기 말고는 할 얘기가 없다. 뭘 해본 것도 없고 가본 곳도 없다. 일 얘기가 끝나고 나니 정말 맹숭맹숭하다. 돌아오는 발걸음이 산뜻하지 않다. '대체 여태 뭘 하면서 산 거야?' 그 사람이 사회적으로 아무리 성공했다 해도 그 분야에서 전문가라 해도 매력을 느낄 수가 없다. 길게 얘기하고 싶지도, 다음 만남을 기약하고 싶지도 않다.

반면 자기만의 특별한 느낌과 안목이 있고 어떤 대상에 대해서 신선한 대화를 펼쳐나가는 상대를 보면 기분이 좋다. '아, 그 얘기 흥미롭네요. 좀 더 들려주세요.' 이런 말을 해가며 열정을 보이는 사람은 육십이 넘었어도 청년이다. 그 또한 다른 사람에게 더 듣고 싶은 이야기를 하는 유쾌한 대화상대임에 틀림없다. 독서만 꾸준히 해왔더라도 최소한 대화의 기피상대는 되지 않는다. 책이 전부는 아니지만 요즘처럼 스승이나 선후배, 동네 어른 없이 개체화된 삶을 사는 우리에게는 독서가 소통과 배움의 많은 부분을 해결해준다. 책과 즐겁게 친하게 지내시라.

"자득명(自得明), 법득명(法得明)"

내 스스로 등불을 밝혀

법을 찾으라!

7장

원고는 어떻게 책이 되는가?

<하이퍼그라피아>는 미친 듯이 글을 써서 자신을 세상에 드러낸다. 상당히 많은 수의 작가가 이 범주에 속할 것이다. 영감의 꼬투리가 되는 장면을 만났을 때 작가는 '어떤 제목으로 어떻게 이야기를 잘할 수 있을까?' 어느새 생각의 꼬리를 물고 늘어지고 있는 자신을 발견한다.

— 앨리스 플래허티, 《하이퍼그라피아》

동병상련
— 이 책을 쓰면서 겪은 어려움

작가가 자기가 작업한 과정을 털어놓는 것은 일종의 영업 비밀을 공개하는 것이나 다름없다. 그러나 글쓰기를 독려하는 이 책의 이해도를 높이기 위한 방법으로 책을 쓴 과정을 이야기하는 것만큼 좋은 예는 없다고 생각한다. 지금 글을 쓰고 있는 사람에게는 그 과정이 겹치는 부분도 있을 것이고 다른 점도 있을 것이다. 참고는 하되 나만의 길을 찾기 바란다.

어떤 작가든 의욕을 가지고 책을 구상하고 글을 써나가면서 한 번쯤은 자신이 탈탈 털리는 기분이 들 때가 있다. 어디 한 번뿐이겠는가. 좀 더 현명해서 다루는 모든 문제를 떡 주무르

듯 잘 매만지고 싶고 그럴듯한 작품을 세상에 내보내고 싶은 갈망은 작가에게 천형에 가깝다. 최선을 다하지만 욕심만으로는 안 될 상황에 이르면 펜을 내려놓는, 모니터에서 손을 떼는 대범함 또한 필요하다.

이 책은 구성을 몇 번이나 바꿨다. 몇 년 동안 강의했던 내용이고 전달하고자 하는 내용을 확실히 알고 있는 책인데 왜 쓰기가 어려운가. 처음에는 너무 의욕이 앞선 것 같아 엎었다. 그다음에는 글쓰기의 요령보다 글을 써야 하는 명분을 너무 강조한, 힘이 들어간 글이어서 엎어버렸다. 그러고 나서도 마음에 걸리는 부분이 계속 나왔다. 글쓰기 매뉴얼로 만들자니 난이도를 조정하기가 쉽지 않았다. 무엇보다 그 분야의 책은 이미 많이 나와 있었다. 그러면 나는 어떻게 접근해서 내 책이 가진 강점을 살릴 것인가? 이 책의 저술과정은 바로 그 문제의 해결 경로라고 할 수 있다.

"무엇을 어떻게 표현할 것인가?"

"그 누구도 아닌 내가 할 수 있는 말은 무엇이 있는가?"

"사람들이 기다리는 글쓰기 책은 어떤 책일까?"

알맹이를 입에 쏙 넣어주는 책, 가려운 데 긁어주는 책, 읽자마자 바로 덮지 않고 노트를 펼쳐 몇 자라도 적게 하는 책을 쓰고 싶었다. 나 역시 모든 사람이 글을 쓸 때 부딪치는 너무나 당연하고 보편적인 어려움 앞에 똑같이 서 있게 된 것이다. 이십 년 가까이 글을 써온 내가 말이다. 이제야 나는 그들의 막막함을 눈앞에서 보듯이 알 수 있었다. 그것이었다. 내 안에 있는데 꺼낼 수 없었다. 꺼낸 것은 하잘 것 없었다.

우선 생각나는 대로 늘어놨고 늘어놓은 것 중에서 순서를 정했다. 그 중에서 몇 가지는 빠진 내용을 보충하고 버릴 것을 버렸다. 이때 필요한 것이 실용적인 사색이었다. 눈을 감고 모니터의 페이지를 넘기며 머릿속에서 내 글을 퇴고한다. 걸리는 것들이 있다. 그렇게 하나하나 눈으로 읽고 머리로 생각하며 헐거운 부분을 찾아냈다. 그 일을 수시로 반복했다.

그 말은 한동안, 일정한 시간 동안 다른 것은 하지 않고 오직 이 글쓰기에만 매진했다는 뜻이다. '어떤 책도 그런 몰입의 시간 없이는 태어나지 않는다'는 새로울 것도 없는 진실을 깨달았다. 좋은 책이라면 더더욱 이 시간이 필요하다. 나와 책이 한 몸이 된 것 같은 안도감이 드는 순간, 일은 한 고비를 넘긴 것이다.

그러니까 자기 마음을 마음대로 하지 못하고 자기 시간을 제대로 통제하지 못해서 갈팡질팡 하다가 글을 못 쓰는 것이다. 일단 한 문장을 세상에 던져놓으면 되는 것을. 망설이고 망설이고 또 망설인다. 학생들이 쓴 글의 첫 문장만 읽어본다. 거기에 그들의 망설임이 드러난다. 대뜸 본론이나 주제를 던지는 사람도 있다. 자기소개부터 하는 사람도 있고 강의에 대한 소감을 말하는 사람도 있다. 그런 이야기를 한참 늘어놓아야 본론을 꺼낼 수 있는 사람은 많았다. 그것이 각자의 리듬이었다. 이런 사람한테는 다 쓴 다음 앞부분의 중언부언을 버린 뒤에 글을 다시 읽어보라고 주문한다.

자기 스타일과 리듬에 맞는 방식을 찾으면 된다. 본론부터 질러갈 수 있는 사람은 시간을 절약할 수 있다. 일단 양이 쌓일 때까지는 퇴고를 미루고 달려야 한다. 일정한 양이 쌓인 다음에 안심할 수 있는 지점에서 퇴고를 한다. 초고에 해당하는 이 원고는 인쇄해놓는 것이 좋다. 몇 번 퇴고를 거듭하는 동안 서너 개 버전의 자기 글을 인쇄해서 비교, 분석해볼 필요가 있다. 그 차이를 확인하면 왜 퇴고를 해야 하는지 저절로 알게 된다.

그때부터 두 번째 작업을 시작한다. 이미 나와 있는 책의 수준에 맞춰 글을 재구성하는 것이다. 임팩트가 있는 내용을 어떻게 안배할 것인가? 고민한 뒤 구성, 즉 글의 순서를 바꾼다. 이때는 작가가 아닌 독자의 눈으로 글을 읽어야 한다. 독자의 호흡, 독자의 마인드가 내 안에 만들어지도록 전범(典範)이 되는 책을 읽고 내게 부족한 것을 찾아내야 한다.

그 다음에 어느 정도 수정이 끝났으면 믿을 만한 사람에게 보여주고 피드백을 듣는다. 이때가 위험한 순간이다. 피드백에 익숙하지 않은 아마추어 입장에서는 크게 실망하고 글쓰기에 좌절을 느낄 수 있다. 피드백은 어느 한 사람의 의견일 뿐이라는 생각을 갖자. 전체가 아닌 부분임을 인식하자. 그 때문에 성향이나 경험과 전공 분야가 다른 사람에게 읽힐 필요가 있다. 나는 볼 수 없는, 서로 다른 부분을 찾아낸다.

다양한 의견을 듣고 취사선택하는 것은 내 몫이다. 너무 많은 사람한테 피드백을 들을 필요는 없다. 대부분은 성의 있게 읽지도 않고 의미 있는 대답을 하지도 않는다. 실력도 있고 마음도 있는 사람에게 보여주어야 한다. 이것이 마지막 단계다. 피드백을 듣고 앞으로 나아가느냐 주춤하느냐. 시간이 걸리더라도 마음을 다잡고 피드백을 바탕으로 글을 더 좋게 다듬어서 마침내 책을 완성하고 나면 책 한 권의 저자가 되는 것이다.

책은 쓰는 것이 아니라 완성하는 것이다

여기서 더듬어볼 것은 '어떻게 하면 글쓰기에 성공할까?'가 아니라 '왜 그동안 글쓰기에 실패했는가?' 하는 점일 것이다. 이 세상에는 대하소설을 쓰는 사람도 있는데 그깟 에세이 한 권 쓰면서 왜 그 고생을 할까. 그 사람도 처음부터 대하소설을 쓰지는 않았다. 우리와 똑같은 과정을 겪으면서 자신을 연마해 마침내 얻은 결과다.

글쓰기의 재료는 사람마다 조금씩 차이가 있겠지만 주로 자신의 경험과 경력에서 뽑아낸 실질적인 것과 상상력이나 지식에서 태어난 추상적인 것이 있다. 이 두 가지는 분명 내가 가지고 있는 것임에도 불구하고 쉽게 글이 되어 밖으로 나오지 않는다. 승부근성을 가지고 처절하게 고민해야 한다. 하다못해 숙제하는 마음이라도 먹어야 어느 정도 해낼 수 있다. 신기하게도 직접 해보면 뭐라도 나온다. 아무리 쓸 게 없어도 앉아서 쓰면 뭐든 밖으로 나오고 자꾸 하다 보면 점점 나아진다.

그 과정에는 예외가 없다.

말이나 생각은 글이 아니다. 말이나 생각은 편하게 아무 때나 할 수 있지만 글이 되기 위해서는 밀도 높은 시간이 필요하다. 술자리에서 백날 소설 열 편 말로 써봐야 그건 소설이 안 된다. 번다한 시내가 아니라 고독한 책상에서 모든 것을 뒤로 한 채 홀로 묵묵히 글자를 새겨 넣어 문장을 만들어야 한다. 글쓰기는 노동인 것이다. 언제나 골칫덩어리인 나를 데리고 땀을 흘려가며 마음을 흔들어 내 안의 것을 털어내야 한다.

작가라고 뾰족한 수가 있는 건 아니다. 잘 써질 때는 가끔이고 안 될 때가 더 많다. 글이 잘 안 풀릴 때는 비슷한 처지에 있는 사람의 말을 참고하는 것도 한 가지 방법이다. 당장 실천할 수도 있고, 잊고 있었던 본질에 대해 건네는 말이면 더 좋다. 김영하 작가의 말을 여기 소개한다.

"전쟁 중에도, 감옥에서도, 죽음을 앞두고도, 생명의 위협을 받는 순간에도 할 수 있는 일이 바로 '글쓰기'이다. 글쓰기는 인간에게 허용된 최후의 자유이자 존엄이며 권능이다. 한 글자씩 한 단어씩 한 문장씩 써 내려가는 글을 통해 스스로가 변화하는 것을 느낄 수 있을 것이다."

이것만으로도 우리를 위로하는데 이어서 그는 더 힘을 실어주는 말을 덧붙인다.

"글을 잘 쓰려면 무엇보다 글쓰기에 대한 공포를 극복해야 한다. 이를 위해서는 글쓰기 습관을 기르는 게 좋다. 습관은 실력을 키우는 주춧돌이다. 글 쓰는 행위에 적응되면 두려움은 들어설 여지가 없다. 목표를 세워 글을 쓰면 웬만해선 글쓰기를 멈출 수 없게 된다."

매일 운동을 하던 사람이 하루 건너뛰면 몸이 무거운 것처럼 하루도 글을 쓰지 않으면 뭔가 허전하고 아쉬운 마음이 들어야 본궤도에 올라선 거다. 오늘 못 쓴 글은 다음날에라도 채워서 가능한 자신과 한 약속을 지키는 것이 좋다. 그렇게 하루하루가 쌓여간다면 아무것도 문제될 것이 없다. 그건 내가 쌓아올린 나만의 성이다. 성의 규모가 아무리 커도 완공하지 않으면 성이 아니다. 돌이 몇 개든 중간에 그만두지 않고 계속 쌓아올려 오랜 시간 들여 마무리 지어야 한다.

무슨 일이든 시작하는 사람은 넘쳐난다. 그런데 잘 끝마쳤다는 소식은 좀체 들을 수 없다. 왜 마무리가 안 될까? 왜 지지부진해지는 걸까? 처음 시작할 때는 누구나 원대한 꿈을 안고 새로운 여정에 오른다. 하지만 반년이 지나고 일 년이 지나도 크게 발전이 없으면 문득 회의를 느낀다. 초심을 잃어가고 있음을 느끼고 손길도 느슨해지고 모든 것이 뜻과는 다르게 흘러가고 있다.

그 순간 자신의 현재 모습을 깨닫고 얼마나 실망할지 짐작할 수 있다. 이때부터 초조해지기 시작한다. 마음은 안정이 안 되고 앞으로 나아가야 할지 멈춰야 할지도 모르겠다. 어떤 경우에는 휴식이 필요하고 어떤 경우에는 그저 묵묵히 정진할 시간이 더 필요할 것이다. 우리에게 필요한 것은 글쓰기만이 아니라 삶 앞에 당당한 나의 의지요, 행복이요, 삶의 가치다. 그것을 좀먹는다면 어떤 것도 바람직하지 않다.

글을 쓰고 싶은 욕망이 병으로까지 발전할 정도로 강한 사람들이 있다고 한다. 이들을 하이퍼그라피아(Hypergraphia)라고 부른다. 이들은 측두엽 뇌전증 증상의 병으로 글을 쓰고 싶은 욕구를 주체하지 못하는 사람들이다. 《하이퍼그라피아》 앨리스 플래허티 저, 휘슬러는 신경정신과 의사인 앨리스플래허티가 쓴 책 제목이기도 하다. 힘들게 그림을 그리면서도 36시간마다 동생 테오에게 미친 듯이 편지를 써댔던 고흐도 하이퍼그라피아였다.

《하이퍼그라피아》는 가만히 내버려둬도 미친 듯이 글을 써서 자신을 세상에 드러낸다. 상당히 많은 수의 작가가 이 범주에 속할 것이다. 살다가 무슨 문제가 생겼거나 영감의 꼬투리가 되는 장면을 만났을 때 작가는 그것을 언어로 표현하기 위해 골을 싸맨다. 어떤 제목으로 어떻게 시작해야 이 이야기를 잘할 수 있을까? 어느새 생각의 꼬리를 물고 늘어지고 있는 자신을 발견한다.

정도에 차이는 있지만 글쓰기는 습관이 되면 누구나 하이퍼그라피아가 된다. 글쓰기에 실패한 사람이라면 아마 이 지점에 이르지 못해서일 것이다. 가만 놔둬도 글을 쓸 수 있는 사람이라면 무슨 걱정이겠는가. 채근하고 야단 쳐도 글이 나오지 않는 사람을 책상에 앉혀 글을 쓰게 하려니 이런저런 궁리를 해서 달래고 격려하는 거다.

심리적으로 잘 안될 때는 물리적인 방법을 쓰는 것도 좋다. 여태 써놓은 글을 인쇄해보는 거다. 분량이 적으면 프린터로 인쇄를 해서 집게로 집어놓아도 된다. 꽤 두툼한 정도의 양이면 복사해서 제본을 떠놓는다. 글이 손에 잡히는 물체가 되었을 때 내가 쓴 글이지만 더 감동을 준다. 여태도 이렇게 하면서 여기까지 왔는데 조금 더 나가보자, 결심한다. 모니터 화면으로 볼 때보다 인쇄해서 종이 위의 글자들을 보면 내용이 눈에 훨씬 잘 들어온다. 그 사본을 가지고 초심으로 돌아가 처음부터 다시 시작하는 거다.

이 일을 한 번에 이룬 사람은 한 명도 없다. 누구나 몇 번 무릎이 깨지고 헛손을 짚으며 비틀거리다 고지에 도달한다. 기억해야 한다. 글을 쓰는 데 만족하지 않고 책을 쓰고 싶다면 한 권의 책을 손에 집어들 때까지 온갖 방법을 동원해 끝까지 완주해야 함을. 완성이 가장 어렵다. 갈무리해서 깔끔해진 원고를 손에 쥐는 날 축배를 들겠다는 희망으로 또 하루를 넘기자.

퍼스널 브랜딩
— 책은 고급명함이다

베이비부머 세대가 퇴직 후 사회로 나와서 그런지 책 쓰기 열풍이 불기 시작했다. 운동권 세대이고 사회과학 서적을 통해 인문학 소양을 어느 정도 쌓은 세대라 최고의 독서층이기도 하다. 이 세대가 장노년에 접어들면서 우리나라에도 새로운 풍토의 노년 문화가 형성되었다. 등산과 낚시, 골프 등 취미생활이나 하며 보내려던 세대에게 공부하고 자기 세계를 개척해 책을 출간하는 풍토가 마련된 것이다.

왜 다들 책을 쓰려고 할까? 우선은 쓸 게 있어서다. 겪은 것도 많고 아는 것도 많다. 자서전을 써서 가족이나 친구와 공유하고 싶기도 하다. SNS를 통해 글발을 익히기도 해서 글쓰기에 대한 부담도 적다. 이전의 삶에 특별한 내용이 있어 그걸 자료 삼아 남기고 싶은 사람도 있다. 그냥 어릴 때부터 글쓰기를 좋아해서 이제부터라도 제대로 배워 남은 인생은 작가로 살고 싶은 사람도 있다.

어쨌거나 내 책 한 권을 갖는다는 건 대단한 일이다. 똑같은 내용의 강의를 하더라도 자기 저서가 있는 사람은 저자 특강이 된다. 책을 출간했다고 하면 남들도 대단하게 생각한다. 그만큼 글을 쓰기도 힘들지만 책으로 출간하기는 더 힘들다. 옛날 사람들도 관직을 내려놓고 낙향하면 두 가지 일로 여생을 보냈다. 후학 양성과 저술활동.

웬만큼 충실한 내용을 담고 있어 남에게 읽는 재미를 주는 책을 낸 사람이라면 누구를 만날 때 자기소개로 명함 대신 책을 준다. 그보다 자신을 더 잘 설명할 수 없기 때문이다. 개인의 역사, 업무 능력, 미래의 비전까지 그 책에 다 담겨 있다. 목차만 훑어봐도 어떤 사람인지 금방 안다. 책 한 권이 한 사람의 인생을 일목요연하게 설명한다.

가족이나 친구도 책을 읽고서 그동안 미처 몰랐던 사실들을 알고 그 사람을 이해하게 된다. 오해가 있었다면 그것을 해결하는 계기도 된다. 바쁜 척만 해서 서운했는데 이렇게 살아왔구나, 이런 사정들이 있었구나, 깊이 공감할 수 있다. 업무상의 미팅 할 때도 말로 나를 길게 설명할 시간을 줄여준다. 큰 것만 얘기하고 세부는 책을 보면 확인할 수 있다. 책의 역할은 이렇게 다양하다. 나를 보여줄 수 있는 그 무엇이 되어야 한다. 가게로 치자면 간판이다.

"내 명함 안에 무엇을 담을 것인가."

이렇게 생각하면 책 쓰는 일이 좀 단순하게 들리지 않나? 요즘 퍼스널 브랜딩이라는 말이 유행한다. 나를 하나의 브랜드로 만들자는 캐치프레이즈다. 그것에 가장 적합한 것이 책을 내는 것이며 그때부터 그 책이 내 명함 역할을 한다. 나 역시 책을 '고급 명함'이라고 얘기한다. 책을 내는 순간 나에게는 책이 명함이다. 이 명함은 내가 스스로 만들어낸 것이다.

어떤 일을 하든 나를 둘러싼 환경이 중요하다. 주변사람이 내게 지지와 응원을 보내느냐, 걸림돌이 되느냐가 내 힘을 낭비 없이 사용할 수 있느냐의 전제조건이다. 내 경험으로는 3F가 결정적이다. Family, Friend, Freedom. 나에게는 의무를 다해야 하는 가족이 있고 우정을 나누는 친구가 있다. 그리고 내가 나답게 살고자 하는 의지인 자유도 있다. 이 세 가지는 서로 어울리기도 하지만 상충할 때가 더 많다. 그들 사이의 균형은 내가 무엇인가를 이루고자 할 때 짐작보다 어렵다. 가족을 소홀히 할 수도 없고 친구와의 우정도 중요하다. 그렇다고 내가 꿈꾸는 것이 아닌데 주어진 조건이라고 해서 마냥 끌려갈 수도 없다.

생각할 시간, 한 호흡 늦출 시간, 숙성할 시간은 그래서 필요하다. 당장의 느낌대로만 흘러가다가는 낭패를 보기 쉽다. 일에 대해서건 관계에 대해서건 생각해보고 난 뒤 액션을 취하는 태도를 습관으로 만들어야 한다. 너무 오래 생각해서는 안 된다. 직관을 따르되 변수와 상황에 대한 숙고 과정을 거쳐야 한다. 행간에 나를 담는 것은 그런 과정을 통해 가능하다. 글을 쓰는 과정에서 스스로 터득해야 할 것은 많다. 그것이 쌓여 내 책을 매력적으로 만든다. 매력이 감동과 재미를 불러온다.

자기다움을 위해 스스로 이름을 새로이 짓는 방법도 있다. 나는 필명을 지을 것을 적극적으로 권한다. 이름은 곧 정체성이다. 필명은 부모님이 아니라 내가 직접 짓는다. 내가 짓기 때문에 나의 정체성과 더 부합한다. 새 정체성을 세우고 나면 거기에 따라 내가 변한다.

요즘은 심리학에서도 내가 어떤 사람인지에 따라 행동이

“전쟁 중에도, 감옥에서도,

죽음을 앞두고도,

생명의 위협을 받는 순간에도

할 수 있는 일이 바로 ‘글쓰기’이다.

글쓰기는 인간에게 허용된

최후의 자유이자 존엄이며 권능이다.

한 글자씩 한 단어씩 한 문장씩 써 내려가는 글을 통해

스스로가 변화하는 것을 느낄 수 있을 것이다.”

달라지는 것이 아니라 내가 어떤 행동을 하느냐에 따라 내가 어떤 사람인지 달라진다고 얘기한다. 간단히 'being good by doing good'이라고 표현한다. 좋은 행동을 하다 보면 좋은 사람이 되는 것이다. 좋은 사람이라 좋은 행동을 하는 것이 아니라, 내 주변을 정리하고 내가 사는 공간을 가꾸면서 나는 거기에 맞는 사람이 된다. 나의 바깥이 나의 안이라는 뜻이다. 나이가 들수록 그 둘의 거리는 점점 가까워진다. 심리와 신체를 하나로 보는 인식이 점점 퍼지는 것도 그 때문이다.

원고는 책이 아니다

원고와 책은 다르다. 누구나 원고는 쓸 수 있어도 모두가 책을 내기까지의 복잡다단한 과정을 다 무릅쓰고 포기하지 않고 종착역에 도달하는 것은 아니다. '나는 책을 쓰는 사람이다.' '원고가 쌓이고 쌓여 수많은 역경을 거치고 책이 된다'는 사실만 잊지 않으면 된다. 컴퓨터 파일이 아닌 내 손에 만져지는 종이 냄새 나는 책. 내가 갖고자 하는 것은 그것이다.

이 과정을 잘 치렀다면 나의 2라운드 인생도 그렇게 가면 된다. 책 한 권 쓴 사람이 무엇인들 못하겠는가. 시작하는 사람이 스무 명쯤 되면 책을 내는 사람은 한두 명도 안 된다. 서점에 놓일 책을 쓰든, 가족과 나눠볼 책을 쓰든, 나 혼자 간직할 책을 쓰든 전적으로 나의 선택이다. 어떤 경우든 의미가 있다. 처음에는 나만을 위한 책을 썼다가 힘을 얻고 그 다음에는 가족이나 독자를 만날 책을 쓸 수도 있다. 아무것도 그리지 않은 비단(素)과 산에서 베어온 다듬지 않은 통나무(樸)를 내 손으로 매만져 무엇으로 새로이 탄생시킬 것인가. 무엇이 됐든 하나를 완성하고 보자. 그리고 다음 단계를 또 시도하면 된다.

책 한 권을 쓰는 과정을 간단히 정리하면 대체로 이렇다.

1 어떤 책을 써야 할지 주제를 정한다.

2 콘텐츠의 내용에 따라 목차를 정한다.

3 목차별로 각각의 내용을 채운다.

4 다 쓴 다음 검토해서 구성을 바꾸거나 수정, 보완을 거친다.

5 작가의 말을 쓰고 원고를 완성한다.

이 과정에서 빼놓을 수 없는 중요한 사항이 제목 붙이기다. 제목은 결정적 요소다. 제목 때문에 실패하거나 성공한 예는 얼마든지 있다. 베스트셀러 중 하나인 《언어의 온도》이기주 저, 말글터라는 책은 제목 덕을 톡톡히 본 경우다. 책 내용도 잘 설명하면서 호기심도 불러일으킨다.

원고를 출간하기로 결정했다면 믿을 만한 사람 한두 명에게 보여주고 최종 피드백을 받는다. 객관적인 의견 수렴을 거쳐 다시 한 번 퇴고를 한 뒤 출판사에 보내는 게 좋다. 출판사에서는 수없이 많은 원고를 취급하기 때문에 사소한 오류나 허점을 발견하면 원고를 반려하는 수가 있다. 오류와 결정을 최대한 적게 해서 보내겠다는 프로의 자세가 필요하다. 처음에는 원고만 완성되면 모든 게 끝날 것 같지만 진짜 어려운 행로는 지금부터다.

내 원고의 성격과 잘 맞는 출판사를 골라야 한다. 이메일로 보낼 수도 있고 출력한 원고를 보내기도 한다. 답을 기다리는 동안 어떤 반응이 올지 무척 초조하다. 한두 번 반려 받는 건 보통이다. 반려 이유를 들어보고 고쳐서 다시 보내자. 이렇게 몇 번이고 내 원고가 죽었다 살아난다. 다시 태어남을 거듭하면서 언젠가 코드 맞는 편집자를 만나면 책으로 세상에 나오는 것이다. 이때도 더 좋은 제목을 뽑느라 또 시간 보내고 편집하고 디자인하고 할 일이 태산이다. 마침내 내 책이 손에 들어오거나 운이 좋으면 서점에 깔릴 수도 있다는 상상으로 고생을 고생이라 생각 안 하고 버틴다.

아무도 내 원고를 출간하겠다는 곳이 없는데 나는 책을 꼭 내고 싶으면 자비로 출판하는 방법도 있다. 초보자로서 충분히 선택할 수 있는 방법이니 부끄러워할 것도 없다. 일단 내 책이 나오면 그때부터 안목이 생긴다. 내 책을 읽은 사람들의 반응과 사회에서의 대접 등 여러 가지를 경험하며 새롭게 솟아난 문제점들과 마주하게 된다. 더 알차게 준비해서 다음 책을 내겠다는 결심을 하게 되는 것도 이때다.

굳이 출판사를 거쳐 ISBN 번호를 받아서 정식 출판할 필요가 없는 경우라면 얼추 원고가 완성되고 읽을 만한 상태가 되었을 때 복사집에 가서 제본을 해도 좋다. 요새는 제본 기술이

발달해서 거의 책처럼 그럴싸하게 나온다. 그걸 주변 사람에게 나눠주고 내 책으로 삼아도 문제될 게 없다. 뭐든 생각하기 나름이다. 이곳에 당도할 때까지 글쓰기가 얼마나 힘들었나. 수고한 결과물을 손에 받아들 때의 감격스러움. 거기서 다시 시작하면 된다.

양이 곧 질이다
— 써놓고 얘기하자

호기심(好奇心)에 대해 생각해본다. 나는 호기심이 많은 편이고 여태까지는 그럭저럭 내 인생에 긍정적인 역할을 해주었다. 호기심이 이끄는 대로 가면 의욕도 생겼고 결과도 괜찮았다. 말 그대로 좋고 기이한 마음, 기이한 것을 좋아하는 마음 아닌가. 새롭거나 신기한 것에 끌리는, 일상적이지 않은 조금은 신선한 감정이다.

호기심이 고양이를 죽인다는 말이 있다. Curiosity killed the cat. 이 말이 어디서 비롯됐는지 알 수 없지만 공연한 호기심을 발동해서 위험을 무릅쓰다 죽음에 이른 어떤 사건이 있었으리라 짐작한다. 고양이는 목숨이 자그마치 아홉 개라는 말이 있듯이 목숨이 질기기로 유명하다. 그런 고양이한테도 호기심이 많다는 약점이 있다. 처음 대하거나 조금이라도 움직이는 것을 보면 참지 못하고 덤빈다. 결국 크게 다치거나 목숨을 잃는 경우가 많다. 위험을 부를 수도 있으므로 자신과 관계없는 일에 지나친 호기심을 나타내지 말라는 경고는 거기서 나왔다.

호기심은 강렬한 감정이다. 강렬한 감정의 특징은 맹목적이라는 것이다. 눈이 먼다. 봐야 할 걸 못 본다. 그러다 맨홀에 빠지고 만다. 인생의 어떤 시기에는 이 호기심에 생명줄처럼 매달려야 할 때가 있다. 맥이 풀리고 힘도 없고 모든 것이 심드렁하다. 그저 그런 일상의 연속이다. 좋은 게 좋은 줄도 모르겠고 어제가 오늘 같고 오늘이 어제 같다. 이렇게 살다가는 얼마 안 가 반푼이가 될 것 같다. 그때 반짝, 하고 내 호기심을 자극할 대상이 절실하다.

일이든 사람이든 취미든 다 좋다. 호기심은 엄청난 에너지를 불러일으킨다. 일에 뛰어들어 이것저것 조사하고 연구한다. 한동안 몰입해서 뭐라도 결과물을 만들어낸다. 그 대상이 사람이라면 온통 그 사람에게 사로잡힌다. '저 사람은 어떤 사람일까?', '무슨 생각을 할까?', '앞으로 뭘 하려는 걸까?' 질문이 꼬리를 물고 일어나며 그 사람과 관계를 맺고자 한다. 사업파트너든 친구든 호기심을 느낄 만한 대상을 만난다는 건 매혹적이다.

취미생활도 마찬가지다. 오래전부터 사진을 배워보고 싶었다거나 드럼, 탱고를 배우고 싶었다면 그것을 해라. 강력한 에너지가 영혼을 들었다 놓고 나면 몸의 기운이 바뀐다. 모드 전환, 주의 환기가 된 것이다. 사람이 달라진다. 성숙하고 자기 세계가 확장된다. 호기심이 어떤 감정과 결합하느냐가 중요하다. 자신감과 만나거나 객기와 만나거나 즉흥적인 욕망과 만나거나 그 다음 단계에서 많은 게 달라진다.

내가 어떤 감정에 빠지든 그것을 두 걸음만 뒤에서 바라보라. 너무 가까이 가면 손을 데일 수가 있다. 나는 오랫동안 미술에 관심이 많았고 우리 사형제 중에서 두 명이 미대에 갔으니 나한테도 미술 유전자가 있을 것이다. 그림을 배워야지, 언젠가는 수채화를 배워야지 촉을 세우고 있었다. 그러다 화가 한 분을 만났다. 그림을 배우기로 하고 지도를 받는데 여기에도 또 한 세계가 있었다.

내가 그동안 그림을 배우겠다는 꿈을 일찍 실천하지 못했던 것은 그 과정의 번거로움 때문이었다. 도구를 준비하고 기초부터 그림 그리기를 배우려면 시간이 많이 걸릴 텐데 그럴 여력이 없었다. 그런데 이 선생님은 종이와 펜을 주고 그냥 그리라고 했다. 나는 그림을 그릴 줄 모른다고 하니까 왜 못 그리느냐고 그냥 그리면 된다고 했다. 나중에는 트랜스페이퍼를 주면서 그림 위에 대고 베끼라고 했다. 그날 하루 동안 나는 몇 장의 그림을 완성했다. 그냥 그리면 되는 거였다.

내가 학생도 아니고 화가가 될 것도 아닌데 복잡한 커리큘럼대로 오랜 시간 진을 빼면서 할 이유가 없었던 거다. 왜 우리는 우리가 모르는 세계는 항상 턱없이 어렵고 멀다고만 생각하는 걸까? 그렇게 단순하게 다가가면 될 것을. 우리에게 배움을 준 학교는 우리에게 학습에 대한 왜곡된 인식을 심어주었다. 배운다는 것은 새로운 것을 알게 된다는 뜻이다. 그리 엄청난 일이 아니다. 손과 머리만 있으면 된다.

겁먹고 두려움에 떠는 것을 왜 당연하게 생각했는지 억울한 마음마저 들었다. 이때부터 내 생각은 바뀌었다. 글쓰기도 다를 게 없다. 품질을 따지기에 앞서 그냥 쓰면 된다. 쓰다 보면 스스로 알아가는 지점이 나온다. 자기가 써놓은 글을 보고 부끄러움을 느끼면 개선하려는 마음이 생긴다. 자기가 써놓은 글이 없으면 기준점이 없다. 뭘 써봤어야 더 하든 말든 할 것 아닌가.

"양이 곧 질이다."

내가 늘 강조하는 말이다. 일단 양을 채우자. 그러고 나서 얘기하자. 분량이 쌓인 사람은 할 말이 많을 것이다. 질문도 많고 질문의 내용도 공허하지 않다. 호기심이 당기는 일은 일단 시작하고 결과물을 눈에 보이게 만들어낸다. 거기에 우주의 이치가 있고 깨달음의 바다가 기다리고 있다. 내가 이룬 거니까. 남이 한 게 아니다. 내 손으로 직접 내가 이룬 거다. 이러면 절반의 과정은 넘어선 거다. 글의 품질은 쌓인 양이 만들어낸다.

초기의 감정적 분열지점을 넘어 그냥 쓰기 시작해서 웬만큼 썼다면 그때부터는 세세히 꼼꼼히 따져보고 질을 확보할 때다. 모든 것은 그렇게 이어져 있다. 이 과정 하나하나를 예의주시하자. 나와 남은 다르다. 나만의 방식이 필요하다. 내 손으로 이룬 것만으로 남은 시간을 보낸다면 삶은 훨씬 풍요롭다. 남들이 얘기하는 것, 남들이 세운 것은 그들의 세계다.

다른 버전을 갖자. 내가 찾은 내 버전, 내 것을 가질 때 우리는 자존감이 높아진다. 남에게 좌우되지 않는 내 영역이 생긴다. 호기심에서 시작한 이야기가 길어졌다. 결론적으로 생동하는 정신을 가지라는 얘기다. 죽은 고기가 아니라 살아서 펄펄 뛰는 고기. 과거완료가 아니라 현재 진행형!

나와 남은 다르다.

나만의 방식이 필요하다.

내 손으로 이룬 것만으로 남은 시간을 보낸다면

삶은 훨씬 풍요롭다.

생동하는 정신을 가져라.

죽은 고기가 아니라 살아서 펄펄 뛰는 고기.

과거완료가 아니라 현재 진행형!

8장

글을 쓰는 사람의 삶은 어떻게 꾸려가야 하나

"청춘, 젊은 놈들 주기 참 아깝지!(Youth is wasted on the young.)" — 버나드 쇼

두 번째 꿈
— 한 번 더 산다면 어떻게 살까?

사람은 좀처럼 바뀌지 않는다. 옆에서 아무리 잔소리를 하고 윽박질러도 귓등으로 듣고 만다. 센 충격요법을 동원하지 않으면 변화는 언감생심이다. 늘 하던 대로 하면 그만이지 뭘 바꾼단 말이냐고 투덜대다 만다. 사람 몸이 항상성을 원하는 것처럼 정신도 관성대로 살고 싶어 한다. 힘든 것을 싫어하고 신경 쓰는 것이 귀찮다. 그런데도 어쩔 수 없이 바꾸어야 할 때가 있다.

안 바꾸면 큰일 나는 경우 할 수 없이 조금씩 바뀐다. 인간은 불확실한 것을 싫어한다. 두려워한다. 바뀌면 나아진다고

해도 그건 알 수 없는 일이다. 내가 겪은 적도 없고 본 적도 없기 때문에 그 길을 가지 않는다. 예측 가능하기 때문에 확실한 불행이 더 견디기 쉽다고 생각한다. 매 맞는 아내가 집을 나가지 않는 이유도 거기에 있다. 집 밖의 불확실한 상황이 현재의 고통보다 더 두려운 거다. 인간이 이렇게 약하고 어리석다.

사람들은 요즘 백세시대를 운운한다. 오래 산다는데도 반기는 사람은 적다. 다들 우려 섞인 목소리로 앞으로 그 긴 세월 뭘 하면서 살아야 하느냐고 한숨을 쉰다. 먹고 살 돈은 또 어디서 마련하나. 길어진 노년 때문에 더 길게 일하고 더 많은 돈을 마련해야 하니 인생이 더 고달파졌다고 푸념한다. 퇴직하고 나서 적어도 25년 이상을 더 살아야 한다. 그러니 뭔가를 하지 않으면 안 된다.

가족과의 마찰을 줄이고 각자의 행복을 추구하면서 화합을 깨지 않기 위해서도 내 역할을 잘 해내야 한다. 실제로 퇴직한 뒤에 이혼하는 부부가 늘어나고 있다. 갑자기 함께 있는 시간이 많아진 부부들이 갈등을 겪는 일이 많다. 낮 동안 떨어져 있을 때는 몰랐던 상대의 단점과 나와의 불협화음들이 고스란히 물 위에 떠오른다. 다툼이 잦아질 수밖에 없다.

흔히 인간관계의 핵심을 'contact and distance(관심과 거리감)'라고 말한다. 친밀함과 거리 조정을 어떻게 하느냐가 좋은 사이가 되느냐 마느냐의 핵심요소다. 너무 가까워도 문제고 너무 멀어도 문제다. 마음이 가까워지고 싶으면 몸은 어느 정도 거리를 유지하면서 감정적인 피로감을 줄여야 한다. 아무리 사랑하는 사이도 온종일 붙어 있으면 짜증 날 일이 생기게 마련이다. 인간은 자기 자신을 중심으로 돌아가는 우주다. 그걸 침해 받을 때 위기의식을 느껴 공격성을 띤다. 이때가 갈등과 위기를 겪는 순간이다.

젊은 시절엔 행복한 노년을 꿈꾸며 열심히 일했지만 현실은 녹록치 않다. 자녀의 학자금과 결혼비용, 노부모의 부양비 등 돈 쓸 일은 많고 일자리는 구하기 쉽지 않다. 일자리를 구하더라도 일용직이나 경비 등 대체로 임금 수준이 낮고 복지가 좋지 않은 비정규직이다. 재취업이든 창업이든 한숨 돌리고 난 뒤에 해도 늦지 않다. 어설프게 뛰어들었다가 심신만 피폐해지고 실패하는 사람이 한둘이 아니다.

치밀하고 철저하게 노후를 준비해야 한다. 경제적인 문제들이 해결 안 될 때 인간관계도 금이 가고 틈은 점점 벌어진다. 어려운 일 앞에서 서로 마음을 모으고 격려해도 부족할 판에 서로의 입장만 내세우기 쉽다. 서로 예민하고 날카로워져 있는 상태라 상처가 되는 말들을 주고받으며 사이가 나빠진다.

어떤 퇴직자가 갑자기 큰 병이 들었다. 퇴직을 한 뒤로 여기저기 새 일자리를 알아보며 재기를 모색하고 있던 차에 암에 걸린 거다. 눈앞이 캄캄하다. 자기 인생이 너무 아쉽고 억울하고 기가 막혔다. 내가 이렇게 되려고 그리 열심히 살았나 후회가 앞섰다. 모든 것을 처음부터 다시 생각하기 시작했다. 병 치료는 의사의 도움을 받으면 되지만 위기 앞에 선 내 인생은 내가 직접 수리해야 한다.

그때부터 마이너스 작업에 돌입했다. 그동안 중요하다고 생각하고 붙들었던 것들을 정리해나갔다. 인간관계, 부동산과 동산, 집안에 쌓여 있던 물건, 마음의 빚까지 하나하나 적어가며 해결했다. 많이도 움켜쥐고 살았다. 다 놓아도 아무 상관없는 것들인데 온통 끌어안고 고달프게 애면글면했다.

주변을 정리하고 남은 에너지는 몸을 살피는 데 썼다. 소홀히 했던 건강관리, 몸의 구조 요청을 무시했던 벌을 받은 게 병이니 이제부터라도 달라져야 했다. 의사의 권유대로 운동도 하고 식이요법도 하면서 성실히 치료를 받았다. 매스컴에서 들었던 대로 암이라고 해서 인생 끝난 게 아니다. 살려고, 치료하려고 마음만 먹는다면 얼마든지 방법은 있다고 믿었다.

시간은 걸렸지만 그는 인생의 다운사이징에 성공했다. 병이라는 불청객 덕분에 시작한 일이 오히려 인생을 가볍고 편안하게 만들어주었다. 소비를 줄이고 삶의 영역을 좁히면서 깊이를 갖게 되었다. 가까운 사람들에게도 정성을 쏟았다. 바닥을 쳤을 때 사람은 변한다. 바닥을 딛고 일어선다. 내 인생이 3년, 아니 일 년밖에 안 남았다고 생각해보라. 무엇이 중요한지 저절로 떠오른다.

"내가 병을 이기고 다시 한 번 살 기회가 주어진다면 어떻게 살아야 할까?"

자연스럽게 이 질문을 스스로에게 던지고 남은 시간은 그 질문에 대한 답을 하면서 살아간다. 지금 이 시간은 어쩌면 나한테 주어지지 않았을 수도 있었다. 이 귀한 시간을 함부로 쓸 수는 없다는 다짐을 수도 없이 한다. 죽음 앞에서는 누구라도 삶을 통째로 생각하게 된다. 곧 모든 것이 사라질 거라는 엄연한 현실을 실감한다. 과도한 노욕에 사로잡히지 않는 한 죽음을 생각하는 순간 자기 인생에 있는 거품의 상당 부분을 빼게 된다. 지혜로운 옛사람이 그래서 죽음을 기억하라고 했을 거다. 메멘토 모리. 인생이 샛길로 빠지려고 할 때 스스로에게 해주어야 할 말이다. 너의 죽음을 기억하라.

거품과 기름기가 빠진 올곧은 상태에서 내가 진정 원하는 삶의 모습을 그려보아라. 미래에 대한 일종의 청사진이다. 엑스레이를 찍으면 내 몸의 뼈가 훤히 들여다보이듯이 내가 원하는 바를 가감 없이 표현하는 구체적인 청사진이어야 한다. 큰 그림과 세부를 하나도 빠짐없이 다 적어보자. 한번 만들어놓고 계속 들여다보며 수정하고 또 수정하자. 실천하는 동안에도 미처 헤아리지 못한 부분이 발견되면 수정 보완하면 된다.

이런 청사진을 가진 사람과의 대화를 상상해보라. 청사진을 삶에서 실천하는 사람과의 동행을 상상해보라. 얼마나 마음 깊이 뿌듯하고 행복해지는가. 날이 갈수록 마음을 움직이는 사람, 작은 감동을 느끼게 해주는 사람을 만나기가 어렵다. 크든 작든 삶을 예술처럼 가꾸고 보듬는 사람은 아름답다. 내가 그런 사람이 되어간다는 상상만으로도 마음 든든하다.

삶을 방치하는 사람을 보면 눈살을 찌푸리듯 삶을 가꾸는 사람을 보면 미소 짓게 된다. 텔레비전에 가난한 사람이 나올 때 마음이 좋지 않은 것은 가난해서가 아니라 삶을 가꾸지 않아서다. 그들이 사는 집은 엉망으로 어질러져 있고 플라스틱 용기에 담긴 음식을 밥상에 그대로 늘어놓고 먹는다. 옷도 함부로 입고 말도 아무렇게나 막 한다. 삶에 대한 경외심이나 존엄을 버린 그 상태가 우리를 가슴 아프게 한다.

책상과 이불과 옷 한 벌 말고는 아무것도 없는 스님의 방을 보면서 가난을 떠올리진 않는다. 더없이 가난하지만 정갈하게 가다듬어놓은 그 방은 오히려 우리를 평안으로 이끈다. 창으로 들어오는 햇살을 받으며 벽에 가만히 기대 있기만 해도 행복할 것 같은 맑은 기운의 공간이다. 필요 없는 짐을 덜어낼 때 빛이 그 자리를 차지할 수 있다.

내 삶을 더 이상 돌아보지 않는 사람, 아무 노력도 관심도 애정도 쏟지 않는 사람을 보는 것은 괴로운 일이다. 그렇다면 우리는 삶에서 작은 부분을 돌보며 행복을 느끼는 사람으로 살아야 한다. 봄이면 꽃씨를 뿌리거나 예쁜 화분을 사서 창가에 놓는 감성을 가진 사람. 친구를 불러 차 한 잔 함께 하면서 새로 알게 된 음악을 들을 수 있는 넉넉함이 부유함이다.

새로 짠 청사진에 담긴 삶은 그런 모양이길 바란다. 내가 조금 더 편안하고 힘들지 않고 많이 애쓰지 않아도 웃을 수 있는 삶. 그 웃음을 나눠가질 사람이 곁에 있는 삶. 그동안 해온 일들을 하나하나 정리하면서 글을 써보고 그 글을 함께 읽을 수 있는 삶이다. 글쓰기 강의를 들으러 오는 분 중에는 칠십 대 어르신도 상당수다. "무엇을 쓰고 싶으냐?"고 물으면 대답도 제각각이다. "자서전을 쓰고 싶다"는 사람이 가장 많고 "여행을 좋아해서 여행기를 쓰고 싶다"는 사람도 있다. "자기 어머니를 주인공으로 소설을 써보고 싶다"고도 한다.

수업을 들으면서 가장 실천력이 좋은 분들도 어르신들이다. 힘도 달리고 머리 회전도 느릴 거라는 내 짐작은 틀렸다. 노인에게는 낭비할 시간도 없고 망설일 시간도 없다. 대부분 결정한 일을 바로 실천한다. 이미 많이 헤매고 주저해봤기 때문에 달리 할 게 없다는 것을 안다. 글을 쓰러 온 자신의 마음을 충분히 알고 필요성도 뚜렷해서 배운 대로 바로 실행한다.

덕분에 오히려 내가 더 많이 배울 수 있었다. 앞으로 남은 시간이 많아 보이는 젊은 사람들도 따지고 보면 시간이 별로 없다. 취직하고 일을 갖게 되면 좀처럼 개인적인 시간을 내기가 어렵다. 시간이 생겨도 밀린 잠을 벌충하거나 친구들과 놀기 바쁘다. 젊어서 이 시간이 얼마나 절절이 아깝고 귀한지를 잘 모른다. 오죽했으면 버나드 쇼가 이런 말을 했다.

"청춘, 젊은 놈들 주기 참 아깝지!(Youth is wasted on the young.)"

지금 무언가를 선택했다면 그것에 최선을 다하는 것이 가장 현명한 방법이다. 두 번째 기회는 생각처럼 금방 안 온다. 다음은 없다는 마음가짐만큼 큰 동기부여도 없다. 아무리 생각해봐도 그렇다. 두 번의 기회는 없었다. 있었다 하더라도 첫 번째 기회와 같은 내용은 아니었다. 항상 지금의 기회가 마지막이고 최선이었다. 그걸 몰랐다. 많이 잃고 많이 실패하고 놓친 다음에야 깨달을 수 있었다. 칠십 대에 이른 사람은 그 인생의 비밀을 몸으로 겪어 안다. 세상에서 체득만큼 설득력 있는 게 어디 있는가.

자신과의 싸움을 위한 감정컨트롤, 어떻게 해야 할까?

요즘 주변에 왜 그렇게 화를 내는 사람이 많은지 모르겠다. 잘 나가다가도 잠깐 순간에 화를 내고 싸움으로 번진다. 대화란 간단하다. 내가 얘기를 하고 상대가 듣고 다시 상대가 얘기를 하고 내가 듣고 그러다 서로 안 맞는 부분은 이야기를 하면서 의견차를 조율한다. 그런데 상대방의 이야기를 듣는 것이 잘 안 된다. 나만 얘기하고 싶고 들을 차례가 되면 말을 중간에 끊거나 딴청을 하거나 귀 기울이지 않는다.

남의 말을 듣지 않는 사람은 의외로 많다. 내가 괜찮을 때는 상관없는데 컨디션이 좋지 않거나 일이 잘 안 풀릴 때는 화를 안 낼 도리가 없다. 무례는 무례를 낳고 거듭되는 무례는 싸움을 만든다. 배려는 또 다른 배려를 불러오는 선순환의 감정이지만 무례는 나쁜 관계를 만드는 악순환의 주범이다.

더욱 어려운 건 의견차를 극복하는 것이다. 각자의 견해에 차이가 있으면 저 사람 생각은 무엇인지 정확히 파악하고 내 생각 역시 거듭 살펴서 어떤 것이 옳은지 판단해야 한다. 혹시 결론이 내 생각과 다르더라도 이 과정을 거쳤다면 상대의 반발은 적을 것이다. 그러나 따져보지도 않고 의견을 묵살당했다면 가만히 있을 사람이 어디 있겠는가.

항상 화가 나 있고 그것 때문에 자주 사람들과 갈등을 겪었다면 분명 치료를 받아야 하는 상태다. 하지만 내가 원하지 않거나 그래서는 안 되는 자리에서 가끔 감정조절을 못 하는 경우라면 얼마든지 고칠 수 있다. 서른 살이 넘으면 자신의 성격을 근본적으로 바꾸기는 어렵다고 한다. 교정은 되지 않을지라도 자제는 할 수 있다고 하니 자제하는 방법을 나름대로 터득해가야 할 것이다

예를 들면 '한 호흡 참기' 같은 것이 있다. 일 초도 안 돼서 즉각 반응하면 후회를 불러일으킬 일이 많이 생기지만 한 템포 쉬면서 속으로 되뇌는 거다. 한 숨만 참고 얘기하자. 하나, 둘, 셋, 숫자를 세며 잠깐 시간을 지체하다 보면 고비를 넘길 수 있다. 이렇게 몇 번 하고 나면 자신도 안도감을 느끼는 순간이 온다.

"아, 그때 참기 잘했다. 아무것도 아닌 일로 불찰을 일으킬 뻔했는데 무사히 넘겼네."

반복하는 행동은 습관이 되고 습관은 성격을 만든다. 화를 내는 것도 화를 참아 넘기는 것도 습관이다. 부당한 일, 꼭 짚고 넘어가야 할 일이 아니라면 대부분의 화는 참는 게 남는 장

사다. 화를 내고 나서 속이 후련한 경우보다 괜히 감정을 폭발했다고 후회하는 경우가 훨씬 많은 것만 봐도 알 수 있다. 심혈관계 계통이 취약한 사람은 더더욱 조심해야 한다.

참으려면 그만한 힘과 여유가 있어야 한다. 물컵에 물이 90% 이상 차 있다면 몇 방울만 더 떨어뜨려도 넘쳐버리고 만다. 잘 다스려지지 않은 감정이 오래 쌓이도록 놔두지 말자. 그러면 감정을 조절할 힘을 잃고 만다. 물이 10-20%만 채워져서 공간이 넉넉해야 어떤 부정적인 일이 생겨도 그것을 소화할 여유가 있다. 언제나 그득 차서 찰랑거리는 컵은 보는 사람도 불안하고 자신도 늘 전전긍긍하고 감정이 불안정하다. 스트레스나 불안 요소를 그때그때 해결해서 나쁜 기운이 내부에 쌓여 정신의 힘을 빼앗지 않도록 살펴야 한다.

마음이 가볍고 정신도 맑아야 나의 현재 상태를 정확히 살피고 알아차릴 수 있다. 감정은 아슬아슬 곡예를 하는 상태고 울분과 불만이 가득 차 있어서 균형을 잃은 경우에는 나를 잘 볼 수 없다. 오래도록, 평생에 걸쳐 자신을 바라보고 살피고 잘 얼러서 무탈하게, 내가 원하는 길을 천천히 가도록 길을 들여야 한다. 좋은 사람, 좋은 책, 좋은 음악, 좋은 음식을 가까이 두고 좋은 경험과 생활 속에서 하루하루를 살아갈 수 있도록 자신을 사랑하는 일이 나를 괴물이 아닌 인간으로 살게 하는 길이다.

나이 들어 힘이 줄어들수록 만나서 같이 있기 힘든 사람과는 거리를 두고 짧은 시간이라도 평안함을 주는 사람과 함께

해야 한다. 나의 단점을 자극해서 밖으로 튀어나와 형편없는 행동을 하게 만드는 사람을 알아보고 멀리하는 것도 삶의 지혜다. 그것은 대상에 따라 달리 접근해야 한다. 친구일 때, 가족일 때, 직장동료일 때 각각 들어가는 정성과 힘과 시간이 다르다. 인간관계는 한두 마디로 정리할 수 있는 문제가 아니다. 두고두고 생각을 하며 자신의 마음속에 나름의 원칙을 세우고 하나씩 풀어가야 할 과제다.

인생은 사랑을 하기에도 시간이 모자란다는 말이 있다. 미워하고 싸우고 서로 할퀴며 낭비하는 시간은 짧으면 짧을수록 좋다. 누구나 아름다운 면, 빛나는 장점이 있다. 그것이 밖으로 나와 자신의 인생을 나은 방향으로 이끄는 사람을 곁에 두어야 한다. 소위 궁합이라는 건데 부부뿐만 아니라 모든 관계에 적용된다. '코드가 맞는다'는 말이 그 뜻이다. '케미가 통한다'거나 '주파수가 같다'는 등 여러 표현이 쓰이는 것만 봐도 그것이 관계를 이끌어가는 주요한 힘이라는 걸 반증한다.

감정도 사회에서 배운다

삶을 바꾸려면 생활을 바꾸어야 하고 생활을 바꾸려면 마음을 바꿔야 한다. 내 마음은 온전히 내 마음일까? 흔히들 얘기한다. "내 마음이 내 마음대로 안 돼!" 맞는 말이다. 마음은 마음의 길이 있어서 내 이성이나 의지의 지시를 따르지 않는다.

억지로 마음을 끌고 나오면 뒤탈이 생긴다. 모든 것은 마음에서 나온다고 하는데 대체 마음의 정체는 무얼까?

마음의 뜻을 사전에서 찾아보면 세 가지로 정리되어 있다.

1 사람이 본래부터 지닌 성격이나 품성.

2 사람이 다른 사람이나 사물에 대하여 감정이나 의지, 생각 따위를 느끼거나 일으키는 작용이나 태도.

3 사람의 생각, 감정, 기억 따위가 생기거나 자리 잡는 공간이나 위치.

어느 것 하나 단순한 게 없다. 마음은 좁은 의미로 해석하면 감정이다. 그렇다면 감정의 뜻은 무엇일까? '어떤 현상이나 일에 대하여 일어나는 마음이나 느끼는 기분'이라고 설명한다. 유의어로는 감회, 내면세계, 느낌이 있다. 감정은 우리 내면에서 일어나는 느낌이라고 말할 수 있다. 내 안에 있었다니 온전히 내 것이다. 내 것을 내 뜻대로 하기 위해선 본질을 알아야 한다.

문제는 감정이 우리의 내부에서 만들어지지만 외부 세계의 영향을 받는다는 사실이다. 우리가 속한 사회, 가족, 직장이나 인간관계에서 만들어진다. 정도의 차이는 있지만 사회의 영향 아래 놓여 있다는 점은 확실하다. 바깥의 영향을 많이 받는 기질을 타고난 사람일수록 감정이 자주 바뀌고 스트레스도 상승할 거라는 짐작이 가능하다.

한 사회가 인간 중심이고 인권이 보호되면서 건강하고 바람직하게 굴러간다면 우리의 감정도 따라서 건강하고 주체적이 된다. 그러나 승자독식에 극심한 빈부차가 만연한 사회에서는 인간이 제 값을 받을 리 없다. 인간의 감정도 훼손되지 않고 본래대로 유지될 수 없다. 이때 우리 감정을 원래의 모습으로 유지하고 싶으면 어떻게 대응해야 할까?

나의 현재 자화상을 그리고 미래에 갖고 싶은 모습을 꿈꾼다면 감정의 현주소를 확인해봐야 한다. 그러려면 주변사람들이 나를 어떻게 생각하는가, 의식하는 마음을 버려야 한다. “모든 비교는 나쁘다”는 말이 있다. 비교를 통해 자신의 본성을 버리고 타인을 닮아가려고 할 때 우리 마음은 병이 든다. 나는 그들과 다를 수밖에 없고 우월과 열등을 따지지 않고 개별성을 인정하고 받아들여야 내 감정도 존중하고 타인의 감정도 존중할 수 있다.

내 감정이 변할 때 그 이유를 나만큼 잘 아는 사람은 없다. 내 감정이 지금 뜨거운가, 차가운가, 끓어 넘치는가. 이성을 작동하기 전에 감정을 감정대로 있는 그대로 바라보아야 한다. 명상에서 말하는 ‘관(觀)’의 태도를 갖자. 분별심을 발동하기 전에 그저 바라보자. 그리고 그 흐름 전체를 따라가며 감정의 뿌리를 보고 변화를 보자. 내가 꼭 이래야 한다는 강요의 시선을 버리고 맨눈으로 나를 보는 습관을 기른다.

생활의 발견
― 일상에서 나만의 시간을 갖자

아파트 같은 공동주택에 사는 사람들은 어쩌다 이웃집에 갔을 때 인테리어는 물론 일과까지 서로 닮아 있다는 것을 알게 된다. 아침에 일어나 활동하는 낮 시간의 움직임이 많이 겹친다. 어울려 다니는 시간과 장소도 비슷하다. 아이들을 키우는 방식, 가족끼리의 대화나 활동도 크게 다르지 않다. 그건 그럴 수 있다. 별 것 아니라고 생각할 수 있지만 우리에게 주어진 대부분의 시간을 보내는 '생활'의 의미를 과소평가해서는 안 된다.

식사시간, 잠, 운동, 쇼핑, 여가생활 등 살아가기 위한 활동은 우리의 감정과 정신과도 많은 부분 포개진다. 식사를 제때 하지 않고 운동을 전혀 하지 않는 사람의 감정이 평안하기는 어렵다. '마음을 알고 싶으면 몸을 보라'는 말이 있다. 그만큼 상관관계가 크다. '마흔 살이 넘으면 자기 얼굴에 책임을 져야 한다'는 말도 40년 살고 나면 생활습관이 얼굴을 만든다는 뜻이다. 좋은 생활습관을 유지하고 마음의 여유가 있는 사람의 얼굴이 나쁜 인상을 가졌을 리 없다.

내 정신을 관리하고 싶으면 생활을 관리하고 몸을 관리하라. 그 셋을 통합적으로 바라볼 수 있다면 더 성숙한 삶을 살 수 있을 것이다. 정신에만 과도한 의미를 부여하고 몸을 가벼이 바라봐서는 행복한 삶을 꾸려나가기 어렵다. 우리를 둘러싼 것들은 각각 존재하는 것이 아니라 하나의 얼개로 다 얽혀 있다. 심지어 나와 남, 우리라는 존재들도 서로 보이지 않는 끈으로 연결되어 있다는 지점까지 생각은 나아간다.

"결혼해서 잘 살고 싶으면 혼자서도 잘 살 수 있는 사람이 되어야 한다."

결혼에 관한 여러 의견 중에 눈에 띄는 대목이다. 혼자 살기 힘들어서 둘이 살려고 결혼한다고 생각하기 쉬운데 색다른 관점이다. 혼자 자기 삶을 잘 꾸려나갈 수 있는 사람이 갈등과 다툼이 당연히 따르는 둘의 삶도 매끄럽게 끌어갈 수 있다는 말은 일리가 있다. 내가 싫은 것은 상대에게도 시켜서는 안 된다. 상대가 원하는 것이라도 내가 받아들이기 어려우면 거절해야 한다. 거절의 상황은 누구나 힘들어한다. 거절당했을 때 단지 그 사안을 거절하는 것이지 나라는 존재 전체를 거절한 것은 아니라는 성숙한 인식이 필요하다.

한편으로 혼자 있는 삶의 소중한 의미를 아는 사람은 다른 사람의 개인성, 프라이버시를 존중할 줄 안다는 뜻도 포함한다. 친하다는 이유로 상대의 영역을 인정 안 하고 무조건 가까이 다가가려고 하다가 종종 갈등을 빚곤 한다. 친할수록 그 사람만의 고유한 영역을 지키도록 해주어야 한다. 비밀이 없는 사람이 가장 가난한 사람이라는 말이 있듯이 누구나 아무에게도 보여주고 싶지 않은 영역이 있는 법이다. 가까운 관계인 부모나 부부나 연인이라고 해서 예외가 될 수 없다. 그걸 알아야 인간이라는 존재를 이해하는 거다.

하루 혹은 한 주일에 잠깐이라도 나 혼자 내가 보낸 하루를 점검할 시간을 가져보라. 마음에 걸리는 장면이 있으면 그것을 더듬어보고 왜 그런 건지 알고 넘어가야 마음에 응어리가 생기지 않는다. 기쁘고 뿌듯한 일이었다면 한 번 더 생각하면서 기쁨을 천천히 음미해본다. 마음에 비울 건 비우고, 새로이 할 일을 다짐하고 다음날 일어날 일도 머릿속으로 정리해보면서 마음의 준비를 한다.

요즘 커피전문점이 앉을 자리가 없을 정도로 장사가 잘 되는 이유를 전혀 다른 데서 찾는 사회학자도 있다. 돈을 주고 잠깐 이용할 공간을 빌리는 거다. 가족 구성원 모두의 활동이 다 공개돼 버리고 프라이버시가 보장되지 않는 아파트 생활이 개인을 중시하는 젊은 층에게는 부담스럽다. 커피 값을 내고 쾌적한 카페 한 구석에 자리를 잡아 자기가 원하는 시간을 보낸 뒤 귀가한다. 그들이 지불하는 것은 커피 값이 아니라 공간의 단기임대료라는 주장이다. 그럴듯한 해석이다. 그 점만 보더라도 우리의 마음자리를 스스로 점검하고 치유하고 보살피는 일이 얼마나 중요한지 알 수 있다.

스트레스 감수성을 낮추자

누구나 행복해지기를 원한다. 사랑하고 사랑받기를 원한

다. 그러려면 스트레스를 줄이고 즐거운 일을 많이 만들어야 한다. 스트레스 상황에서는 행복이나 사랑을 느낄 마음이 자랄 수 없다. 과연 스트레스 없는 생활이 가능한가. 어디가 아파서 병원에 가면 의사들은 말한다.

“잘 먹고 잘 쉬고 스트레스 받지 말고 생활하세요.”

옳은 말이다. 그러나 그게 어디 쉬운가. 스트레스를 아주 없앨 수는 없다 해도 줄일 수는 있을 것이다. 줄여서 큰 무리가 안 되는, 감당할 수 있을 정도로 작게 만들어야 한다.

“생각해 보면 행복이란 건 정말 짧고, 나머지는 대부분 불행하다고 해도 좋다. 결국 불행이란 건 그 순간순간에 느끼는 거다. 그래서 괴로운 법이다. 반면 행복은 시간이 지난 뒤에야 알게 된다. 행복이란 회상하는 것이라서 그 당시에는 행복하나는 생각을 거의 하지 못한다. 따라서 사람이 행복하다는 것은 ‘저 녀석 요즘 행복해 보여’와 같이 타인이 말할 뿐, 당사자는 전혀 깨닫지 못한다. 따라서 우리 눈앞에 있는 것은 언제나 다양한 얼굴을 한 ‘불행’이며, ‘행복’은 언제나 아주 먼 과거에만 있는 것이란 사실을 마침내 깨닫게 됐다.”

《기타노 다케시의 위험한 일본학》기타노 다케시 저, 씨네21에 나오는 말이다. 우리가 살고 있는 일상이 얼마나 힘들면 이런 말을 할까. 보통 때는 행복한지 불행한지 느끼기 어렵다. 그저 하루를 살아내기 바쁘고 내 앞에 주어진 일을 해결하기 바쁘다. 그나마 잘 해냈으면 다행이다. 자주 우리는 버거운 일상 앞에서 망연자실한다. 인간관계는 꼬이고 일은 산더미고 몸은 고달프다. 스트레스를 피할 수 없다면 나를 해치게 놔두지 않는 수를 찾아야 한다. 겉으로는 적의 모습을 하고 있더라도 잘 달래서 써먹으면 약이 될 수도 있다.

주위를 돌아보면 유난히 스트레스에 민감한 사람이 있다. 누가 조금만 뭐라 해도 기분이 상하고 상처를 받는다. 외부의 스트레스에 대한 완충작용이 거의 일어나지 않는다. 소위 말하는 스트레스 감수성이 높은 사람이다. 이렇게 되면 뭘 해도 힘들고 누구를 만나도 불만스럽다. 마음에 들지 않는 상황도 어느 정도는 받아들이고 넘어갈 수 있어야 한다. 그러려면 상황을 냉정하게 볼 수 있는 눈이 있어야 한다. 내가 책임지고 고민해야 할 일인지 아니면 상대가 자기 기분 따라 나를 부당하게 대한 건지, 시간이 해결해야 할 문제인지 구별해서 대응하자.

내 마음이 건강하고 튼튼해야 스트레스 완충능력도 커진다. 내 마음이 편안하고 일도 잘 풀리고 몸도 건강하면 웬만한 일은 그냥 넘길 수 있다. 그 반대의 경우는 작은 일에도 내가 다친다. 그러니까 스트레스를 덜 받는 길은 나를 최상의 컨디션, 좋은 상태로 유지하는 길밖에 없다. 곳간에서 인심난다. 곳간이 텅 비어 있으면 남을 위해 쓸 여유가 없다.

타인에 대한 존중으로 공감능력을 키우자

우리가 극복해야 할 문제 중 하나가 사회생활, 인간관계에서 생긴 모멸감이다. 수치심의 다른 말이기도 한 모멸감을 느낀 인간의 감정과 이성이 제대로 작동할 수 없다. 《모멸감》김찬호 저, 문학과지성사이라는 책을 쓴 김찬호 교수는 모멸감의 후유증에 대해 경고한다.

"모멸감으로 공감 회로가 끊어질 때, 공격적인 성향이 극대화한다. 사적 세계·공적 일터 외에 타인과 함께하는 제3의 공간이 필요하다. 우리에게 이런 제3의 공간이 없다 보니 거대한 공간과 개별적으로 맞서서 힘들게 살아야 하는 게 현실이다."

타인과 함께하는 시민의 영역, 예술의 나눔 등의 사적 세계와 일터, 제3의 공간이 어우러져야 우리의 자존감이 높아지고 모멸감도 사라질 것이다.

"모멸감은 의지를 갖고 있는 존재가 사회적으로 거부당했을 때의 고통이라고 할 수 있는데 차마 드러내기 어려운 감정이라서 담론화하지 않고 있다."

그는 모멸감에 대한 사회학적 고찰보다 극복과 치유를 강조한다. 자존감은 내가 남을 어떻게 대하느냐, 남이 나를 어떻게 대하느냐, 그리고 내가 나를 어떻게 대하느냐에 따라 올라갈 수도 내려갈 수도 있다. "내가 남을 높이는 것이 결국 자신을 높이는 것"이다.

대학병원 의사에게 환자 대하는 시간을 5분에서 15분으로 늘리도록 했더니 의사들의 자존감이 높아졌다는 실험 결과를 예로 들었다. 김 교수는 아이들의 자존감을 키울 때에도 '넌 괜찮은 아이'라고 치켜세우기보다 사회에 기여하고 누군가에게 필요한 존재로 키우려는 발상의 전환이 필요하다고 말했다. 타인의 존재에도 주목했다.

"낯선 사람끼리 모욕감을 주고받는 일이 많죠. 낯선 사람이 내 삶에 침투하면 나의 행복에 전혀 도움을 주지 않는 것 같지만 낯선 사람의 도움을 받게 되면 잘 모르기 때문에 오히려 신선하고 감동적일 수 있습니다. 호주에서 히잡 쓴 여성에 대해 공격이 가해지자 한 백인 여성이 그 이슬람 여성과 함께 걸어주겠다고 나선 일이 알려진 후 트위터에서 15만 명이 '필요한 경우 나도 함께 걸어주겠다'고 한 적이 있어요. 전혀 모르는 사람이기 때문에 주고받을 수 있는 은총 아닐까요."

공감능력만큼 어려운 것도 없다. 어디까지가 공감해야 하는 영역이고 어디까지가 거리를 두어야 하는 부분인가 판별하기 어려울 때가 많다. 나는 행동의 범주를 정하기 어려울 때 타인에게 폐가 되지 않는 범위, 타인이 나로 인해 곤란을 겪지

엑스레이를 찍으면

내 몸의 뼈가 훤히 들여다보이듯이

내가 원하는 바를 가감 없이 표현하는

구체적인 청사진이어야 한다.

큰 그림과 세부를 하나도 빠짐없이 다 적어보자.

한번 만들어놓고 계속 들여다보며

수정하고 또 수정하자.

실천하는 동안에도

미처 헤아리지 못한 부분이 발견되면

수정 보완하면 된다.

않을 범위를 정한다. 타인을 존중하는 것은 하루아침에 이루어지지 않는다. 남도 나와 똑같은 감정을 가진 인간임을 받아들이고 그 점을 소중히 여겨야 가능하다.

적게 말하고 많이 듣자

최근에 아주 이상한 현상을 발견했다. 점잖은 사람은 대체로 말이 없고 내가 보기에 문제가 있는 사람들 혹은 남들이 좀 멀리하는 사람들은 정말 말을 많이 한다. 그 말의 내용도 대개 내가 얼마나 이기적이고 까칠하고 사회성이 없는지, 그래서 어떻게 왕따를 당하고 소외됐는지에 대한 브리핑이다. 그런 얘기를 누가 듣고 싶어 하며 재밌어 하겠냐만 쉴 새 없이 거친 언사로 자신에 대해 떠벌린다. 평범하게 남 눈치 보며 얌전히 산 사람은 위선자라도 된 듯 입을 다문다. 살다 보니 무례함도 자랑거리가 된 세상을 살아가고 있다. 나는 한참 그 생각을 했다.

이유가 뭘까? 왜 악덕이 자랑이 되었을까? 어쩌다 선함이 경멸의 대상이 된 걸까?

나이 들수록 모든 답을 뒤집어보라고 말하고 싶다. 자신을 문제적으로 바라볼 때 정신은 성장을 멈추지 않는다. 단점은 물론이고 장점조차 문제적인 시선으로 냉철하게 바라보아야 한다. 거기서 삶의 힘, 생명이 샘솟는다. 답이 아니라 질문, 자랑이 아니라 경청이 습관으로 자리 잡을 때 건강한 노년이 될 수 있다고 확신한다.

그런데 왜 듣기가 그토록 어려운가?

우선 조급함이 첫 번째 원인이다. 마음이 급해서 다른 사람의 말이 끝날 때까지 기다릴 수가 없다. 얼른 내 얘기를 하고 싶고, 한 가지 이야기를 하고 나니 또 다른 얘기가 생각났다, 이러면서 이야기는 끝이 없이 이어진다. 다른 사람이 어떤 기분인지, 무슨 이야기를 하고 싶어 하는지는 뒷전이다. 오로지 내 기분, 내 의도, 내 할 말만 중요하다. 이런 상황이 반복되다 보면 다음부터는 친구들이 나를 끼워주지 않는다.

"아, 그 애 지겨워. 걔 다음부터 나오지 말라 그래. 제 자랑만 늘어놓고 맨날 한 얘기 또 하고 또 하고……. 생각만 해도 지겹다."

또 하나의 이유는 타인에 대한 공감능력이 떨어져서이다. 남이 내 얘기를 귀 기울여 듣고 있는지 흥미가 없어서 따분해 하는 건 아닌지를 알아차리지 못하는 거다. 알아차렸는데도 자신의 이야기를 멈추지 못하는 수도 있다. 브레이크가 고장 난 경우다. 이건 좀 더 심각하다. 자기도 모르게 끝없이 말을 이어가고 있다면 정신의 어딘가에 균형이 깨졌다는 뜻이다.

남과 대등하게 혹은 즐겁게 대화를 이어갈 수 없다는 건 상대에 대한 배려가 없다는 말이기도 하다. 내가 너무 말을 많이 했다 싶으면 넌지시 상대에게 말을 건다거나 의견을 묻는 식으로 대화를 펼쳐 나갈 여유나 배려가 나한테 없는 거다. 이런 막가파식 대화를 하다가는 주위에 사람들이 다 떠나고 고립되고 만다.

들어주는 사람, 적당한 때에 알맞은 리액션을 해주는 사람은 어딜 가도 환영받는다. 마음 편히 내 이야기를 할 수 있는 상대를 찾는 것은 언제나 어렵다. 누구나 다 자기 이야기를 하고 싶어 하고 남의 이야기를 들을 힘도 여유도 없다. 이럴수록 자신을 가다듬어 말을 줄여야 한다. 대화에서 들을 귀를 내주는 것은 상대에게 줄 수 있는 최상의 선물이다.

나이 들수록 아는 것이 많아지고 경험한 것도 많으니까 자꾸 훈계하고 가르치게 된다. 아무리 모자란 사람도 누군가 가르치려고 하면 기분 나빠 한다. 우선 듣자. 듣고 나서 하고 싶은 말은 절반만 하자. 나머지 절반은 상대의 이야기를 들은 다음에 하자. 이렇게 대화의 긴장을 유지하려고 노력하면 정신의 노화를 막을 수 있다.

정신의 노화가 무언가. 나만 남고 남은 없는 것. 자기만 알던 아이 때로 돌아가는 것이다. 이기적이고 자기중심적이고 오직 나만 알아서 나를 위해달라고 떼를 쓰는 존재다. 그러고 보면 어른 되기 참 힘들다. 나를 살피는 것도 힘든데 항상 남을 살피고 배려해야 하니 말이다. 그것이 사회를 이루고 살아가는 인간의 숙명이니 어쩌겠는가. 내가 있고 남이 있고 우리가 있다. 이 관계를 잘 잇지 못하면 삶은 늘 삐걱거린다. 잘 안되더라도 애써보자. 노력하는 동안은 마음이 열려 있어 남과 내가 다 내 레이더망에 잡힌다. 그 정도면 아주 형편없는 수준은 아니다. 그렇게 차츰 자신을 열어가며 넓은 세상에 적응해 가면 되는 거다.

죽음을 기억하라

옛날 로마에서는 원정에서 승리를 거두고 개선하는 장군이 시가행진을 할 때 노예를 시켜 행렬 뒤에서 큰소리로 외치게 했다고 한다. "메멘토 모리(Memento Mori)!" 라틴어로 '죽음을 기억하라'라는 뜻이다. '전쟁에서 승리했다고 너무 우쭐대지 말라. 오늘은 개선장군이지만, 너도 언젠가는 죽는다. 그러니 겸손하게 행동하라.' 이런 의미에서 생겨난 풍습이다.

너도 나도 우리 모두 언젠가는 죽는다는 사실을 기억하라는 말의 의미는 알고도 남는다. 죽음에 대한 이야기는 곧 삶에 대한 이야기다. 잘 죽으라는 말이라기보다 잘 살라는 메시지를 담은 말이다. 사실 우리가 일상을 살면서 계속 죽음을 생각한다는 것은 무리다. 죽음을 까맣게 잊고 사는 것은 당연하다. 당장 사는 것도 힘들고 바쁜데 언제 올지도 모르는 죽음을 생각하라니 무리한 요구다. 잊고 살아도 된다. 그러나 가끔 문득이라도 죽음을 생각해봐야 한다. 갑자기 들이닥친 죽음 앞에서 망연자실 살아온 날을 후회할 수는 없으니까.

죽음을 진지하게 생각하기 위해서는 계기가 필요하다. 큰 일을 겪고 나서 삶이란 게 언제나 똑같이 진행되는 것이 아니고, 그 누구도 아닌 나에게도 재앙이 닥칠 수 있다는 걸 온몸으로 깨닫는다. 사업 실패로 가진 돈을 다 잃거나 사고로 가족을 잃거나 큰 병에 걸리거나 할 때 우리는 삶을 의심한다.

"너 내 편인 줄 알았더니 복병이었구나. 어떻게 나한테 이럴 수가 있니? 이건 배신이야. 내 삶을 돌려줘. 난 다시 행복해지고 싶단 말이야."

이때부터 삶은 달라진다. 어제 느꼈던 걸 오늘 똑같이 느낄 수가 없다. 의심과 회의의 눈으로 삶을, 세상을, 나를 바라본다. 위기를 겪은 다음 그것을 기회로 여기고 더 힘차게 삶을 헤쳐 나가는 사람이 있고, 나에게 주어진 행복은 이것으로 끝이구나 싶어 좌절하는 사람이 있다. 어떤 경우든 그 사람은 변한다. 바뀐다. 바뀌어야 산다는 걸 알아버렸다.

웨스트민스터 대성당의 지하 묘지에 있는 한 영국 성공회 주교의 무덤 앞에 이런 글이 적혀 있다고 한다.

"내가 젊고 자유로워서 상상력에 한계가 없을 때, 나는 세상을 변화시키겠다는 꿈을 가졌었다. 좀 더 나이가 들고 지혜를 얻었을 때 나는 세상이 변하지 않으리란 걸 알았다. 그래서 내 시야를 약간 좁혀 내가 살고 있는 나라를 변화시키겠다고 결심했다. 그러나 그것 역시 불가능한 일이었다.

황혼의 나이가 되었을 때 나는 마지막 시도로, 나와 가장 가까운 내 가족을 변화시키겠다고 마음을 정했다. 그러나 아무도 달라지지 않았다.

이제 죽음을 맞이하기 위해 누운 자리에서 나는 문득 깨닫는다. 만일 내가 내 자신을 먼저 변화시켰더라면, 그것을 보고 내 가족이 변화되었을 것을.

또한 그것에 용기를 얻어 내 나라를 더 좋은 곳으로 바꿀 수 있었을 것을. 그리고 누가 아는가, 세상까지도 변화되었을지!"

나를 바꾸는 일은 세상을 바꾸는 일만큼 어렵다는 걸 죽음 앞에서 깨달은 사람의 토로다. 파랑새 이야기를 닮았다. 온 세상을 돌아다니면서 파랑새를 찾고자 하다가 못 찾고 집에 돌아왔더니 집 안에 파랑새가 있더라는 이야기. 평생 동안 세상과 타인을 변화시키기 위해 분투해왔건만 진짜 바꾸어야 할 대상은 바깥이 아니라 내 안에 있었다.

죽음의 순간을 기억하고 이 묘비명을 기억하면 지금 내가 해야 할 일은 단순하다. 나를 알고 하루하루 나 자신을 알뜰하게 써먹고 나에게서 모든 것이 비롯된다는 사실을 기억해야 한다. 열쇠는 내 손 안에 있다. '갈팡질팡 하다가 내 이럴 줄 알았지!' 죽는 순간 이 말을 피해갈 사람이 몇이나 될까. 죽음을 기억하되 명심할 건 내 눈앞에 있는 생이다.

상황은 그대로다.
그것을 바라보는 내가 달라졌다

더운 여름에는 집에서 요리를 하는 일도 두 배는 힘들다. 뜨거운 열기가 금세 방을 덥힌다. 등에서는 땀이 주룩주룩, 식욕은 극감한다. 밖에 나가는 일도 더위와 싸워야 하는 건 마찬가지지만 가끔 마음먹고 외식을 하러 나간다. 어느 날 식당에서 무심코 옆 테이블에 앉은 5-60대 여자들의 식사 모임을 관찰하게 되었다. 즐거운 목소리로 재미있는 이야기를 나누며 맥주도 곁들여서 기분 좋게 밥을 먹고 있었다.

저 나이에 힘들게 사는 사람은 마트에 나가서 캐셔를 하기도 하고 이런저런 육체노동에 종사하는 사람도 있다. 아니라도 자기 몸이 아프거나 우울하거나 친구가 없어서 밖에 나오지 못하는 사람도 적지 않다. 저렇게 즐거운 시간을 보낼 수 있는 몸과 마음의 건강, 생활의 안정, 다정한 친구들, 이 귀한 것들을 모두 가진 행복한 사람들이었다.

그런데 문득 이런 생각이 들었다. '그들은 자신이 얼마나 행복한 사람인지 알까?' 아마도 그중에는 더 갖지 못해서 불행해하는 사람도 몇 있을 것이다. '지금 갖고 있는 것을 잃게 되면 지금이 얼마나 행복했는지 알 수 있겠지.' 그중에서 한두 개를 이미 잃어본 나는 그들의 웃음소리가 눈물겹게 느껴졌다. 나 또한 지금 이 순간이 얼마나 지속될지 몰라도 최고의 순간임을 잊지 않았다.

그러고 보면 삶이란 얼마나 단순한가. 내게 필요하고 당장 쓸모가 있는 것들은 의외로 적다. 내가 체감할 수 있는 행복은 큰 것이 아님을 가졌을 때는 잘 모른다. 대장암을 앓다 회복한 야구선수도 그런 말을 했다. "예전에는 내가 먹는 이 음식이 그렇게 소중하다는 걸 몰랐다고. 야구를 다시 할 수 있다는 것도, 친구를 만날 수 있다는 것도, 내가 먹는 밥 한 그릇, 술 한 잔, 커피 한 모금이 이토록 애타게 고맙다는 것도 몰랐다"고 했다.

잃어본 사람만이 그것의 진정한 가치를 안다. 우리가 중년이 되고 장년이 되고 노년이 되면서 가진 것을 하나씩 잃는다. 힘이 빠지고 눈에서는 빛이 사라지고 관절도 삐걱거린다. 이때 무엇을 해서 그것들이 빠져나간 자리를 메울까. 내 영혼에 뚫린 구멍을 메울 그 무엇을 찾아 우리는 많은 시행착오를 한다. 일단 걷던 걸음을 멈추라고 말하고 싶다. 분주히 움직이는 삶은 충분히 살았다. 멈추고 내가 할 수 있는 것, 원하는 것들을 정직하게 바라보자. 지금은 그것들을 하나씩 적어나가는 시기다.

자서전이라고 하면 거창해서 얼굴을 붉힐 수도 있다. 내가 대단한 사람도 아니고 책 한 권에 쓸 뭐가 있을까. 경험한 것, 살면서 느꼈던 것을 적어보면서 조금이라도 가치 있는 자신을 회복하기 위해서 쓴다. 지금 무릎이 아프고 총기가 예전만 못한 이 모습이 나의 전부는 아니라는 것을 스스로에게 납득시키기 위해 과거를 끌어내는 거다. 전시하고 자랑하려는 목적이 아니라 앞으로 나갈 힘을 얻기 위해 숨죽이고 있는 잠재 에너지를 끌어올리는 방법이다. 써보면 알겠지만 막상 써보지 않고는 내 손이 빚어낼 자서전에 무엇이 담길지 알 수 없다. 세상에는 짐작과 다른 것들이 얼마나 많은가.

밥벌이 인생이 끝나도 삶은 지속된다

어찌 보면 옛날 사람들이 살았던 방식이 부럽기도 하다. 일찍 결혼해서 젊을 때 자식을 키워 빨리 독립시키고 환갑이면 벌써 생이 주는 역할과 의무는 다 끝내고 홀가분하다. 편안히 자식 봉양 받으면서 여생을 편하게 소일하며 보낸다. 지금 기준으로 보면 십 년, 혹은 그 이상 인생의 스케줄이 빠르다. 요즘 60세는 청춘 취급을 받는다.

세상이 바뀌었다고 해도 인간의 욕망은 여전하다. 30년 이상 일했으면 쉬고 싶다. 의무가 아닌 자유에 터 잡은 삶을 꾸려가고 싶다. 한마디로 말하면 일하기보다는 놀고 싶다. "일은 인간의 본성에 맞지 않는다. 일하고 난 뒤 피곤한 게 그 증거다"라고 《뒷모습》미셸 투르니에 저, 현대문학을 쓴 미셸 트루니에가 농담처럼 말했다. 인간은 전적으로 일만 하면서 살 수 없는 존재다. 가끔 놀게 해주고 쉬게 해야 기계가 돌아간다.

퇴직을 해도 아직 가야 할 길이 먼 삶이 기다리고 있다. 자식은 결혼은커녕 취직도 못하고 있다. 내 몸은 여전히 젊고 활력이 넘치지만 할 일은 없다. 이보다 더 난감한 일이 있을까?

차라리 늙기라도 했으면. 나라에서 주는 연금만 받고 그냥 편하게 살면 얼마나 좋을까. 원하든 원치 않든 뭔가를 해야 한다. 내게 남은 세월이 적어도 20년에서 30년이 넘는다. 평균 연령이 아니라 노동연령을 말한다.

적어도 칠십 대까지는 일을 할 수 있다. 그건 내 개인 사정이고 밖에서는 나에게 일을 시키지 않는다. 섣불리 자영업을 하겠다고 나섰다가 망한 사람이 수두룩하다. 이러지도 저러지도 못하고 한숨 쉬면서 세월만 보내고 있다. 50플러스라고 해서 이 세대를 위한 여러 프로그램을 국가 차원에서 마련했다는 소식을 얼마 전에 들었다. 50세라는 나이의 중요성을 우리 사회가 인식하기 시작했다는 증거다.

중년청춘이라고 불러도 좋은 나이 쉰 살. 밥벌이 인생은 끝났다. '남은 인생은 무엇을 해야 할까?', '밥벌이를 잊고 살 만큼 경제적인 준비는 되어 있는가?', '나는 어느 정도 대비를 하고 나름 계획도 세웠는데 가족들은 나의 미래 계획에 동의할 마음이 있는가?' 머리 아픈 질문이 기다리고 있다. 옛날이나 지금이나 내 편이 많지 않다는 건 기정사실이다. 누구나 자기 이해득실이 앞서기 때문에 나의 이야기를 듣고 나면 그것이 자신에게 미칠 영향부터 생각한다. 가족이라고 예외가 아니다.

내가 가끔 인용하곤 하는 에피소드가 있다. 어떤 남자가 대기업에 다니면서 평생 어려운 고비를 만날 때마다 '나는 퇴직 후 세계 일주를 하겠다'는 꿈으로 위기를 넘겼다. 그는 급기야 퇴직을 했다. 아내에게 7억이라는 퇴직금을 주면서 자신에게

1년의 휴가를 달라고 했다. "평생 그 꿈을 위해 헌신해왔노라"라고 말했다. 아내가 뭐라고 했을까? 대답은 '노'였다.

아내의 반응에 대해 어떤 사람은 "당연하지", 그렇게 생각할 것이고 어떤 사람은 "왜?" 하면서 의아해할 것이다. 나는 후자에 속했다. 거액의 퇴직금을 내게 주면서 가족의 생활에 대한 책임을 충실히 이행하고 자기 꿈을 이루겠다는데 반대할 이유가 뭐가 있겠는가. 그런데 찬찬히 아내의 입장을 생각해보니까 그게 전부가 아니었다. 마음속에서 실로 복잡한 심사가 꿈틀댔을 것임을 어림할 수 있었다.

키워드는 몇 가지가 있다. 남편이 퇴직했다. 그는 일 년간 집을 비우고 세계여행을 떠난다. 나는 혼자 기다려야 한다. 이런 일련의 생각 앞에서 손에 쥐어준 퇴직금이 파고들 자리는 없다. 나의 불안, 두려움, 걱정이 앞서니까 다른 것들은 안 보인다. '왜 그는 나를 두고 떠나려고 하는 걸까?', '그 떠남이 일 년에서 끝나지 않고 계속 되는 건 아닐까?', '그가 자기 미래를 준비할 동안 정작 나는 무엇을 했던가'. 오만 가지 생각이 드나들겠지만 그것은 정리되지 않고 불안의 얼굴로 아내를 위협한다. 그래서 아내의 입에서 나온 이유는 이것이었다.

"노는 맛 들릴까봐 안 돼! 일 년 놀고 끝나겠어? 한 번 놀면 계속 놀고 싶을 텐데 아예 시작을 말아. 감각 살아있고 체력이 받쳐줄 때 빨랑 다른 직장이나 알아봐야지."

아내는 변화를 원치 않는 거다. 지금 이대로 남편이 규칙적인 수입을 가져오는 자기 삶이 달라지지 않기를 바란다. 이런 때 남편은 어떻게 대응해야 할까? 그 이야기의 속편은 알지 못한다. 그러나 내 머릿속으로 속편을 상상할 때마다 숨이 막히며 '인생이란 이다지도 운신의 폭이 좁단 말인가' 한숨이 절로 나온다. 삼십 평생을 직장에 헌신한 것도 모자라 노년의 삶조차 저당 잡혀야 한단 말인가. 대체 어떻게 사는 것이 잘 사는 건지 안개 속을 헤매는 느낌이다.

마음을 가라앉히자. 이리저리 날뛰면서 나를 삼키려고 하는 불안한 비전을 손으로 잡아서 바닥에 내려놓고 차분히 생각하자. 어쨌든 피할 수 없다. 삶은 언제고 지속된다. 끝날 때까지는 끝난 게 아니다. 나는 여기서 다만 질문 하나를 던진 거다. 해답은 각자의 몫이다. 이런 상황에서 나는 어떤 선택을 할 것인가. 나를 둘러싼 숨 막히는 관계 속에서 나는 어떻게 숨통을 트며 살 것인가.

그다지 희망적이지 않은 상황에서 희망을 찾으라고 말할 수밖에 없는 나도 참 머리가 아프다. 같은 처지인 나 역시 아직 답을 모색 중이고 매일 전투하는 기분으로 산다. 아무리 느긋하게 마음먹으려고 해도 세상이 나를 향해 겨냥해 오는 칼날 앞에서 담담하기는 어렵다. 가끔 이렇게 낙담도 하고 한숨도 쉬고 세상에다 대고 손가락질도 하면서 보내는 시간이 영 나쁘기만 한 것은 아니라고 믿고 싶다. 나의 절망에 대해서도 정직해야 힘이 솟는다. 자꾸 누르고 아니라고 부정한다고 해서 그걸 내가 모르는 게 아니다. 이 나이쯤 되면 알 수 있다. 세상에 아무도 속일 수 없다는 사실을, 나 자신조차 모든 것은 다 알고 무의식 어딘가에 기록해 두고 있음을. 일어나는 일을 있는 그대로 보고 받아들이고 해결하는 것도 용기다. 나쁜 일은 안 일어났으면 좋겠다고 생각하고 부정하면 아무 답도 없다. 그나저나 참 어려운 고비 앞에 서 있다. 아직 이 모든 문제를 다룰 힘이 나에게 남아 있다는 사실을 믿고 밀고나가는 수밖에 없다.

파부침주(破釜沈舟)의 나날

글자 그대로를 풀면 '솥을 깨뜨리고 배를 가라앉히다'는 뜻이다. 살아 돌아갈 기약을 하지 않고 죽을 각오로 싸우겠다는 굳은 결의를 말한다. 《사기(史記) 〈항우본기(項羽本紀)〉》에 나오는 말이다. 항우가 군사를 이끌고 황하를 건너면서 배를 모두 가라앉히고 솥과 시루를 깨뜨린 데서 유래했다. 지금 '파부침주'는 죽을 각오를 하고 싸우는 상황이나 심정을 비유하는 말로 쓰인다. '파부침선(破釜沉船)', 혹은 식량을 버리고 배를 가라앉혔다는 뜻의 '기량침선(棄糧沉船)'이라고도 한다.

살면서 한두 번은 이런 마음을 품어봤을 것이다. 지금 내가 발을 디디고 있는 자리에서는 이미 한계를 느꼈고 다른 데서 나를 부른다. 의욕은 솟아나지만 안정을 보장해주는 선택은 아니다. 며칠 밤 저울에 양쪽을 올려놓고 어느 쪽으로 기우나 눈금을 바라본다.

"이번이 마지막 기회야. 계산 맞춰보지 말고 앞으로 달려야 해."

"그러다 망하면 어떡하지. 그나마 밥 먹던 자리마저 놓치면 이 불경기에 어디로 가나."

두 가지 마음이 번갈아가며 나를 시험에 들게 한다. 어떤 사람은 앞의 마음을 따라갈 것이고, 또 다른 사람은 뒤의 마음을 따라갈 것이다. 둘 다 인생의 이름 앞에서 옳은 판단이다. 모험을 추구하는 것도 내 몫이고 안정을 추구하는 것도 내 몫이다. 이런 난관을 뚫고 여기까지 왔다. 이제는 퇴로가 없다. 2라운드 인생에서는 선택할 경우의 수가 많지 않다. 꿈도 중요하지만 무시할 수 없는 현실이 더 크게 자리한다. 그냥 어제와 같은 오늘을 매일 군말 없이 보내느냐, 아니면 한 번쯤 베팅을 해보느냐 둘 중 하나다. 선택도 내가 하고 책임도 내가 진다.

다른 건 몰라도 글쓰기 앞에서는 계산 없이 앞으로만 달리기를 바란다. 매일 글을 쓴다는 건 쉽지 않은 일이다. 그것을 석 달, 일 년, 이 년 이어가는 것도 엄청난 인내심과 결단력을 요구한다. 인간은 무의미한 일을 오래 할 수 있는 동물이 아니다. 어떻게든 의미부여를 해가면서 꾸준히 해나가다 보면 답이 나온다.

솥을 깨뜨리고 배를 뒤집을 만큼 큰 용기가 필요한 일은 아니다. 하루에서 몇 시간쯤 내 인생을 어루만지는 시간을 갖는 것이다. 그것이 쌓이면 훗날 돌아갈 배를 불사른 군사처럼 내 인생에 전력투구한 '한 시절'을 얻게 된다. 부디 그때까지만 참으라.

글쓰기는 다른 데서가 아니라 글 자체로 보답이 온다. 내 글은 매일 달라지고 나 자신도 매일 조금씩 다른 사람이 된다. 자신을 시험대에 올려놓고 기꺼운 눈빛으로 바라보는 일은 인생에서 한번쯤 해볼 만하다. 맷집과 근력은 자기가 스스로 한 일에서밖에 길러지지 않는다. 자신에 대한 믿음은 거기서 싹튼다.

일단 걷던 걸음을 멈추라고 말하고 싶다.

분주히 움직이는 삶은 충분히 살았다.

멈추고 내가 할 수 있는 것,

원하는 것들을 정직하게 바라보자.

지금은 그것들을 하나씩 적어나가는 시기다.

에필로그 /

나를 믿는 힘으로 지치지 말고 앞으로 나아가자

강물 하나를 건넜다. 첫 문장을 쓰고 꼬리에 꼬리를 물고 이어쓰기를 하며 여기까지 왔다. 달려온 길이 탄탄한 다리 역할을 해서 2라운드를 튼튼한 맷집으로 잘 버텨낼 것인가. 답은 우리 안에 있다. 다만 한 가지 덧붙이고 싶은 것은 2라운드는 한 번으로 끝나지 않는다는 사실이다.

한 번의 2라운드가 끝나면 다시 또 다른 2라운드가 기다리고 있다. 또 다른 2라운드, 또 다른 2라운드……. 인생은 매번 이전의 나를 완전히 혹은 부분적으로 지우고 다시 시작할 것을 요구한다. 우리는 지금 아주 간단한 매뉴얼을 익혔을 뿐이다. 매뉴얼의 세부는 각자가 채워갈 일이다. 비장하되, 경쾌하게 발을 내디디자. 얼굴에 미소를 띠는 것도 잊지 말고!

남은 것은 계속 글을 쓰는 일이다. 매일 글쓰기를 이어가고 있다면 지금쯤은 생각과 감정을 글로 표현하는 일이 조금은 익숙해졌으리라. 내 언어가 나 자신임을 알게 되었을 것이다. 더 정직하고 더 정교한 나만의 표현, 오롯한 나의 글을 얻기 위해 우리는 책을 읽고 생각을 하고 글을 쓴다. 우리가 써 내려간 글 속에 앞으로 하고자 하는 바가 녹아 있고 지금 해야 할 일들이 담겨 있다.

뜬구름이 아니라 손바닥을 적시는 빗방울. 그리고 그 빗방울이 땅에 떨어져 키울 씨앗과 새싹. 우리는 이제 그런 실제적인 것을 발견하고 바라볼 수 있게 되었다. 앞으로의 인생은 스스로에게서 위안을 찾고 스스로를 격려하자. 적어도 그 가까이로 다가가는 법을 익혔으리라 믿는다. 위안도 기쁨도 슬픔도 고통도 절반 이상 내 안에 있다. 내 속에 숨죽이며 기다리고 있는 여러 얼굴의 나와 사이좋게 잘 지내는 법, 그것과 나란히 걸음을 떼어놓는 법 배우기를 멈추지 말자.

나를 믿는 마음이 모든 것의 맨 앞자리에 있다. 나를 믿고 나의 주변을 믿고 세상을 믿으려면 내 손에 닿고 내 눈에 들어오는 것이 실체가 있어야 한다. 망상과 매너리즘과 허세, 실체 없는 두려움은 내 눈을 흐리게 하고 내 판단을 헝클어놓는다.

눈을 밝게 하고 손과 발을 부지런하게 하는 것들로 내 주변을 채우는 일이 자연스럽고 즐거워야 삶이 무겁지 않다. 힘을 내자, 그래도 힘이 안 나면 잠깐 쉬어도 좋다고 스스로에게 말해줄 수 있는 여유, 그것은 삶에 대한 용기요 자신감이다.

여태까지 잘해왔다. 더 잘하면 좋겠지만 이만하면 나쁘지 않다. 가장 중요한 것은 '오늘'이다. 내가 발 디딘 오늘이 온전히 '나의 오늘'이 되도록 오늘도 삶을 사랑할 수밖에 없는 것이 우리들 인간의 운명이다. 기쁜 오늘은 기쁜 내일을 불러온다. 애쓴 오늘은 덜 버거운 내일을 데려온다. 삶이 아무리 비관 속에 진행되더라도 낙관을 향한 의지만은 잃지 않도록 스스로를 믿고 사랑하자는 말로 이 글을 맺는다.